海南漂船

해남뱃참

해남벌참 4

사초 新무협 판타지 소설

초판 1쇄 찍은 날 § 2007년 1월 20일
초판 1쇄 펴낸 날 § 2007년 1월 30일

지은이 § 사초
펴낸이 § 서경석

편집장 § 문혜영
편집책임 § 서지현
편집 § 심재영

펴낸곳 § 도서출판 청어람
등록번호 § 제1081-1-89호
등록일자 § 1999. 5. 31
어람번호 § 제2-1110호

주소 § 경기도 부천시 원미구 심곡1동 350-1 남성B/D 3F (우) 420-011
전화 § 032-656-4452 팩스 § 032-656-4453
http://www.chungeoram.com
E-mail § eoram99@chollian.net

ⓒ 사초, 2006

ISBN 978-89-251-0511-6 04810
ISBN 89-251-0363-X (세트)

사초 新무협 판타지 소설

4

오대악인(五大惡人)

海南飜刻

Fantastic Oriental Heroes

해남번각

도서출판 청어람

第十八章 생존자(生存者) _7

第十九章 마교입문(魔敎入門) _43

第二十章 칠단검법(七斷劍法) _97

第二十一章 오대악인(五大惡人) _167

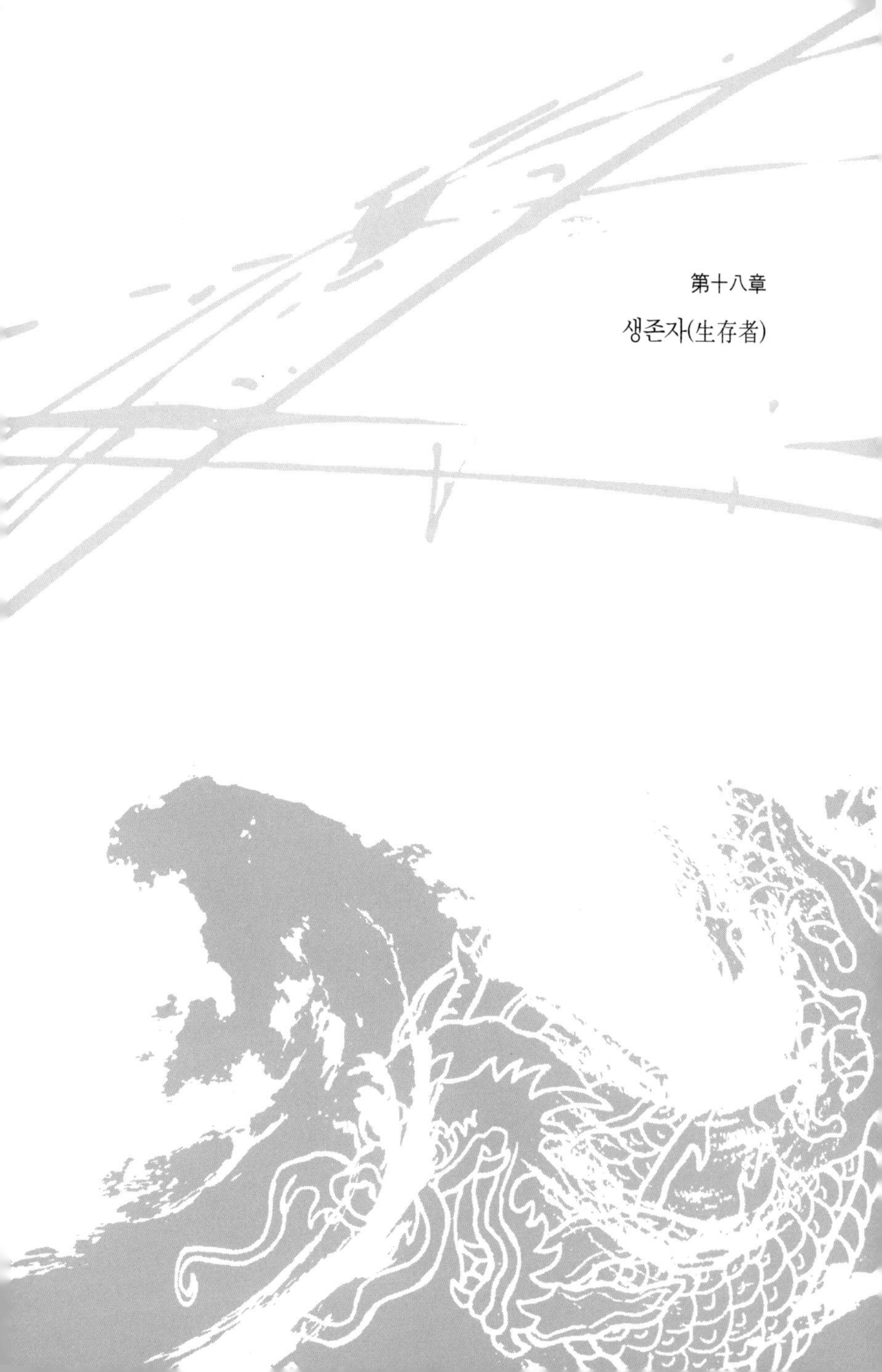

第十八章

생존자(生存者)

날카로운 칼날이 가슴을 후벼 판다. 핏덩이가 허공으로 치솟는다. 수십, 수백의 인영이 져가는 벚꽃 잎처럼 쓰러져 간다. 그 중심에는 피에 물든 검은 흉갑을 입은 사내가 외로이 서 있다. 그는 광기 어린 두 눈동자를 흉흉하게 빛내며 사람의 몸을 산 채로 뜯어내고 있었다.

모든 영상이 두 개의 눈동자 속으로 틀어박힌다.

게을렀던 혈관이 터질 듯 팽배하게 부풀어 오른다. 잠자고 있던 모든 세포가 빠르게 뜀박질을 시작한다. 등에 메인 활이 물 흐르듯 손에 잡히고 살이 당겨진다.

"그만 해!!"

거대한 고함, 동시에 화살 하나가 활에서 튕겨져 나간다.

콰아아아―

함성과도 같은 파공음이 흑색 경갑을 입은 사내를 향한다. 거암조차도 일격에 분쇄하는 화살이다. 경갑쯤은 가볍게 박살을 내는 것은 물론, 사내의 몸뚱이를 산산이 조각 낼 정도의 경력이 담겨 있다. 그러나 사내는 너무도 쉽게 그의 공격을 받아낸다.

탁!

사내의 손에 화살이 크게 휘며 튕겨졌다.

콰콰쾅!

옆으로 튕겨진 화살이 단단한 바닥을 두부처럼 뭉개 버린다. 또 그것은 뿌연 흙먼지를 만들어낸다.

"꺄아악!"

뒤늦게 사람들의 비명이 들려왔다. 먼지가 걷히며 화살에 의해 피해를 입은 사람들의 모습이 드러난다. 화살에 관통당한 이들은 상반신이 통째로 날아가 하반신만을 덩그러니 남겨두었고, 가볍게 스친 이들도 팔이나 발 하나는 소멸하였다.

시야가 뿌옇게 변하기 시작했다. 그들에게 상처를 입힌 것에 대한 죄책감 때문이었을까? 아니면 경갑을 입은 사내에 대한 분노 때문이었을까? 시야는 점차 뿌옇게 물들어갔다.

그 와중에도 사내는 계속해서 살행을 이어갔다. 그는 함부로 사람을 죽이지 않았다. 사지를 뜯어내거나 척추를 뽑아냈다. 어떨 때는 온몸을 위에서부터 찌부러뜨린다.

덕분에 장내는 역한 피 냄새가 진동한다. 피로 물든 사내의 모습은 점차 마치 지옥에서 올라온 악귀와 같은 형상으로 변해가고 있었다.

두 눈동자는 사내의 몸처럼 점차 붉게 변하기 시작했다. 온몸이 살기로, 분노로 뜨겁게 달아올랐다.

"뒤를 부탁한다."

눈동자의 아래, 입에서 차갑게 굳은 목소리가 흘러나왔다. 옆에서 대기하고 있던 시훈과 진수는 쓰게 웃으며 고개를 끄덕였다. 그들로서는 막을 수 없다는 뜻이었을까? 그들은 쉽게 뒤로 물러섰다.

눈동자는 더 이상 다른 것을 보지 않았다. 단 하나의 목표만을 향하기 시작했다. 멀리 있음에도 그의 피부 조직 하나하나를 볼 수 있을 정도로 눈은 집중했다.

피융—

화살이 하나 날아간다. 이번에는 전과 다른 파공음은 들리지 않는다. 그러나 그 안에 담긴 경력은 이전과 비견될 만했다.

모든 것을 꿰뚫는 관(貫)의 시(矢).

물고기처럼 허공을 유영하는 화살은 단숨에 사내의 몸통을 후벼 팔 것 같았다. 이 화살은 전처럼 튕겨내는 술수는 통하지 않았다. 오로지 앞으로만 나아가는 화살은 그의 손등을 뚫고 단숨에 심장마저 부술 것이다.

눈동자는 확신했다. 때문에 그의 눈은 화살이 아닌 사내의 심장으로 향했다.

그러나 또 다른 변수가 일어났다.

마치 술에 취한 듯 사내의 몸이 크게 휘청거렸다. 문제는 사내가 서 있던 자리에 겁에 질린 소년이 서 있다는 것이다.

콰악!

눈동자는 화살이 소년의 머릿속을 파내는 것을 똑똑히 보았다. 허연 뇌수가 핏물과 섞이며 허공에서 부서지는 모습은 눈을 질끈 감아버리고 싶을 정도로 잔인했다.

하지만 눈동자는 포기하지 않고 사내를 뒤쫓았다.

사내는 또다시 빠르게 사람들을 살육해 나가고 있었다. 탑을 만들어가듯 시체가 하나둘 쌓이기 시작했다. 시체들의 피가 결을 따라 시냇물처럼 흐르기 시작했다.

눈동자는 다시금 살을 당긴다. 다섯 개의 화살이 사내가 아닌 허공으로 치솟는다.

핑—

날카롭지만 전과 같은 파공음도, 경력도 느껴지지 않는다. 다섯 개의 화살이 허공으로 치솟고 그 뒤를 이어 또다시 다섯 발씩 끊임없이 화살이 모두 하늘로 숏구친다. 화살 통이 모두 비워질 때까지 활은 부서져라 화살을 하늘로 보낸다.

눈동자는 화살의 뒤를 쫓지 않고 사내를 바라본다. 사내가 낌새를 느낀 듯 잠시 살육을 멈춘다. 그리고 흉흉한 눈동자로 허공을 바라본다.

사내의 여유로운 태도에 눈동자는 조소한다. 잠시 뒤 그의 태도를 송두리째 바꾸어줄 것이다.

쒜에에엑!

하늘에서 신호가 울리고 화살이 소나기처럼 쏟아지기 시작한다. 암기술에 만천화우라는 것이 있듯이 활을 쓰는 자에게는 이와 같은 무공이 있다.

필살의 우(雨)의 시(矢).

막을 수도 없고, 피할 수도 없다. 사내의 머리 위로 화살이 무수히 쏟아져 내린다.

이로써 사내의 살육을 막아낸 것 같았다.

하지만 눈동자는 또다시 배신을 당하고 만다. 사내의 무공은 그의 잣대로는 쉬이 계산할 수 있는 수준이 아니었던 것이다.

사내의 몸에서 붉은 강기가 폭발하듯 터져 나온다. 붉은 강기는 주위의 산 자 죽은 자 가릴 것 없이 재로 만들어낸다.

반구의 강기가 사내의 몸을 뒤덮고 그 위로 화살이 떨어진다.

파파파팍!

피할 수도 막을 수도 없어 필살이라 할 수 있는 화살이 사내의 무식한 호신강기에 깡그리 가루가 된다.

"마, 말도 안 돼!!"

눈동자 아래 굳게 닫혀 있던 입에서 무언가 비명처럼 터져 나온다.

사내의 흉흉한 눈동자가 그를 향한다. 차갑기보다는 뜨거운, 쾌락과 원한이 범벅이 되어버린 그 괴이한 눈동자는 너무도 슬퍼 보였다. 소름 끼치도록 두려운 사내의 시선 속에서 눈동자는 당장이라도 부서져 버릴 것만 같은 사내의 또 다른 모습을 보았다.

그것을 본 이는 그뿐이었을 것이다.

사내가 다시 움직인다. 더 이상 그는 장내의 사람을 죽이지 않는다. 아니, 이미 장내에는 사내와 시훈과 진수, 그리고 눈동자를 제외한 이들 중 산 자는 남아 있지 않았다.

끼익끼익!

문 위에 걸린 현판이 비명을 지르며 쓰러진다.

쿵!

거대한 현판이 땅에 떨어지며 쩍 금이 간다. '소화문' 이라 쓰인 글 위로 수십 갈래의 거미줄이 그려진다.

"네 녀석은 소화문의 사람이 아닌 것 같군……. 하긴, 동문의 사람이라면 이토록 잔인하게 문도들을 죽일 이유는 없지."

검은 투구 속에서 음산한 목소리가 허공에서 녹는다. 눈동자는 경악한 시선으로 주위를 훑는다. 사내에게 죽은 시체들이 월등히 많았다. 하지만 그 사이사이에는 자신이 사내를 노려 쏜 화살에 죽은 이들이 수십이다.

그것은 까만 눈처럼 시야를 가득 메운다.

분노였던 걸까?

아니면 절망이었을까?

몸은 본능적으로 움직였다.

"흐아아아아!"

활은 강철보다 강하다. 푸르스름한 기가 충만하게 찬 사내를 향해 공격해 나갔다. 궁수로서 할 행동이 아니었다. 그러나 감정은 순식간에 그의 몸을 지배했다.

"어리석은."

사내의 입에서 차갑게 얼어붙은 말 한마디가 흘러나왔다. 사내와의 기량 차는 이미 절실하게 느낀 바였다. 그런 상황에서 그의 공격은 그야말로 무용지물이 아니었을까?

터져 나오는 광기와 살기는 그의 직책과 명분마저 잊게 만들었다. 그리고 그것은 그의 패인을 만들어냈다.

"소화문과는 관련없는 이…… 죽이지는 않으마."

희미하게 웃는 사내의 얼굴에서 자비보다는 흥미가 떠올랐다. 그의 신형은 순식간에 시야에서 사라지고 단숨에 그의 몸을 부숴냈다.

꽈득!

몸이 비명을 질렀다. 사내의 공격에 몸이 조금씩 무너진다. 덕분에 시야는 더 이상 어둠을 담지 않게 되었다. 그 대신 눈처럼 새하얀, 또 다른 어둠 속에 삼켜져 버렸다.

"진산!!"

필문이 몸을 벌떡 일으켰다. 작은 침상이 끼익 신음을 토한다.

"으윽!"

그는 가슴을 움켜쥔 채 비틀거렸다. 필문은 이불을 뭉개며 몸을 지탱했다. 심장이 부서질 것 같은 고통이 죄여온다.

일각여 시간이 지났을까? 어느 정도 정신을 수습한 그가 주위를 둘러보기 시작했다.

좁은 객잔 방 안에 두 명의 사내가 더 있었다. 그를 따라온 시훈과 진수였다. 그들은 필문에게 침상을 양보한 채 바닥에 이불을 깔고 누워 있었다. 피로 물든 붕대, 물수건, 갖은 약재 등 그들이 밤새 필문을 간호한 흔적이 곳곳에 보였다.

"빌어먹을……."

필문이 낮게 중얼거린다. 소화문의 학살 사건, 벌써 며칠이 지났는지 알 수 없다. 그러나 그 사건의 주체가 사부의 후계로 선택되었던 진산이라는 사실은 분명했다.

낙양제일문파를 홀로 멸해 버린 그의 실력은 확실히 그의 사부와 비견될 만했다.

그러나 그의 인간성만은…….

뿌득!

필문이 이를 갈았다. 소화문에서 진산이 죽였던 산처럼 쌓인 시체가 다시 기억난 것이다.

“으음…….”

시훈과 진수가 인기척에 부스럭거리며 자리에서 일어났다.

“기침하셨습니까?”

진수가 필문에게 다가가며 물었다. 필문은 대답 대신 가볍게 고개를 끄덕였다.

“소화문은…… 어떻게 되었나?”

필문은 인상을 찌푸리며 물었다. 그때의 기억은 뇌리에 강하게 틀어박혀 좀처럼 사그라지지 않는다. 또 자신의 화살에 죽은 이들에 대한 죄책감도 쉬이 지워지지 않았다.

그의 안색이 어두워지자 시훈과 진수는 입을 다문 채 좀처럼 열려 하지 않는다.

“말해라.”

필문의 목소리가 무겁게 깔린다. 전과 같은 나태함을 보이지 않는다. 몸의 상태가 좋지 않음에도 온몸에서 퍼져 나오는 기운이 흡사 그의 사부를 보는 것만 같았다.

시훈이 힘겹게 입을 열었다.

“현재 사정이 좋지 않아 조직과는 연락을 할 수 없습니다.

대신 정보 조직 '만목상'에 의뢰하여 받은 것입니다."

그가 내민 서찰에는 긴 글은 아니었으나 꽤나 많은 내용을 담고 있었다.

동서전쟁이 시작되려 합니다.

소화문의 멸문, 문주의 죽음은 너무도 가볍게 세상 속에 묻혀져 버렸습니다. 그들의 죽음에 대해 구설수가 많았지만, 너무도 쉽게 사라졌습니다. 강권을 휘둘렀던 그들의 모습은 정도를 간다고 하지만 그리 좋은 반응을 가지지 못했습니다. 그들이 뒤에서 갖은 악행을 벌였다는 사실 또한 낙양 전체에 퍼져, 낙양 시민들의 신용을 잃는 것은 그야말로 순식간이었습니다. 거대한 정보 조직이 움직인 것이 틀림없었습니다.

이제 소화문의 터를 제외하면 그들의 흔적이라고는 보이지 않습니다.

사파연합과 오대세가의 전쟁은 세가의 대대적인 승리로 이루어졌습니다. 강을 낀 그들의 세력은 해남파의 기습으로 인해 크게 당하고, 그 뒤를 이은 오대세가의 고수에 거의 전멸에 가까운 피해를 입었습니다.

녹림을 비롯한 하오문 등의 거대 사파의 힘은 순식간에 약화되고, 그 뒤를 이어 중소문파들이 빠르게 그들을 흡수해 나갔습니다.

겨우 보름이라는 시간 동안 동서무림은 신속하게 움직이기 시작했습니다.

먼저 움직인 것은 동무림. 검왕, 맹주를 비롯한 장로들은 천하제일비무대회로 인해 모인 무림인들을 동의맹에 흡수, 일 개 대를 만들어 서무림과의 전쟁을 시도했습니다. 거의 무너져 가던 사파연합은 그들의 공격에 단숨에 멸문했습니다. 련주를 비롯한 거대 사파의 문주들은 생포되고 사살되었으며, 문도들 역시 죽음을 면치 못했습니다.

그뿐 아니라 그들은 사파를 도왔던 민간인들에게도 잔혹한 학살과 약탈 행위를 시작했습니다. 그동안 당해왔던 낭인들이나 약소문파들이 욕심에 눈이 멀어 무차별한 공격을 시도한 것입니다.

동의맹은 막으려 시도를 보인 바 있지만, 그것이 크게 작용하지 않았습니다. 아니, 오히려 그들의 살인 행위는 더욱더 커졌습니다.

그런 일들 앞에는 해남파가 있었습니다. 해남파는 오대세가와의 협력 이후 동의맹 쪽에 서 선행 부대로 적들을 유린하였습니다. 그것 외에도 무림인 외 민간인들마저 가리지 않고 학살을 시도, 선동하였습니다.

서무림 측은 둘로 나뉘어졌습니다. 이후 동의맹은 사파연합을 도운 민간인을 제외한 서무림의 양민까지 학살하여, 사대문파는 동의맹에 맞서 전력으로 일어섰습니다.

아직 일전은 일어나지 않았습니다. 그들은 서로의 구역에서 끊임없이 무림인들을 끌어 모으고 있습니다.

이 와중에 마교만이 침묵하고 있습니다.

이상입니다.

"보름?"

필문이 서찰을 읽으며 중얼거렸다.

"예, 그날 뒤로 벌써 보름이 지났습니다."

그날이라 함은 소화문에서 진산과 마주했을 때, 그가 진산에게 당했을 때를 말하는 것이다. 내상이 큰 것도 아니고, 그렇다고 외상이 컸던 것도 아니었다. 그럼에도 불구하고 보름이나 정신을 잃었다는 것은 그는 사람을 공격하는 데 능숙하다는 사실을 알 수 있게 한다.

별다른 상처 없이 사람을 보름 동안 혼수상태로 만드는 일은 쉬운 일이 아니다. 아니, 거의 불가능에 가까운 일이라 볼 수 있다. 물론 그것은 그가 의도한 것인지 우연인지는 모른다. 하지만 만약 진산이 의도한 바라면 그는 그만큼 사람을 공격한 일이 많다는 것을 알 수 있는 것이다.

'우연이라 생각하고 싶다. 하지만 최악의 상황을 생각해야만 어떤 상황에 닥치더라도 이겨 나갈 수 있다.'

필문은 미간을 접으며 골똘히 생각하기 시작했다. 그가 잠들었던 보름간의 상황. 만목상이라는 정보 단체로 인해 무림이 급격하게 변한 사실을 알 수 있었다.

진산은 해남도 출신이다. 해남도의 무인이 대부분 해남파 출신이다. 그들은 공통적으로 무림인과 민간인을 나누지 않고 죽인다. '적'이라 생각되면 그들에게 인정이란 보이지 않는다.

아니, 문제는 진산이 해남파에서 어느 정도 위치에 있느냐는 것이다. 그의 무공 수위, 그리고 사건을 파악하는 능력, 거침없이 사람을 죽이는 잔인함과 동의맹의 코앞에서 맹과 동맹을 맺은 문파를 멸문시켜 보이는 과감성까지…… 그가 해남파 밑에서 무언가를 배우고 일을 하는 성격으로는 보이지 않았다. 그렇다면 그는 해남파에서도 제법 고위직에 있는 것이 틀림없었다.

'그렇다면 무림인과 민간인을 가리지 않는 학살은 그에게서 나왔다고 보는 것이 좋은 건가? 아니면 해남도의 분위기 자체가 그러한 것인가?'

그것이 필문의 머릿속을 강하게 지배하는 의문이었다. 중원에서는 무림과 황실이 확실하게 선을 긋는다. 이는 일반 양민과도 마찬가지다. 무공을 익힌 사람의 대부분이 스스로 특권을 가진 계급이라는 의식을 가지고 있었다. 하나, 해남도에서는 다르다.

그것이 필문의 고민을 더욱 깊게 만들게 하고 있었다. 그들의 본질이 쉬이 보이지 않았던 것이다.

사실 필문이 생각하고 있는 의문의 답은 모두 맞는다고 볼

수 있었다. 과거 해남도의 분위기 자체가 무인과 양민을 가리
지 않고 약탈하고, 죽이는 일이 많았다. 더군다나 진산이 있
었던 지옥도는 그 경우가 더 심했다. 먹을 것이 부족한 그곳
에서는 인육을 먹는 이도 많았기 때문이다. 그런 그가 해남파
에 와서 사람을 가리면서 죽일 리 없었다. 그것은 그대로 아
래로 이어져 해남파의 무인들은 적이라면 무인이든 양민이든
가리지 않게 된 것이었다.

"아! 진산의 정보는 의뢰했는가?"

문득 무언가 떠오른 듯 필문이 물었다.

"……."

"……."

필문의 물음에 시훈과 진수가 합의라도 한 듯 입을 굳게 다
물었다.

"약재 때문에, 내 몸을 치료하느라 돈이 부족했던 건가?"

"그것은…… 아닙니다."

시훈의 입이 힘겹게 움직인다. 진수는 아예 눈을 감은 고개
를 숙이고 있었다.

필문은 더 이상 캐묻지 않았다. 대신 뚫어지게 그들을 훑어
보기 시작했다. 그의 시선은 무언가 아쉬운 듯, 실망한 듯한
기색이 담겨 있었다.

그들은 한참을 머뭇거리다가 결국 필문의 시선에 못 이겨
입을 열고 말았다.

이번엔 진수의 입이 열렸다.

"만목상은 그에 대한 정보를 일체 제공하지 않는다고 합니다. 자세히 말은 하지 않지만 두려워하는 기색을 보아 아마 직접적으로 압력이 들어간 것이 아닌가 싶습니다."

"압력?"

필문의 고개가 가볍게 흔들린다. 정보 단체는 보통 무력으로 압력을 가할 수 있는 성질이 아니다. 대체로 상주나 그들 조직의 핵심부는 가장 깊은 곳에 몸을 숨기고 있기 때문이다. 하오문처럼 비대해져 더 이상 정보만으로 운영할 수 있는 단체가 아니라면 말이다.

필문의 물음에 시훈이 입을 열었다.

"예, 그들은 내색하지 않으려 했지만…… 다른 정보 조직에 비하여 그들은 그의 이름을 꺼내는 것조차 꺼려했습니다. 또 우리가 다녀간 뒤로 다른 정보 조직에까지 정보 조작을 시도하려 한 것 같습니다."

"해남도에서 막 나온 그가 상주일 리는 없겠고, 그렇다고 그가 만목상의 상주에게 압력을 가할 정도로 접근할 수 있는 정보를 가질 리도 없을 텐데?"

"그렇습니다만 그들의 태도에서 분명히 읽어낼 수 있었습니다, 그를 향한 두려움을요."

그들은 동종이다. 다른 것은 조직의 성질뿐이다. 그들이 보이는 태도를 보고 그들의 생각을 충분히 읽을 수 있었다.

그들이 만목상을 찾아왔을 때는 이미 그들은 정상적으로 영업을 시작한 상태였다. 때문에 상주는 쉬이 볼 수 없었고, 그 때문에 진산이 상주에게 접근할 수 있었는지는 알 수 없었다.

필문은 잠시 고민하는 듯 고개를 숙이더니 이내 입을 열었다.

"그런 놈에게 사부의 뒤를 맡길 수는 없지……. 좋아, 뒤는 내가 잇는다!"

"……!"

"……!"

필문의 말에 시훈과 진수는 경악스런 표정을 지었다. 그 게을러터진 필문이 하루 열두 시진 꼬박 조그마한 오두막에 처박혀 일해야 하는 그 일을 잇겠다는 말을 이해할 수 없었던 것이다.

그렇게 그들이 놀라고 있을 때 필문이 다시 입을 열었다.

"다만, 진산은 확실히 제거해야 해. 그는 강호의…… 아니, 대륙의 쓰레기다."

그의 입에서 스산한 한기가 스며 나온다. 눈동자는 전에 볼 수 없는 탁함과 함께 광기로 번들거렸다.

"존명!"

"존명!"

두 사내는 필문의 말에 반대하지 않고 무릎을 꿇었다. 그들은 개심하고 성실해진 그의 모습에 감동받아 그러한 소소한 변화를 놓치고 말았다.

'나를 죽일 가치도 없다고 생각한 것이냐? 나 정도는 언제라도 죽일 수 있단 말이냐? 나는 반드시 진산, 네놈을 죽이고야 말겠다!'

살기 어린 그의 눈동자가 떨어져 가는 노을빛처럼 붉게 물들어가기 시작했다. 마치 진산의 그것을 닮은 듯.

*　　　　*　　　　*

푸르스름한 연기가 허공으로 치솟는다. 짙은 담배 연기 사이로 어둠이 까맣게 차 오른다. 복면을 걸친 십수 명의 사내가 어둠 속에서 흉흉한 안광을 토해내고 있다.

삐걱!

은은한 월광에 어둠이 잘려 나간다. 문틈으로 한 사내가 모습을 드러낸다. 그는 복면을 쓰고 있지 않았다. 대신 온몸에서 터져 나갈 듯한 강한 기운이 복면인들을 짓눌렀다.

사내는 잘 벼린 검과 같은 자였다. 눈에서 폭풍 같은 광기가 휘몰아치고 있었다. 그가 천천히 상석에 제 몸을 앉힌다. 의자는 부드럽게 사내의 몸을 감싼다. 복면인들의 시선이 사내를 향해 돌아갔다.

"오랜만이다."

사내의 입에서 흘러나온 음성은 차갑고도 정순했다. 무겁게 깔리는 목소리는 장내를 가볍게 울렸지만, 새어 나가지는 않았다. 겹겹이 쌓인 내공의 벽에 튕겨져 그 내부를 울릴 뿐이었다.

사내의 말에 복면인 중 매화 한 송이가 옷 위로 화려하게 수놓아진 자가 천천히 몸을 일으켰다. 은연중 복면인에게서 흘러나오는 것은 결코 예사 것이 아니었다.

무거운 분위기 가운데 매화복면인이 입을 열었다. 그의 입에서 쇠를 긁는 듯한 기분 나쁜 소리가 새어 나온다.

"청소부가 나타난 것인가? 맹주가 증거는 확실히 한 것인지 알고 싶군."

"증거는 확실하지 않다. 그러나 그들이 청소부라는 것을 확신할 수 있지."

매화복면인의 말에 맹주, 단우극은 자신있게 대답했다. 그러자 복면인은 흥미로운 표정을 지으며 다시 입을 열었다.

"그럼 들어볼까? 그 확신이라는 것을 말이야."

다른 복면인들도 가볍게 고개를 끄덕였다. 현 조직은 강호의 음지에서 활동하는 이들이기에 섣부른 판단으로 쉬이 몸을 움직일 수 없었다. 아니, 그것뿐만이 아니다. 스스로 죄인이라 생각하는 그들이기에 자신의 강대한 힘을 함부로 남용할 것을 꺼려한다.

속죄자(贖罪者). 그것이 그들이 스스로 부르는 조직의 이름이었다. 그들의 정체는 물론 조직이 표면상에 드러난 적은 단 한 번도 없었다. 하나, 이는 무림을 전복시키기 위하는 등의 이유가 아니다. 그들이 바깥 세상에서 가진 권력은 너무나 크다. 속죄자 중 하나인 검왕 단우극만 해도 중원을 반으로 가르는 세력 중 하나인 동의맹의 최고 권력자이다.

때문에 그들은 나서지 않는다. 그렇기에 정체가 알려지는 일도, 이유도 없다.

"소화문이 내 아래에 있다는 것은 모두들 알고 있을 거야. 그걸 누가 완전히 뭉개 버렸지."

"겨우 허접한 문파 하나 가지고 우릴 부른 건가?"

복면 밑에 가사를 입은 사내가 가시 돋친 말투로 중얼거렸다. 그 역시 매화복면인이나 단우극에 비해 조금도 꿀리지 않는 기세를 내뿜고 있었다.

단우극이 고개를 저었다. 그리고 다시 입을 연다.

"금지된 무기가 사용되었다."

"금지된 무기?"

도복을 입은 복면인이 되물었다. 그의 허리춤에 걸린 검은 수수하면서도 굉장히 정순한 기운을 흘리고 있었다.

단우극이 고개를 끄덕였다. 금지된 무기는 무림에서만이 아니라 일반인들에게도 금지된 것이다. 황제가 직접 제재한 물건이니만큼 그 위력은 엄청나다. 구하기도 힘들 뿐 아니라, 쓰기도 힘든 것들이었다.

"그런 건 황실에서나 구경할 수 있는 물건일 텐데?"

복면을 쓴 자들 중 하나가 중얼거렸다. 그는 다른 이들과 다르게 누더기를 입고 있었다. 하나, 그 누구도 그것에 대해 신경 쓰는 이 하나 없었다.

"그래. 어지간한 일류고수쯤은 방심했다가는 가볍게 없앨 수 있는 것이다. 문제는 그런 금지된 무기 마차 다섯 대 분량이 소화문에서 사용된 흔적이 발견된 것이야."

"뭐라고?!"

복면을 쓴 거지가 자리에서 벌떡 일어났다. 다른 복면인들도 놀람을 감추지 못했다.

거지가 침을 튀기며 빠르게 말을 이었다.

"겨우 코딱지만 한 문파를 상대로 마차 다섯 대분을 썼다고? 어지간한 대문파라도 그 정도 쓰면 박살이 날 정도다. 그걸 쓴 놈이 미친 것이 아니라면……."

거지의 말을 단우극이 이었다.

"선전포고겠지. 그리고 그러한 선전포고를 할 상대는 청소부밖에 없는 것이고."

복면인들 모두가 씁쓸한 표정을 지었다. 과거 그들은 청소부들이라 불리는 비밀 단체와 싸운 적이 있었다.

본래 조직은 조직원들 모두가 '어떤 일'로 인하여 스스로를 죄인으로 여기고, 그 죄에 대해 속죄하기 위해 나서는 이들로 이루어져 있다. 반면 청소부는 속죄자를 방해하는, 제거

하려는 자들로 스스로 무림의 쓰레기를 치우는 자들이라 하
여 청소부라 부른다.

그들이 가진 저력은 속죄자와 비교해서 결코 약하지 않았
다. 무엇보다 그들은 기술이 좋았다. 암기와 독, 그뿐만 아니
라 무수한 화기들이 그들의 손에서 나타나 휩쓸었다. 순수하
게 무공을 익힌 속죄자는 뛰어난 고수들을 보유하고 있었지
만, 그들의 공격에 거의 괴멸에 가까운 타격을 받은 적이 있
었다.

"큰일이군."

가사를 입은 복면인이 한탄했다. 속죄자가 크게 타격을 받
은 것만큼 그들 또한 상처가 심해 오랫동안 모습을 숨기고 살
았다. 한데 그런 이들이 다시 나타난 것이다.

"게다가 그들은 사련과의 전쟁으로 소화문에 대한 일을 묻
어버렸다. 여전히 머리가 좋은 녀석들이야."

거지가 이를 갈며 말했다.

"하지만 그들을 뿌리째 뽑을 기회이기도 하다. 그렇게만
되면 떠난 매께서도 다시 중원의 창공으로 돌아오시겠지."

단우극이 어둠으로 꽉 찬 천장을 바라보며 말한다. 복면인
들 역시 고개를 끄덕이며 수긍한다.

속죄자는 과거 무림의 그릇된 것들을 고치려 했던 자다. 소
위 영웅이라 불렸어야 할 사람이지만, 속죄자의 선대들이 자
신의 사리사욕 때문에 그것을 막았다. 때문에 후손들이 다시

그의 의지를 이어가려 하는 것이다.

그들의 궁극적인 목표는 사라진 매의 귀환. 그리고 무림의 순수화였다.

"매의 귀환을 위하여…… 다시 한 번 싸워야 한다면 불만은 없어. 그 결과가 죽음이라 해도 말이야."

도복을 입은 복면인이 씩 웃으며 말한다. 이는 다른 복면인들도 마찬가지의 뜻을 비치고 있었다. 단우극도 크게 고개를 끄덕이며 수긍했다.

단우극이 다시 입을 열었다.

"전쟁의 시작이다. 모두 준비를 부탁하지."

속죄자들이 회의를 마친 어둠 속, 죄지은 늙은 양들이 사라져 간다. 그사이 단우극이 미소를 짓고 있다.

'그분이 오시면 강한 무림인들만이 생존하는 세상이 될 것이야. 호호호. 그러기 위해서라도 청소부들은 사라져 주어야겠지.'

늙은 양들 속 그만이 탈을 쓰고 있다.

단우극의 모습도 촛불처럼 꺼지고, 그들이 있었던 자리에는 어둠만이 무겁게 깔려 있다.

*　　　*　　　*

필문이 시름을 앓고 있을 때, 팔공산에 일단의 무리가 모습을 드러냈다.

"제기랄! 역시 손을 대지 말았어야 했어!"

과거 혈랑대의 대원이었던 군지가 중얼거렸다. 그는 오대세가와의 결전에서 대패하고 세가와 중소문파들의 시선을 피해 팔공산에 올랐다.

군지를 비롯한 십여 명의 대원 또한 그와 다를 바 없었다. 다행이라면 그들 대부분이 사지가 멀쩡하다는 것이었다. 부대의 후위를 지키는 임무를 했었기에 적들과의 전쟁에서도 쉽게 도망칠 수 있었다.

"그래도 여기라면 안전할 거다."

군지의 옆으로 눈썹이 없는 사내가 털썩 주저앉았다. 그의 이름은 안얼. 광견조의 부조장까지 오른 자였다. 군지와 비교해서 조금도 꿀리지 않는 실력을 가진 자였다.

그래 봤자 그 역시 패배자이고 도망자이긴 하지만.

"설마 여기를 다시 뒤지거나 하진 않겠죠?"

"그래, 최근까지만 해도 녀석들은 이곳에서 혹시나 생존했을 오호삼화를 찾느라 혈안이 되어 있었어. 녀석들의 앞마당이라 할 수 있지. 인간의 심리라는 것이 한 번 뒤진 곳을 또 뒤지지는 않거든. 아마 이곳을 또 뒤지거나 하는 일은 없을 거야."

"안심이군요."

광견조의 조원으로 보이는 사내가 불안한 듯 안얼에게 묻

다가, 그의 대답을 듣고는 이내 안심한 듯 털썩 주저앉았다.

쏴아.

그들의 지근에서 떨어지는 폭포는 하얀 포말을 만들어내고 있었다. 시원스럽게 흘러내리는 물결은 그들의 불안한 마음을 조금이나마 안정시켜 주었다.

폭포에서 거뭇한 무언가가 툭 떨어진다.

풍덩!

물이 거칠게 튀어 오른다. 그들은 도망자답게 갑작스런 상황 변화에 자신의 병기를 움켜쥐었다. 그리고 숨을 죽이고 무엇이 떨어져 있는지를 관찰하기 시작했다.

그것은 검은 동체를 가지고 있었다. 그것을 중심으로 강이 검붉게 변하기 시작했다.

"피?"

하루 이틀 지난 것이 아니다. 오래 묵은 것이 틀림없다. 게다가 피를 흘리다 묻은 것이 아니라 아예 뒤집어쓴 것이다. 묻은 것이라면 강의 색깔이 이렇게까지 탁할 수는 없었다.

검은 무언가를 중심으로 강물이 부글부글 끓어오른다. 거품이 그것을 중심으로 일어나기 시작했다.

"푸하!"

누군가의 얼굴이 강 위로 떠올랐다.

챙!

군지 일행은 더 이상 기다리지 않고 검을 뽑아 들었다. 적이든 아니든 목격자가 생기기 전에 죽여야만 했다. 피하는 것도 한 방편이지만, 그들이 언제 떠날지 모르니 차라리 선수를 치는 것이 이득이었다.

그들은 머리가 뭍으로 나올 때까지 기다렸다.

"푸하!"

"푸하!"

두 개의 머리가 더 떠오른다. 그리고 마지막 하나가 조용히 모습을 드러낸다. 두 머리는 긴 머리가 물결에 따라 너울거리는 것으로 보아 여성인 듯했다. 헝클어진 머리 사이로 보이는 것이 상당한 미인임에 틀림없었다.

그들은 천천히 움직여 뭍으로 올라왔다.

"하앗!"

가장 먼저 움직인 것은 군지였다. 그는 과거 혈랑대 출신답게 망설임없이 빠르게 적을 공격해 나갔다. 그의 살기를 느꼈는지 가장 먼저 뭍으로 올라온 사내는 가볍게 몸을 흔들며 군지의 검을 피해냈다.

군지의 검이 애꿎은 땅을 때렸다.

"훙!"

사내는 허리춤에서 검 하나를 뽑아냈다. 검은 검집에 부딪치는 소리도 없이 부드럽게 흘러나왔다. 그리고 순식간에 군지의 몸속을 헤집었다.

콰악!

　복부를 꿰뚫는 검날에 군지의 얼굴이 길가에 버려진 종잇장처럼 구겨졌다.

"이런."

　안얼이 빠르게 움직여 사내를 향해 공격해 나갔다. 그의 도는 상어의 이빨처럼 톱날을 세웠는데, 일격을 당하면 적의 살점까지 뜯어내 버리는 악랄함을 가지고 있었다. 사내의 몸은 당장이라도 안얼의 도에 찢겨져 나갈 것만 같았다.

　사내는 다시 한 번 움직였다. 부드럽게 우측으로 피해내는 그의 신법은 매우 뛰어나 보였다.

　푸학!

　군지의 복부에서 사내의 칼날이 빠져나오고 언뜻 치사량으로 보일 만큼 많은 피가 토해져 나왔다. 군지가 몸을 비척이며 쓰러진다. 안얼이 잠시 군지를 향해 시선을 돌리다가 다시 잔뜩 긴장한 얼굴로 사내를 향해 시선을 돌렸다.

　온몸에 새겨진 검상, 스물은 되었을까? 어린 외모답지 않은 정련된 기세가 제법 매서웠다.

　'겨우 일이십 년으로 이런 기도를 만들어내긴 쉽지 않을 텐데……. 무슨 수련을 쌓은 것이지?

　안얼은 사내를 훑어보면서도 긴장을 늦추지 않았다. 사내가 다시 검을 들었다. 부드럽게 호선을 그리며 올라선 검에는 공기의 저항이란 느껴지지 않았다. 묵직한 철의 무게도 느껴지지 않았다. 그의 손에 든 검이 구름처럼 가볍게만 보인다.

철로 된 검이 그렇게 가벼울 리는 없다. 그렇다면 이러한 연출은 사내의 실력이라고 보는 것이 옳을 것이다.

"유성, 그만 하는 것이 좋을 것 같다."

사내, 남궁유성이 검을 멈추었다. 안얼은 목소리의 근원지이자 남궁유성의 뒤를 바라보았다. 거기에는 두 여인과 더불어 또 다른 사내가 서 있었다.

제갈청, 제갈세가의 소가주가 그곳에 서 있었던 것이다. 그 역시 남궁유성처럼 강렬한 기세를 뿜어내고 있었다. 허리에 찬 검은 당장이라도 물고기처럼 튀어 오를 것만 같았다.

"윽!"

안얼은 지금 상황이 얼마나 불리한지 느꼈다. 녹림의 목표는 소가주를 죽여, 후일 더욱 커질 오대세가의 힘을 약화시키는 것이었다. 그런데 세가 중 가장 강한 남궁세가와 지략이라면 어떤 세력도 따라갈 수 없다는 제갈세가의 소가주가 살아 있었다.

결국 녹림은 아무런 일도 완수하지 못하고 자멸한 꼴이 되고 말았다.

'그뿐만이 아니야. 이들 몸에서 퍼져 나오는 기운은 과거 부잣집 도련님의 것들이 아니야. 사막을 헤쳐 건너온 맹수의 그것과 같아.'

안얼은 북쪽 사막 출신이다. 본래 마적단을 하다가 흘러흘러 녹림에까지 오게 된 사내였다.

제갈청이 안얼을 향해 다가왔다.

안얼은 잔뜩 긴장한 표정으로 도를 치켜 세웠다. 제갈청은 적이다. 그것도 자신을 가볍게 제거할 수 있을 정도의 고수. 그가 가까이 다가올수록 안얼은 긴장했다.

"세상 돌아가는 이야기를 좀 듣고 싶군."

안얼은 제갈청의 말에 순순히 대답할 생각 따위는 없었다.

그의 도가 제갈청을 노렸다.

광견조의 부조장다운 실력이 그의 몸에서 불붙은 폭죽처럼 터져 나왔다. 빙글 몸을 돌리며 안얼의 도신이 제갈청의 다리를 노렸다. 제갈청은 가볍게 땅을 박찼다. 안얼의 도가 제갈청의 신형에 따라 수직으로 튀어 오른다.

파앗!

안얼의 도를 따라 허공에 긴 족적이 만들어진다. 그 위로 제갈청의 신형이 깃털처럼 내려앉는다.

툭! 그의 발끝이 날카롭게 선 안얼의 도를 가볍게 찬다. 제갈청의 발에서 핏물이 조금 흘러나온다. 그러나 경미한 상처일 뿐, 제갈청은 하늘 높게 떠오르다가 이내 번개처럼 떨어진다.

제갈청의 검은 무거웠다. 그러나 그것은 남궁유성의 무거움과는 사뭇 다른 것이었다. 제갈청의 검이 바르르 몸을 떨더니 여러 겹으로 나뉘어진다. 그리고 다시 하나로 겹쳐지며 안얼의 도 위로 떨어졌다.

쩡!

쇳소리가 크게 울린다. 군데군데 이 빠진 제갈청의 검이 안얼의 단단한 도신을 가볍게 부숴냈다.

'말도 인 돼!'

안얼은 본능적으로 제갈청과 자신의 수준이 너무 다르다는 것을 깨달았다. 톱니 같은 도신이 부러지며 사방으로 비산했다. 그중 가장 큰 건더기가 안얼의 폐부 속을 깊숙이 휘저었다.

"컥!"

숨이 턱 막혀왔다. 고통, 죽음…… 비관적인 생각이 머릿속을 가득 메웠다.

쉬익!

남궁유성의 검날이 한줄기 바람처럼 그의 목을 그었다. 툭, 떨어진 목에서 붉은 피가 허공 위로 솟구쳐 오른다. 안얼의 몸이 힘없이 무릎을 꿇었다.

"이거, 죽으면 안 되는데……."

꿀럭꿀럭 텅 빈 머리에서 피를 토하는 안얼을 보며 제갈청이 중얼거렸다.

"이미 죽을 녀석이었다. 그럴 바에는 곱게 보내주는 것이 낫겠지."

남궁유성이 차갑게 말했다. 그의 말에 제갈청이 곤란한 듯 살짝 미간을 구겼다.

“뭐, 그전에 살짝 고문을 가하는 것도 나쁘지 않지.”

제갈청이 씩 미소를 지어 보인다. 하지만 차갑게 얼어붙은 그의 미소는 전처럼 따뜻함을 품고 있지 않았다. 잔인하고도 흉포한 미소랄까?

남궁유성은 시선을 돌렸다. 군지나 안얼 외에도 산적은 남아 있었다.

“뭐, 그렇지. 그럼 오랜만에 몇 놈 가지고 놀아볼까?”

제갈청이 휙 신형을 돌려 녹림도들을 향해 발걸음을 옮기기 시작했다. 그의 몸에선 어느새 진산의 그것과 매우 흡사한 사기가 흘러나오고 있었다.

녹림도들의 눈이 절망으로 물들었다.

콰드득!

제갈청의 손이 잔인하게 그들의 몸을 뜯어내기 시작했다. 그들의 입은 비명과 함께 정보를 한줄기씩 뽑아냈다.

제갈청의 입가에 미소가 맺혔다. 남궁유성과 달리 이화는 제갈청의 행동에 아무런 흥미도 가지지 않았다. 그렇다고 이 역겨운 장면에서 거부감을 느끼는 것도 아니었다. 그야말로 무심한 눈동자로 죽어가는 녹림도들을 바라보고 있었다.

제갈청이 씩 미소를 지으며 입을 열었다.

“아, 그래? 수고했어.”

콰직!

녹림도의 머리가 제갈청의 손에 너무도 쉽게 부서진다. 소리없이 허물어지는 녹림도들의 시신이 땅 위를 붉은 피로 적셔갔다.

반 시진 정도의 시간이 지나자 제갈청이 자리에서 일어났다.

"세가로 돌아가는 건가?"

남궁유성이 피투성이가 된 녹림도들을 보며 입을 열었다. 그의 미간에는 깊은 주름이 패어 있었다. 웃는 얼굴로 잔인하게 사람의 몸을 해부하는 제갈청의 모습이 왠지 모르게 역겨웠던 것이다.

그러나 그것뿐, 죽은 녹림도에게 조금의 인정도 들지 않았다. 그것은 남은 이화 역시 다르지 않았다.

"아니, 우리는 세가로 돌아갈 수 없어."

제갈청이 빙긋 웃으며 말한다.

남궁유성과 이화의 얼굴이 와락 일그러졌다.

"왜지?"

남궁유성이 물었다. 그의 미간에는 더욱 깊게 골이 패어 있었다. 무엇 때문에 살아남았는지, 무엇 때문에 폭포 뒤에서 이끼를 먹으며 생존했는지, 무엇 때문에 강해지려 했는지…….

모두 세가를 위한 것이었다. 단 하나의 핏줄, 그것을 위해 태어나 그것을 위해 죽는다. 그것이 그들의 인생이 아니었는가?

"돌아갈 수 없어. 아니, 돌아가지 않는다."

"이유를 알고 싶은데?"

남궁유성이 제갈청의 멱살을 잡으며 묻는다. 그의 몸에서 살기가 한껏 증폭되어 흘러나온다. 하나 제갈청에 대한 살의는 보이지 않았다. 갈 길을 잃은 살기만이 그의 몸속에 충만하게 차 있었다.

제갈청이 전과 다른 쓴웃음을 지었다. 그리고는 입을 열기 시작했다.

"시간이 지났다. 알다시피 세가는 우리를 대신할 후계자를 뽑았어. 물론 우리만 못하겠지만. 죽은 자보다는 낫지 않겠어?"

"그게 무슨 상관이지? 우린 살아 있으니까, 그러니까 상관없는 것 아닌가?"

남궁유성이 이를 갈았다.

"그 정도로 끝나면 좋겠지만…… 우리 뒤를 이은 놈들이 오대세가라는 거대한 몸뚱이를 뱉어낼 것 같아? 틀림없이 우릴 죽이려 할 거야. 인간이란 욕망에 충실하거든. 하루하루 가족을 의심하고, 한 끼 밥을 먹을 때마다 독을 생각해야 한다. 직접 칼질하지 않는 것만이라도 다행이라고 생각할지도 몰라."

제갈청의 웃음이 어느새 비릿하고도 슬픈 그런 것이 되어 있었다. 남궁유성은 아무런 반박도 하지 못한 채 죄없는 땅을 툭 찬다.

빌어먹을. 욕지거리가 입 안에만 머물다 사라진다. 제갈청의 말대로 핏줄 하나만으로 이어가기에는 세가가 너무 컸다. 남궁유성을 대신해 방계가 그 뒤를 잇는다면 무슨 수를 써서라도 그 자리를 지키려 할 것이다. 정통 후계자가 있다고 해도 말이다.

세가에서 살아온 나날이 몇 년인데 그러한 마음을 모를까? 직계와 방계와의 구분이 엄격하고, 세가에 쌓여가는 강력한 무력과 재력은 누구나 다 탐낼 만한 것이었다.

"그럼… 어디로 가지?"

남궁유성이 허탈한 표정으로 중얼거린다. 기다렸다는 듯이 제갈청이 그의 말에 대답한다.

"마교."

제갈청의 한마디에 일행의 얼굴이 경악으로 물들었다. 그들은 너무 놀라 차마 대답은 하지 못하고 의문 어린 시선만을 제갈청에게 던질 뿐이었다.

그들의 시선에 제갈청이 한 번 더 씩 웃으며 입을 열었다.

"진 공자가 운 좋게 살아남았다고 하더군. 그런데 그런 그가 동의맹이 아닌 그 반대쪽, 그러니까 십만대산 쪽으로 갔다고 하는데……."

제갈청은 확신하고 있었다, 그가 가진 무공이 자신들에 비해 조금도 손색이 없을 정도로 강하다는 사실을. 혈랑대와 홀로 마주하고 살아남은 것은 물론, 단신으로 마교로 가는 것을 보아 자신이 가진 무공에 대한 대단한 자신감이 없이는 불가능했다.

그렇게 확신하자, 진산이 다시 보고 싶어졌다. 그 뒤의 일정은 나중에 정해도 늦지 않을 것 같았다. 시간은 많았고, 책임질 일은 없었다.

더 이상 그들은 소가주가 아니었다.

"뭐, 그것 말고도 세가의 작은 주인으로서는 가볼 수 없는 곳. 어차피 포기한 것 한번 놀러 가고 싶지 않아?"

제갈청의 말에 일행이 작게 미소를 지었다.

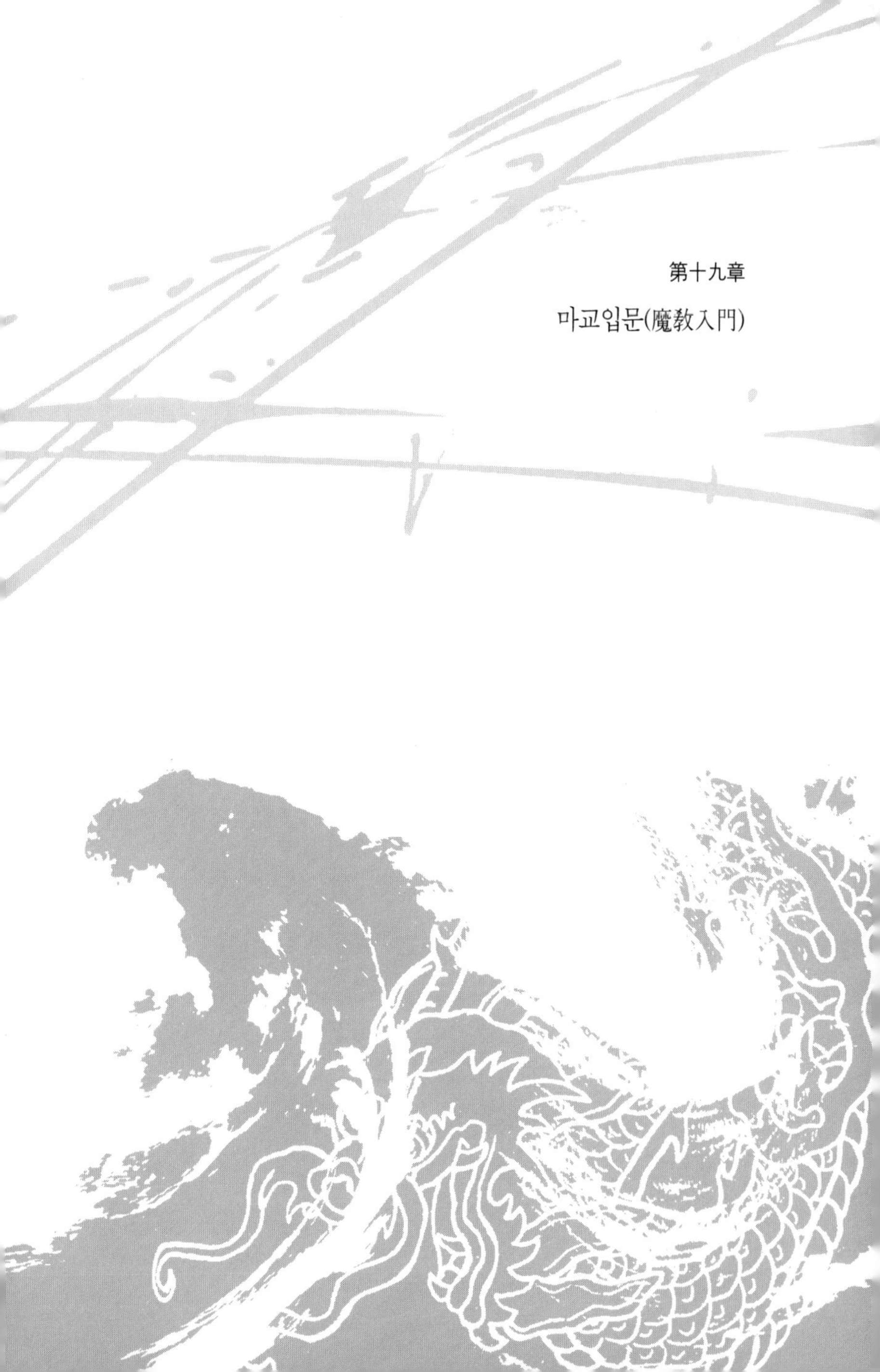

第十九章

마교입문(魔敎入門)

　소화문이 멸문하고 일주일 뒤.

　십만대산 앞을 남루한 차림의 사내가 느긋한 발걸음으로 걸어가고 있었다. 먼지로 더러워진 무복은 사내가 이곳까지 오는 동안 얼마나 고생을 했는지 알게 해주었다. 삿갓을 깊게 눌러써 사내의 얼굴은 보이지 않았다. 다만 그의 복장과 더불어 등에 걸린 철봉이 무인이라는 사실을 인지시켜 준다.

　사사삭!

　숲 속에서 두 인영이 바퀴벌레같이 움직였다. 까만 무복은 나무의 그림자로 인해 그들의 몸을 가려주었다.

　'누구지?'

'모른다. 하지만 교의 사람으론 보이지 않아.'

'공격할까?'

'아니, 그건 조금 더 그의 태도를 보고 정한다.'

'좋아.'

둘은 간단한 수신호로 의사를 나누고는 찢어져 다른 그림자 속으로 파고들었다. 그중 한 인영은 나무 위로 올라가 사내의 모습을 자세히 관찰하기 시작했다.

사내의 몸에서는 은은히 혈향이 풍겨 나왔다. 사람을 제법 많이 죽여 몸에 배인 냄새이거나, 방금 전 누군가를 살해한 모양이다.

'고수인가?'

사내와 인영의 거리는 십여 장을 앞두고 있었다.

인영은 기감을 열었다.

사내는 고요한 새벽의 호수와도 같았다. 은은하게 낀 안개 때문에 그 넓이는 상상할 수 없었지만, 섣불리 판단하기에는 사내가 품은 호수는 무척이나 깊었다.

'고수……'

인영은 마교의 정찰로 나온 자다. 보통 정찰은 쫄따구들이나 하는 일이지만 마교에서는 다르다. 조금 쓸 만하다 소리를 듣는 이가 직접 나선다. 마교가 있는 십만대산에는 수많은 진법과 기관들이 있다. 어설픈 하수가 깔짝일 때는 그냥 놔두지만, 진법이나 기관을 통과할 만한 고수들이 오면 그들을 막을 준비를 위해 사실을 전달할 필요가 있었다.

그가 자신보다 고수라는 사실을 느끼고 도주를 준비했을 때에는 이미 사내는 인영의 지근에 다가와 있었다.

'나보다 몇 수나 위의 고수다. 숨을 수 있을까?'

인영은 최대한 은신술을 펼쳤다. 자연과 하나가 됨은 물론이고, 기로 몸에서 새어 나가는 인기척을 차단했다. 반 귀식대법으로 숨을 삼키고 심장의 활동은 최저한으로 맞추었다. 다만 인영의 눈동자만은 사내를 따라 기민하게 움직이고 있었다.

"허어―"

사내의 입에서 깊은 한탄이 새어 나왔다. 인영이 잠시 움찔거렸다. 인영의 눈동자가 사내를 꿰뚫기 시작했다. 사내가 움직이면 최대한 도망칠 요령이었다. 인영의 임무는 전투가 아니라 정찰, 적의 존재를 안 뒤에는 교에 알리는 것이 우선이었다. 사내의 팔이 등에 꽂힌 봉으로 향하는 순간 인영의 몸은 빠르게 자리를 이탈할 것이다.

하나, 그의 생각과 달리 사내는 움직이지 않았다. 그는 발걸음을 멈춘 채 서 있었다.

'들킨 것일까? 아니면……'

인영의 심장이 조금씩 빠르게 뛰기 시작했다. 긴장으로 인한 흥분으로 귀식대법이 조금씩 풀려지기 시작한 것이다.

사내의 고개가 천천히 위로 올라오기 시작했다.

"이거…… 어떻게 해야 하나?"

깊은 그림자를 만들어내는 숲의 나무들을 뚫고 내려온 빛살이 사내의 얼굴에서 그림자를 지워냈다. 삿갓 아래로 드러난 사내의 얼굴은 굉장한 미색을 띠고 있었다.

'들켰다!'

하지만 인영은 그의 의도와는 달리 도망치지 못했다. 사내의 몸에서 살기도, 투기도 느껴지지 않았던 것이다. 때문에 그의 몸은 반응하지 않았다. 사고 또한 갑작스런 상황에 굳어버렸다.

이탈은 실패였다. 그렇다고 포기할 수는 없었다. 인영의 조금 뒤에는 또 다른 인영이 대기하고 있었다. 본래 인영이 도망치면 침입자를 막기 위한 존재였다. 그러나 이렇게 인영이 도망칠 수 없는 상황이 되면 그가 인영을 대신해서 임무를 수행한다.

스르륵!

나무에서 까만 낙엽 하나가 대지 위로 스며든다. 모습을 드러냈음에도 인영의 존재감은 극히 적었다.

"마교의 사람인가?"

"…그렇습니다만, 그대는?"

사내를 향해 인영은 조심스레 물었다. 슬쩍 미소를 짓는 그의 얼굴은 누구라도 호감을 품을 정도로 다정한 외모였지만, 그의 눈동자만은 달랐다. 광기로 번들거리는 그의 눈자위는 인영에게 '위험' 이라는 본능적인 감각을 느끼게 만들었다.

사내가 천천히 입을 열었다. 그의 숨결에 미세하게 대기가 흔들린다. 그것은 인영은 물론 주위의 모든 것을 강철처럼 굳혀 버렸다.

"나의 이름은 진산. 교주를 만나러 왔다."

"뭐, 뭐라고 하셨습니까?"

진산의 말에 인영은 자신이 무언가 잘못 들었다고 생각했다. 마교의 교주라 함은 강호의 두 절대자 중 하나다. 그것 외에도 일개 세력으로는 가장 강한 힘을 가진 마교의 교주이기도 했다. 그런 인물과, 그것도 본거지에서 독대를 하겠다는 것을 인영의 머리로는 쉬이 이해할 수 없었다.

인영의 태도에 진산의 미간이 슬쩍 좁혀진다.

"안내해라."

그가 명령했다.

"…당신은 절대 이 앞을 지나갈 수 없습니다."

진산의 명령에 잠시 놀랐지만, 인영은 이내 정신을 추스르고 싸늘한 표정으로 경고했다.

교주를 만난다니, 일개 낭인이 만나뵐 수 있을 정도로 가벼운 사람이 아니었다. 무림에서 왕이라는 칭호를 받을 정도로 강하고, 단일 문파 중 최강이라 불리는 마교의 주인인 것이다.

"흐음, 그래?"

진산의 아미 꿈틀거렸다. 교주가 자신을 원한다기에 조금은 쉬울 줄 알았는데, 역시 야율령을 데려왔어야 했다. 진산의 눈동자 위로 인영의 모습이 떠올랐다.

'죽일까?'

거대한 살기가 인영의 몸을 짓누른다. 순식간에 인영의 안색이 파리하게 질려갔다.

진산은 이내 고개를 저었다. 살기도 봄날 눈 녹듯 사라져 버린다.

인영은 가쁜 숨을 토해내며 다시 기를 가다듬기 시작했다.

'동의맹을 뭉개려면 마교의 힘이 필요하지. 나 홀로 굴복시킬 수 있는 곳도 아니고, 괜히 싸웠다간 힘만 낭비하는 꼴이 될 거야.'

그러나 그의 생각과 달리 그의 손은 천천히 움직였다. 쌍룡곤을 향한 움직임은 아니었다. 진산의 손이 인영의 머리로 향했다.

진산의 손이 인영의 머리를 가볍게 쥐었다. 나약해 보이는 인상과는 달리 그의 손에서는 쉬이 벗어날 수 없는 악력이 인영의 머리를 강하게 조였다. 그의 귓가에다 진산이 작게 소곤거렸다.

"적이 두려워 손님 하나 받아주지 못하는 것이 마교인가?"

진산의 말이 인영의 자존심을 팍 긁었다. 단일 문파로서 최강인 마교다. 백여 년 전에는 홀로 중원 전체를 상대했다는 전설을 가진 마교였다.

인영은 진산이 자신보다는 고수지만, 그보다 강한 자들은 차고 넘친다고 생각했다.

침입자 하나 막지 못하는 것도 문제가 되지만, 이자가 돌아가 이상한 소문을 흘리는 것도 문제가 된다. 후자의 경우는 마교가 얕보이게 된다.

"뿌득!"

인영이 이를 갈았다. 검은 복면 사이로 칼날 같은 시선이 뿜어져 나와 진산에게 파고든다.

그의 눈빛에 진산이 씩 미소를 지어 보였다. 그것이 인영의 마음을 자극했다.

"좋습니다. 따라오시지요. 하지만 조심해야 할 것입니다. 이곳은 말 그대로 용담호혈. 그대가 손님이라 해도 무례한 행동을 했을 시 반드시 죽음이 뒤따를 것입니다."

인영이 차갑게 말하고는 등을 돌렸다. 진산이 천천히 그의 뒤를 따라갔다.

마교의 진법과 기관은 무한했다. 일 보 내딛을 때마다 하늘이 움직였고, 조용히 침묵하고 있는 기관의 힘도 피부로 느껴졌다.

'정면 돌파는 역시 무리였겠군.'

진산은 진법과 기관에는 취약했다. 어설픈 진법에도 쉽게 당하고 마는 그에게 마교의 진법은 너무나도 강했다. 기관 또한 한낱 인간의 힘으로 뚫고 갈 수 있을 정도로 약하지 않았다.

식은땀이 흘렀다.

진법과 기관을 피하며 가길 반 시진. 겨우 마교의 문이 눈에 들어왔다.

오래된 세월의 풍파를 짊어진 문은 노쇠한 나귀와 같았다. 군데군데 이가 빠지고 반쯤 몸을 기울인 모습이 과연 단일 문파 중 최강이라는 마교의 정문인지에 대한 의문까지 들게 했다.

문은 낡았지만 거대했다. 하늘을 찌를 듯이 서 있는 문 주위로 거대한 담이 산줄기를 따라 물결치듯 서 있었다.

달칵!

인영이 그곳으로 다가가자 문 위로 작은 창문이 열린다.

"뭐냐?"

덥수룩한 수염을 가진 사내가 퉁명스럽게 입을 열었다. 문지기로 보이는 사내 역시 고수로 보였다. 몸에서 풍기는 기세가 결코 하수의 것이 아니었다.

인영이 입을 열었다.

"손님입니다."

"누구 손님인데?"

"…교주님입니다."

인영의 말에 사내는 진산을 훑어보기 시작했다.

낡은 피풍의에 호리호리한 외모, 여러모로 교주를 만나기에는 인상이 너무 약했다. 또 고수라 하기에도 너무 약해 보였다.

사내는 대뜸 인상을 찌푸렸다.

"남풍, 너 네 임무가 뭔지는 아냐?"

"교 인근 진법과 기관의 관리, 정찰입니다."

인영, 남풍이 재빨리 대답했다. 문지기가 한심하다는 듯이 중얼거린다.

"적인지 쓰레기인지 모를 놈을 안전하게 교로 모시는 것이 아니고?"

"아니, 그것이……."

남풍이 식은땀을 삘삘 흘리며 말을 더듬는다. 그가 보기에는 진산은 확실히 고수였다. 그런 자가 교주를 만나고자 하면 무슨 이유가 있을 것이라 생각했다. 또 적이라도 감히 홀로 마교에 쳐들어올 수 있는 능력을 가진 자는 없다고 안심했다.

남풍이 한참 몸을 떨고 있을 때 진산이 움직였다. 그는 느릿한 걸음으로 창문에 얼굴만 달랑 드러난 문지기에게 다가갔다.

"문 열어."

진산의 말에 문지기는 얼굴을 구긴다. 마교는 태어나자마자 무공을 배운다. 그중 특출한 인재들은 전투 부대로 빠지고, 남은 찌꺼기는 교내에서 잡일을 담당한다. 그중 문지기는 무공을 익힌 잡일 담당 중 가장 고수가 맡는 직이다. 마교가 적이 많기에 그런 방편을 쓴 것이다.

　물론 방어를 위한 전투 부대 또한 있었다. 문지기는 단지 조금 강한 고수가 나타나면 열심히 뛰어 교내 고수에게 연락을 하는 담당일 뿐이다.

　현재 문지기를 맡고 있는 금기중은 자존심이 매우 강한 사람이었다. 또 그는 오가는 사람들에게 주워듣는 것이 많은 사람이었다. 자신이 교내에서는 문지기라곤 해도 중원에서는 능히 고수로 통할 존재인 것을 아는 사람이었다.

　그는 밖에서는 고수였다. 그런데 교 밖에서 온 진산의 태도가 거슬렸다. 그 정도는 가볍게 가지고 놀 수 있을 것 같았다.

　"이놈이!"

　금기중이 살기를 풍겼다. 마공을 익힌 그가 살기를 풍기니 제법 무섭게 분위기가 깔렸다.

　남풍은 작게 한숨을 토해냈다. 문지기인 금기중은 그의 상관이었다. 그가 화나면 자신에게도 불똥이 튈 것이다. 최악의 경우, 자신 대신 다른 놈이 금기중의 뒤를 이을 수도 있었다. 좌천되면 살기 힘든 것은 중원이나 교나 마찬가지였다.

　진산이 창문에 드러난 금기중의 머리를 덥석 잡았다. 그리고 그의 귓가에 작게 속삭였다.

　"죽을래?"

　스산한 기운이 금기중의 온몸을 뒤덮었다. 그가 뿜어내는 살기는 금기중의 것과는 달랐다. 훨씬 더 음습하고 강력한 것이었다.

　금기중은 진산의 살기에 그의 손에서 벗어나기 위해 안간힘을 썼다. 하나 진산의 손은 꿈쩍도 하지 않는다. 그의 살기는 점점 더 짙어져만 갔다.

　그의 얼굴 위로 공포가 떠올랐다. 철저하게 강자지존의 세계인 마교에서 낙오된 그에게 공포란 것은 몸 깊숙하게 틀어박힌 것이었다. 금기중의 유리 같은 자존심이 부서지자 강아지처럼 부들부들 떨기 시작했다.

　"열어."

　진산은 슬쩍 금기중의 머리를 놔주었다. 창문에서 그의 머리가 사라졌다. 그리고 털썩! 가죽 부대가 떨어지는 소리가 들렸다.

　두두두두!

　문 너머로 일련된 발걸음 소리가 들려왔다. 남풍의 후임이 끌고 온 전투 부대였다.

　진산이 슬쩍 창 너머로 고개를 내밀었다. 땅에 쓰러진 금기중과 빠른 속도로 달려오는 이들이 눈에 들어왔다. 그들은 금기중과 비교할 수 없을 정도로 강한 고수들이었다.

　마교 외부 방위대. 줄여서 방위대가 나타났다. 그들은 마교 가장 외측의 방위를 맡은 무사들로 실력은 제법 뛰어났다. 고수 중에서도 일류는 못 되도 이류쯤은 되는 이들이었다.

　"뭐야? 결국 싸워야 하는 건가?"

　마교에 붙어서 동의맹과 전쟁을 시키러 왔다. 때문에 싸우는 것은 되도록 지양하고 싶었다. 그런데 적 쪽에서 이렇게 나온다면 어쩔 수 없다, 싸우는 수밖에.

진산이 등에서 쌍룡곤을 뽑았다. 그것은 햇빛을 받아 강렬하게 빛을 토해내기 시작했다.

"뭐 하는 짓입니까?"

남풍은 진산이 무기를 꺼내는 것을 보자 깜짝 놀라 외쳤다. 진산은 쌍룡곤을 휘두르려는 것을 멈추고 남풍을 바라보았다. 그의 얼굴은 잔뜩 굳어진 채 진산을 노려보고 있었다.

진산이 입을 열었다.

"내가 교주의 손님이라는 것을 증명해야지 않겠어?"

그렇게 말하고는 진산은 마교의 정문을 향해 쌍룡곤을 휘둘렀다. 강력한 기운이 담긴 쌍룡곤이 풍차처럼 움직였다.

꽈광!

거대한 폭음과 함께 문이 가루가 되어 흩날렸다. 메케한 먼지가 허공으로 퍼져 나간다.

'그것을 힘으로 할 필요가 있습니까!'

진산의 행동에 남풍이 속으로 비명을 질렀다.

달려오던 마교의 방위대는 갑작스런 폭음에 더욱 빨리 움직였다. 그들의 몸이 한 줄의 선이 되어 진산을 향해 빠르게 다가왔다.

쉬익!

검 하나가 진산의 미간을 향해 쏘아졌다. 진산의 몸이 버드 나무처럼 기울어진다. 검은 진산의 미간 한 치 앞에서 더 이상 나아가지 못하고 허공을 스친다.

진산이 몸을 가볍게 비틀면서 쌍룡곤을 휘둘렀다.

빠각!

공격을 감행한 방위대 대원의 다리를 가볍게 부러뜨렸다. 대원이 땅을 구르며 진산과 멀어진다.

제일대의 수는 스물 정도. 그들이 잠시 시간을 벌면 이대, 삼대까지 나타날 것이다. 다시 그들이 적을 막고 있으면 마교 내부에서 대기 중인 진짜 고수들이 나타나게 된다.

진산의 움직임이 빨라졌다. 쌍룡곤이 제일 방위대의 머리를 후려친다. 빠각! 두개골 정돈 단숨에 부서졌을 것 같은 소리가 곳곳에서 들려왔다. 하나 제일 방위대 중 죽은 이는 하나도 없고 대체로 거품을 토해내며 쓰러져 있을 뿐이었다.

"뭐, 뭐야?"

제이대가 아직 준비도 하지 못한 채 진산을 만났다. 그들은 훈련은 조금 받은 적이 있지만 실전은 치러본 적이 없었다. 마교가 침입을 당하는 일은 긴 역사 중에서 단 한 번도 없었던 것이다. 그들이 지금 힘이 약해진 것은 괜히 다른 문파를 먹겠다고 나서다가 까먹은 것들 때문이다.

제이대는 제대로 정렬도 하지 못한 채 어영부영하다가 진산과 마주했다. 제이대는 당황했다.

하나 진산은 그들이 정신을 차릴 때까지 기다려 주지 않았다. 쌍룡곤이 뇌전처럼 그들의 몸을 때리기 시작했다. 이십을 조금 넘는 제이 방위대가 낙엽처럼 땅에 눕는다.

그 뒤로 제삼대가 빠르게 나타났다. 제일대와 제이대의 실력은 거의 차이가 나지 않았다. 그저 적이 나타나면 몸을 던져서라도 막는 위치다. 감히 마교에 쳐들어올 정도로 배짱과 실력이 있는 이들이라면 고수 몇 던져 주는 것은 어렵지 않을 정도로 인력이 두터웠다.

제삼대는 달랐다. 그들은 제일대와 제이대처럼 통일된 무기를 가지고 있지 않았다. 각자 특성화된 무기를 가지고 있었다. 어떤 이는 검이나 도를 사용하기도 했지만, 암기를 사용하는 이나 창, 부를 사용하는 이들도 있었다.

진산이 제삼대를 향해 달려들자 그들은 재빠르게 진법을 만들었다. 앞의 두 부대가 쉽사리 당하는 것을 보았기에 그들은 방심하지 않았다. 군기가 바싹 들어 허둥지둥거리지도 않았다.

제삼대가 사용하는 진법은 조금 진부한 삼재진법이었다. 물론 마교의 무공 특성에 맞게 약간 개조된 것이지만, 크게 차이는 없었다. 그러나 그것을 서른 가까이 되는 제삼대가 시전하자 위력은 상상을 초월했다.

탁!

달려가던 진산이 발걸음을 멈추었다. 진산은 진법에 대해서는 잘 모른다. 해남도에서 전쟁에 나설 때도 그가 진을 짜는 법은 없었다. 그는 먼저 나서서 가장 강한 녀석을 족치고 아군이 조금 힘들다 싶은 부분에서 날뛰기만 했다.

진법을 상대하는 것은 처음은 아니었다. 하나 제삼대가 풍기는 기세는 해남도의 해적들이 보이는 것과는 사뭇 달랐다.

'정면으로 붙어야 하나? 아니면 어떻게 요령을 피워야 하나?'

그의 생각과 달리 몸은 제삼대를 향해 다시 움직이고 있었다. 어차피 그가 진법에 대응하여 싸운다는 것은 무리였다. 그에 관한 지식이 거의 전무하다 싶으니 말이다.

진산이 쌍룡곤을 휘둘렀다. 강철보다 단단한 쌍룡곤이 진산의 해일 같은 내공을 받자 부르르 몸을 떨었다.

꽝!

제삼대는 앞서 일, 이대가 당하는 것을 떠올리며 진산의 공격을 방어해 갔다. 세 명의 대원이 주르르 미끄러졌다.

진산의 신형이 한차례 더 움직였다. 빙글 돌더니 더욱 강한 힘으로 제삼대의 진을 후려쳤다.

꽈앙!

세 명의 대원에 이어 다섯 명의 사내가 다시 쌍룡곤을 막았다. 전처럼 밀리지는 않았지만, 그들의 안색은 하얗게 질려 버렸다.

진산이 다시 한 번 움직였다. 한 바퀴 몸을 휘돌아 쌍룡곤을 휘두르려 했다. 그때를 노려 제삼대가 진산을 노렸다. 먼저 암기가 날아들었다.

파라락!

십자 수리검이 나선을 그으며 진산의 허벅지를 노렸다. 진산이 내공을 잔뜩 모아 그대로 땅을 찍는다.

쿵!

먼지가 진산의 머리까지 치솟는다. 동시에 땅이 푹 꺼진다. 수리가 목표를 잃은 허공을 붕 떠버렸다.

그 뒤로 길쭉한 창이 진산의 등을 노렸다. 창극을 중심으로 팽이처럼 돌아가는 창은 단숨에 진산을 꼬챙이로 만들어 버릴 것만 같았다.

창에 맞기도 전에 진산의 신형이 비틀 쓰러진다. 그리고 쌍룡곤이 여의봉마냥 쭉 늘어난다. 창극과 곤극이 마주한다.

쩡!

창을 다루는 대원의 손바닥이 퍽! 하고 터져 버린다. 창이 잠시 허공에 멈춰 서다가 이내 떨어진다. 진산이 땅을 박차고 날아오른다. 암기와 창을 잃은 제삼대의 진은 약간 무너져 있었다. 진산이 그 틈을 비집고 들어갔다.

쌍룡곤이 가장 먼저 도를 다루는 대원에게로 향했다. 먼저 일격을 받아낸 세 대원 중 하나였다.

쾅!

묵직한 굉음이 손바닥을 타고 전해져 왔다. 도를 다루던 대원이 연신 뒤로 물러서다가 한 줌 피를 토하고 쓰러져 버렸다.

"흐압!"

검을 다루는 대원이 진산의 옆구리를 향해 검을 내질렀다. 진산의 왼발이 가볍게 땅을 찬다. 툭, 노루마냥 가볍게 뛰어오른 진산의 오른발이 반 바퀴 돌며 대원의 머리를 걸어찼다.

퍽!

검을 다루는 대원의 신형이 가볍게 날아간다. 털썩! 하는 소리가 남은 제삼대의 귓가에 파묻힌다.

진산의 몸이 가볍게 떠올랐다. 제삼대의 진법은 이미 반은 무너져 있었다. 그들 또한 제이대처럼 실전이 부족했다. 진법이 반이나 무너진 상황에서 적을 상대할 정도로 사고 전환이 빠르지도 않았다.

휙!

진산의 쌍룡곤이 허공에서 늘어났다. 그것은 눈 깜짝할 사이에 수 개로 늘어나 제삼대의 미간을 쿡 찔렀다.

따당! 따당!

콩 볶는 소리가 몇 번. 진산의 곤에 맞은 제삼대의 눈이 뒤집어지고 입에선 허연 거품이 부글부글 끓어올랐다.

그사이 진산이 제삼대의 진법 깊숙하게 파고들었다. 진법은 이미 거의 무너졌다. 진산이 이미 중심부에 들어선 이상 효과도 별로 없었다.

"이, 이런!"

"공격해!"

"으, 으악!"

중구난방, 통일되지 않은 행동으로 그들의 진법은 단숨에 와해되었다. 진산은 진법이 무너진 제삼대의 대원들을 하나하나 때려눕혔다. 내공이 충만하게 담긴 쌍룡곤은 비교적 약한 제삼대의 대원들을 가볍게 뭉갰다.

제삼대를 공격하는 진산을 향해 검은 그림자 하나 다가왔다.

카앙!

불똥이 튀었다. 쌍룡곤이 허공에 멈춰 섰다. 날 없는 검 하나가 쌍룡곤의 길을 막아서자 검은 그림자와 진산의 신형이 동시에 뒤로 물러선다.

'고수인가?'

중원에서 고수라 부를 사람들은 많았다. 중원이 워낙 하향 평준화가 되다 보니 그런 현상이 일어난 것이다. 물론 팔파나 개방, 오대세가 정도 되는 세력이라면 조금 다르다. 그들은 진짜 강하기 때문이다.

마교의 고수라 함은 적어도 중원에서는 십대고수라 불릴 정도의 실력자다. 워낙 숨기는 것이 많은 곳인지라 강호에는 알려지지 않았을 뿐이다. 또 구룡은 모르나 십대, 십오대고수라 하는 것에는 오차가 많았다. 소지가 천하제일살수이고 제법 강하다고는 하지만, 살수 주제에 십오대고수라 불릴 리는 없다. 백대고수에나 간신히 낄까?

눈앞의 사내도 중원의 진짜 순위 오십 위 안에는 들 법한
자였다. 소지보다는 월등히 강한 자였다. 물론 겸은 인영은
부단장보다도 강하다.

"누구기에 감히 본 교에 침입하는 것이냐?"

검은 인영에게서 중저음의 목소리가 흘러나왔다. 검은 피
풍의에 목도리, 가죽 신발 등, 흑색 일색의 사내는 살기를 풀
풀 풍기며 물었다.

그의 질문에 진산이 미소를 씩 지어 보였다.

"일단은 초대받은 손님입니다."

"누구의 초대를 받았는가?"

검은 인영은 오만한 태도로 진산을 내려다보았다. 그럼에
도 진산은 조금도 찌푸리는 일 없이 입가에 미소까지 띠며 입
을 열었다.

"교주."

진산의 말이 채 떨어지기도 전에 검은 인영이 질풍처럼 움
직였다.

검은 인영의 공격은 제법 매서웠다. 진산은 연신 쌍룡곤
을 흔들며 인영의 공격을 흘려냈다. 하나 인영이 뿜어내는
마기(魔氣)는 매우 독한 것인지라 진산의 거대한 내공으로도
상당히 힘겹게 느껴졌다.

"흐읍!"

진산이 크게 숨을 들이켜며 쌍룡곤을 휘둘렀다. 조금 과도

하게 내공을 쏟아 붓자 쌍룡곤 위로 강기 비스무리한 것이 맺히기 시작했다.

카앙!

검은 인영의 흑색 검이 쌍룡곤과 부딪쳤다. 그들의 대결에서 나온 부산물들이 그들 주위로 부챗살처럼 퍼져 나갔다. 그것은 날카로운 비수처럼 푹푹 땅을 뚫고 벽을 뚫었다.

진산이 더욱 기를 끌어올렸다. 사기가 환약 같다면, 마기는 독과 같다. 마기가 진기를 육포마냥 죽죽 찢어버린다.

"크윽!"

진산이 신음을 토했다. 그는 단 한 번도 마기와 싸운 적이 없었다. 마공이 워낙 익히기 힘들 뿐 아니라 어지간한 천재가 아니고서야 고수를 넘을 수 없기 때문이다. 그렇기에 해남도라는 작은 섬에서 실력있는 마도인을 볼 수 없는 것이다.

인영의 검은 마기가 진산의 단전을 자꾸 때렸다. 때리다 지친 마기들은 단전 옆에 똬리를 틀고 눌러앉아 버렸다. 그것은 그의 혈맥을 막고 몸을 썩게 만들었다. 진산의 얼굴에서 땀이 뻘뻘 흘러나오기 시작했다.

'뭐야! 이건?!'

진산이 순간 남은 힘의 전부를 쌍룡곤에 쏟아 부었다. 용광로처럼 시뻘건 불빛이 쌍룡곤을 통해 폭발했다.

치이익!

땅이 탔다. 인영의 검이 조금 녹았다. 둥그런 홈이 꼭 쌍룡곤의 모양과 비슷했다.

진산은 재빨리 쌍룡곤을 놓고는 뒤로 물러섰다. 더 이상 곤으로 싸워봐야 승산이 보이지 않는다고 판단한 것이다. 그는 잽싸게 기절한 방위대원의 검을 하나 슬쩍 들었다. 일류는 택도 없고, 삼류라기보다는 조금 나은 검이었다.

'초대받은 손님이라고 했는데도 덤볐으니 죽더라도 원망은 하지 않겠지?'

진산의 입가가 기묘하게 뒤틀린다. 그의 몸에서 은은하게 새어 나오던 사기가 일순 사라진다. 마치 태풍의 눈에 들어온 듯 고요하면서도 조용한 기운이 그의 주위를 맴돌았다.

검은 인영이 불안한 느낌을 받았던 걸까? 그는 화살처럼 쏘아져 나왔다. 진산은 옅은 미소를 지은 채 다가오는 인영을 바라만 보고 있었다.

"흠!"

인영이 낮은 신음을 토해내며 검을 휘둘렀다. 흑색 검이 허공에 어둠을 만들어낸다.

찰나, 인영의 검은 진산의 목까지 다가왔다. 가만히 있던 진산이 그제야 움직이기 시작했다.

느릿한 발걸음, 하나 세상은 이미 느려질 대로 느려져 그의 걸음이 도리어 빠르게 보였다. 하나둘, 잔상이 허공에 깊게 자국을 남기고 진산의 몸에서 흘러나온 붉은 기운이 잔영을 지워간다.

쉬익!

허공을 스치는 자신의 공격에 인영은 당황하고 만다. 진산의 목까지는 지척이었던 느낌이 확실했는데 그의 목은 너무도 멀쩡했다.

"그럼 갑니다."

진산의 검이 슬쩍 올라섰다. 거기에 태풍이 있었다. 수십 개의 전각보다도 더 거대하고 강렬한 태풍이 진산의 손에 들린 검 하나에 들어 있었다.

붉은 기류가 끊임없이 쏟아져 나온다. 유형화된 기가 검 주위로 빙글빙글 돌고 있었다.

'인간이 저런 것도 할 수 있는 건가?'

순간적으로 검은 인영은 당황했다. 머리카락처럼 얇은 검기들이 맹렬하게 소용돌이치고 있다. 인영은 강기와도 같은 너무도 강한 기운에 놀라 두어 걸음 물러서고 말았다. 그 틈을 진산이 파고들었다.

진산에게는 딱히 초식이 없었다. 강한 내공으로 인한 공격력과 뛰어난 신법에 의한 기동력. 단지 두 개뿐인 능력이었지만, 그것은 그를 해남도의 최강으로 만들어주었다.

그는 빠른 속도로 검은 인영의 품속으로 파고들었다. 검은 인영은 당황하지만 능숙하게 움직여 끌어올렸던 마기를 품속으로 파고드는 진산의 등에 후려쳤다.

펑!

한 걸음, 진산의 몸이 희뿌옇게 사라진다. 그의 마공은 허공을 격한 채 사라진다. 진산은 그의 좌측에서 검을 휘두른다. 검은 인영이 호신기(護身氣)를 끌어올려 진산의 검을 막는다.

"……."

소리 한 점 들리지 않는다. 부드러운 산들바람과 같은 일격이었다. 검은 인영의 옆구리가 뭉텅 뜯어져 나갔다. 호신기 따위는 너무도 쉽게 부수어 버린 것이다.

진산의 그림자가 길게 늘어나며 검은 인영과 멀어지자 검은 인영의 얼굴이 버려진 종잇장처럼 구겨졌다.

"커헉!"

한 움큼 피가 왈칵 쏟아진다.

진산은 기묘한 표정을 짓고 있다. 살짝 입꼬리가 올라간 것이 미소처럼 보이는데, 그러기에는 광기가 너무 짙었다. 그런 그를 바라보는 교도들의 등골이 오싹해졌다. 마공을 익히다가 마기에 미친 이들이 흔히 그런 표정을 짓기 때문이다.

그 순간 검은 인영 앞으로 불쑥 진산의 신형이 튀어나왔다. 그의 검이 다시 한 번 인영의 몸을 짓이겨 버리기 위해 휘둘러졌다.

쫘앙!

진산의 검이 인영이 아닌 애꿎은 땅만을 때렸다. 흙먼지가 풀풀 피어오른다. 그의 검이 간 곳에는 깊은 족적이 패어 있었다.

검은 인영의 신형이 사라지고 다시 나타났을 때는 진산이 노린 곳과는 조금 떨어진 곳, 한 사내의 손에 매달린 채 거친 숨을 토해내고 있었다. 진산의 시선이 느릿하게 돌아갔다.

진산의 시선 끝으로 열두 명의 흑의인과 한 명의 백의인, 그리고 검은색 비단옷 위로 금룡이 치솟는 자수가 그려진 사내가 보였다.

"자네가 진산인가?"

화려하게 차려입은 사내가 검은 인영을 뒤에 있는 흑의인들에게 툭 던져 주며 말한다.

진산이 붉은 눈동자로 가볍게 고개를 끄덕였다.

"사마 군사, 기대 이상이야!"

"예, 제 정보에 착오가 있었던 모양입니다."

백의의 사내가 고개를 꾸벅 숙인다.

"아니, 이런 착오는 얼마든지 있어도 좋다네, 군사."

화려하게 차려입은 사내는 함박 미소를 지으며 말한다. 그는 자신의 감정을 조금도 숨기려 하지 않았다.

"그래, 본 교에는 어인 일로 찾아왔는가?"

사내의 질문에 진산의 미간이 꿈틀거렸다.

"교주의 초대를 받았소. 그뿐이오."

땡그랑!

진산이 가볍게 검을 던지며 말했다. 그는 다시 쌍룡곤을 주

워 등에 콕 찔러 넣었다. 이제야 좀 말이 통하는 상대가 나타
난 것이라고 생각했다.

"그래그래, 잘 왔네."

사내가 고개를 끄덕인다. 그리곤 무엇인가 떠올랐다는 듯
이 손바닥을 딱! 치며 진산의 손목을 가볍게 낚아챘다. 진산
이 감히 피할 생각도 할 수 없을 정도의 고도의 금나수법이었
다.

진산이 갑작스런 사내의 움직임에 놀랐을 때, 그의 입이 열
렸다.

"초대해 놓고 언제까지나 기다리게 할 수는 없지. 자, 따라
오게나, 본좌의 궁으로."

진산은 그의 말투에서 단 하나의 존재를 느낄 수 있었다.

마왕 동방제.

강호에서 가장 강하다는 삼 인 중 일인이었다. 진산은 가슴
저 깊은 곳에서 호승심이 끓어오르는 것을 어찌할 수가 없었
다.

싸우고 싶다.

무인으로서의 가장 근본적이고도 본능적인 감각이 살며시
눈을 떴다. 단지 살기 위해 살육으로 해오던 그의 마비된 무
인으로서의 감각이 진정한 고수를 만나게 되자 돌아오기 시

작한 것이다.

근육이 움찔움찔거리는 것이, 당장이라도 눈앞의 교주의 목을 비틀어 버리고 싶은 기분이 들었다.

하나 그는 마교의 교주. 그의 무공이 어느 정도인지가 문제가 아니다. 열두 흑의인의 기세가 만만치 않다. 해남도에도 그들만 한 고수는 대략조의 여섯 명 정도. 아니, 그 여섯도 흑의인들에 비해 끓리는 면이 많았다. 또 사마 군사라 불리는 백의의 남자만 해도 상당한 수준의 고수였다.

'내가 해야 할 일은 복수다. 피처럼 선명하고 어두운 형의 복수. 강자와 손속을 섞는 것은 그 뒤라도 늦지 않다.'

진산은 입술을 꾹 깨물며 참아냈다. 가까스로 살아난 무인으로서의 본능이 다시금 눈을 감았다.

교주 동방제가 안내한 곳은 만마궁(万魔宮)이었다. 만 명의 마인들이 모인 곳이라 불려 만마궁이나, 현재 마인의 수는 채 오천을 넘지 못한다. 과거 중원 전체와 겨루었을 정도로 강했던 마교에 비해 많이 약소해진 것이다.

하나 만마궁은 손질이 잘 되어 있어서 그런지 여전히 과거의 위엄을 내뿜고 있었다.

"교주님, 저자를 어디까지 데려가실 것인지요?"

"음, 일단 교주전으로 가지."

흑의인 중 이마 부분에 일(一)이라 쓰인 자가 작게 속삭이자 교주는 명료하게 대답했다.

진산은 교주의 뒤를 따라 교주전으로 들어갔다. 교주전은 하늘을 찌를 듯이 높은 만마궁의 꼭대기가 아닌 지하에 있었다. 깊고도 넓은 만마궁의 지하는 마치 거꾸로 된 만마궁을 보는 듯했다.

교주전에 들자 교주가 의자에 몸을 파묻었다. 사마 군사가 교주의 옆에 서고 열두 명의 흑의인이 좌우로 흩어져 각자 자신의 번호가 쓰인 의자에 자리를 잡았다.

덕분에 진산은 자연히 남은 자리에 엉덩이를 걸쳤다.

"다시 한 번 말하겠소. 본 교에 온 것을 환영하오."

교주가 미소를 지으며 말한다. 부드럽게 웃는 교주의 모습은 마인들의 주인답지 않은 선한 인상이었다.

무공에는 하나의 경지가 있다. 일반 무사와 고수와의 차이를 결정짓는 것은 기의 수발이다. 삼류무사는 기를 사용할 줄 모르는 이들이다. 이류무사는 기에 대해 조금 이해할 정도의 실력이다. 일류 정도가 되면 검기라는 것에 발끝을 조금 담갔다고 볼 수 있었다. 고수라고 불리기 시작한 뒤로는 검기를 다룰 줄 알게 된다.

현재 교주의 경우에는 탈마(脫魔)의 경지에 있었다. 무공이라는 것은 제마다 성격이 있게 마련인데, 탈마의 경지란 그 성격에 구애받지 않는다는 것이다.

정파의 무공은 바른 기운이다. 꾸준히 익혀야 성과를 볼 수 있지만, 문제가 없다. 사파의 무공은 사기가 강하다. 이 사기란 것은 끊임없이 사람을 유혹하여 무공을 익히는 이의 몸을 망가뜨린다. 무공이 고강하면 할수록 유혹은 강해진다. 현재 진산의 경우가 그런 상태에 있다고 볼 수 있었다.

마공은 단순한 파괴만을 추구하게 된다. 역천의 기운을 얻은 마공은 한없이 흘러나오는 힘을 감당하기 위해서 밖으로 나오려 안간힘을 쓰게 된다. 그것이 마기고, 마공을 익히는 자들을 미치게 하거나 죽게 만드는 이유다.

교주에게서 풍겨지는 기운은 도사나 보일 법한 선기에 가깝다고 볼 수 있었다. 전에 부딪친 검은 인영의 경우와는 사뭇 다른 기운이었다.

'내가 만나온 자들 중 누구보다도 강하다.'

가슴이 두근거렸다. 진산은 교주의 눈을 똑바로 바라보지 못했다. 투기가 끓어올랐다. 투기의 뒤를 따라 절로 살기가 머릿속으로 침투해 왔다.

진산이 고개를 푹 숙인 채 입을 열었다.

"저를 부르신 이유를 알고 싶군요."

진산의 말에 교주가 씩 웃어 보인다.

교주는 물질적인 것이나 무공에 대한 탐욕은 없지만 인재에 대한 욕심이 많았다.

하나 그가 바라는 인재라는 것은 무공이 고강하고, 또 고강해질 자질을 가진 사람을 말하는 것이 아니었다. 쌈박질 정도는 마교에 있는 놈들만으로도 충분하다 못해 넘친다. 교주가 원하는 것은 기민하게 돌아가는 머리였다.

사마 군사는 교주의 욕심을 충분히 충족하고도 남을 인재였다. 그가 계획한 계획은 이미 크게 성장해 마교의 그늘로 숨어들었다. 문전에서 진산과 손을 나누었던 것도 사마 군사가 키운 계획의 일부였다.

진산의 경우는 처음엔 시큰둥했다. 사마 군사가 언질을 하지 않았더라면 아마 관심을 가질 생각도 하지 못했을 것이다. 그러나 녹림을 죽이고 그가 그들 손에서 빠져나오는 과정을 보고받으면서 생각은 달라졌다.

가지고 싶다.

진산은 사마 군사와는 또 다른 느낌의 인재였다. 사마 군사는 천재적이긴 하지만 전형적인 군사라는 느낌을 지울 수 없었다. 전쟁은 군사만 하는 것이 아니다. 그렇다고 전사만이 하는 것도 아니다. 그들 위에서 그것을 조율해야 할 사람이 필요하다.

진산은 그런 일로 적임이었다. 무공도 제법 하는 것 같으니 마교의 무사들에게 꿀릴 일도 없어 보이고, 교 내 작전 부대를 꽉 쥐고 있는 사마 군사가 언질한 사람이니 군사 측에서도 반박할 사람이 없었다.

그는 물과 기름같이 서로 섞이길 꺼려하는 무사와 군사 사이에 충분히 군사쪽 인물이 될 만한 사람이었다.

'내가 해도 될 일이었지만, 교주 체면에 직접 나설 수는 없

지. 마땅한 인재도 있고.'

교주가 고개 숙이고 있는 진산을 바라보며 입을 열었다.

"단도직입적으로 말하지. 내 밑으로 오게나. 내가 그대에게 또 다른 세상을 보여주지."

"마교도가 되라는 것인가요?"

진산의 입가가 긴 호선을 그린다.

"그래야겠지. 교주가 사적으로 수하를 갖는 일은 없으니 말이네."

교주 역시 빙그레 미소를 지으며 대답한다. 하나 분위기는 험악하기 그지없다. 교주의 뒤에 선 열두 흑의인의 시선이 진산을 꿰뚫어 버릴 것 같았다.

교주 때문인지 감히 그러한 낌새조차 내지는 않지만, 교와 아무런 연고도 없는 자가 교도가 되어 들어온다는 것이 꺼림칙한 모양이었다. 사마 군사처럼 교 내에 자신만의 세력을 만들어 버린 일도 있으니 마음에 들 리가 없었다.

진산이 다시 입을 열었다.

"교도가 되겠습니다. 하지만 그전에 하나 여쭈어봐도 되겠습니까?"

"얼마든지."

"사련과 오대세가와의 전쟁 이후 반드시 동의맹은 은서각을 노릴 것입니다. 그에 대한 교주님의 생각을 들을 수 있겠습니까?"

말투는 정중하나 당당한 물음이었다. 감히 교주의 면전에
대고 그러한 물음을 하는 이는 없었다.

진산의 물음에 교주는 미소를 지우지 않은 채 대답했다.

"어렵지 않은 요구군."

은서각은 마교를 비롯한 사파와 청성파, 화산파 등의 거대
문파로 이루어진 정파로 나뉘어져 있다. 동의맹이 하나로 똘
똘 뭉친 것에 비해 매우 불안정한 동맹이라고 볼 수 있는 상
황이었다.

그들은 무림의 정의나 사상, 성격 따위 때문에 뭉친 것이
아니기에 그들의 관계는 매우 껄끄러운 것이었다.

진산은 교주가 어떠한 생각을 알고 있는 것에 대한 것보다
그의 의지가 알고 싶었다. 전쟁을 할 생각이라면 더할 나위
없이 좋았고, 아니라면 교주를 바꿔서라도 전쟁을 일으킬 속
셈이었다.

'강호가 불바다가 되겠지만…… 알게 뭐야?'

진산의 입가에 짙은 미소가 감돌았다. 그리고 교주가 입을
열었다.

"동의맹의 맹주, 검왕 단우극을 아는가?"

"원수입니다."

진산의 머릿속에 잔혹하게 죽은 형이 떠올랐다.

교주가 피식 웃으며 입을 열었다.

"나의 목표 역시 그를 제거하는 것이라네. 그의 실권인 동

의맹과 그가 이면에 키워둔 조직까지 송두리째 부수는 것이 내가 할 일이지. 하지만 그러려면 인재가 필요해."

교주는 물잔을 들어 한 모금 목을 축인다.

"동의맹은 우리의 예상보다 훨씬 더 조직적이야. 단결이 강하지."

"……."

진산이 조용히 경청했다. 현재 그의 말 하나하나는 단우극을 죽일 수 있는 정보였다. 그것은 결국 형에 대한 복수를 할 수 있는 단서이기도 했다.

교주가 다시 입을 열었다.

"단순히 전쟁을 해서는 우리가 승산이 없어. 그렇다고 고수들을 이용해 암살을 할 수 있을 정도로 단우극은 약하지 않아. 결국 내가 나서야 한다는 것인데……."

교주가 말끝을 흐렸다. 그의 눈동자가 쐐기처럼 진산에게 틀어박혔다.

진산이 슬며시 눈을 감았다. 자신에게로 쏟아지는 그의 기세를 읽어내기 위함이었다. 봄날 불어오는 산들바람과 같으면서도 그 속에 담긴 기운은 폭풍 같았다.

'강하다.'

진산은 다시 한 번 놀랐다. 교주는 여태까지 진산이 만나온 수많은 고수들 중 누구보다 강했다. 중원처럼 여유로운 동네에서 그와 같은 고수가 나타날 줄은 생각도 못했다.

'하지만…… 충분히 이길 수 있겠어.'

그의 얼굴이 다시 시큰둥하게 변한다. 하지만 고개를 숙이고 있었기 때문에 교주는 그의 변화를 알아차리지 못한 듯했다.

사마 군사만 묘한 미소를 짓고 있다.

교주가 말을 이었다.

"그건 모양이 좋지 않아. 지존은 남에게 도전하지 않는 법이지. 역시 전쟁이 좋아. 관객도 있고 장소도 있고… 맹주를 제거할 멋진 장소가 아닌가?"

"……."

교주의 물음에 진산은 굳이 대답하지 않았다. 교주의 눈썹이 잠시 꿈틀거렸지만 진산은 그것을 알아차리지 못했다.

진산이 말이 없자 교주가 다시 입을 열었다.

"하지만 전쟁도 문제지. 은서각은 하나가 되지 못해. 그리고 마교 혼자서 싸우기에는 피해가 너무 크지. 그래서 은서각을 하나로 모을 만한, 그리고 전쟁에서도 충분히 쓸 만한 인재가 필요한데……."

교주의 시선이 다시 한 번 진산을 훑는다. 동시에 다른 누구도 눈치 채지 못할 정도로 은밀한 기백이 그를 압박한다.

진산의 안색이 조금 찌푸려졌다.

"정사 어디에도 속하지 않는 자네야말로 그에 합당하지 않는가. 이 정도면 자네를 필요로 하는 이유가 되지 않겠는가?"

"부족함은 없지만…… 필요한 것이 하나 있습니다."

진산이 고개를 들며 씩 웃어 보였다.

"그것이 무엇인고?"

교주가 고개를 갸웃거리며 물었다.

"그것을 말하기 전에 모두 물려주시기 바랍니다, 교주님만 알아야 하는 것이기에."

슥!

진산의 말에 교주가 시선을 뒤에 있는 흑의인들에게 돌렸다. 진산을 바라볼 때와는 달리 차갑게 얼어붙은 시선이었다. 흑의인들은 속으로 땀을 흘리며 빠르게 모습을 숨겼다. 사마 군사는 교주의 눈빛이 닿기도 전에 자리에서 일어나 조용히 사라졌다.

그들이 모두 사라지자 진산이 천천히 자리에서 일어났다.

스윽!

등에서 쌍룡곤이 빠져나온다. 진산의 입가에 걸린 미소가 작게 웅크린다. 웃고 있던 눈매가 슬며시 떠지며 그 속에 담긴 살기가 토해져 나오기 시작했다.

"나는 내 머리 위에 당신이 설 수 있는지 시험을 해봐야겠소."

콰아아아!

거센 기의 폭풍이 진산을 중심으로 폭발했다. 짙은 사기는 교주에게까지 다가와 교주의 옷이 거칠게 펄럭이고 있었다.

“……."

교주는 펄럭이는 옷자락을 보고도 아무렇지도 않은 듯 앉아 있었다. 그의 눈은 마공을 익힌 자답지 않게 깊고도 정심했다. 명경지수(明鏡止水). 진산이 자신의 힘을 뿜어내는 가운데도 교주의 마음은 평온했다.

“아까 전부터 기선 제압 한답시고 감질나게 기를 보내는데……. 진짜 기선 제압이라는 이런 거다!”

후우웅!

폭풍 같은 기세는 더욱더 매섭게 변했다. 마치 살이라도 베어버릴 것만 같은 기운이었다.

그때였다.

교주가 가볍게 발을 굴렸다.

쿵!

무겁게 울리는 소리와 함께 웅대한 기세가 그의 몸에서 은은하게 흘러나오기 시작했다. 거센 바람은 한 줌의 산들바람으로 변모하고 교주의 몸에서 흘러나온 기는 진산의 위로 태산처럼 쌓이기 시작했다.

“큭!”

진산의 안색이 창백하게 변했다. 기의 양은 진산이 압도적으로 많았다. 그러나 그의 기는 너무 가벼웠다. 진산의 기는 태산에서 비처럼 내리는 수많은 낙엽과도 같았지만, 교주의 기는 산 그 자체와도 같았다.

진산의 이를 악물고 쌍룡곤을 들었다. 쌍룡곤에서 붉은 기류가 불꽃처럼 솟아올랐다.

휘익!

쌍룡곤이 허공을 갈랐다. 쌍룡곤이 지나간 자리 위로 붉은 잔영이 불길처럼 생겨났다.

"잔재주는 그만 피우시지. 그냥 한바탕 붙어보자고."

"본좌와 싸우는 이유가 무엇인가? 본좌를 시험하는 것인가? 아니면 다른 목적이 있는가?"

진산의 재촉에 교주는 느긋한 표정으로 입을 열었다. 진산이 살기를 쏘아내고 있음에도 그는 여유가 있었다. 교주의 태도에 진산의 얼굴이 와락 구겨졌다.

그는 어쩔 수 없다는 듯이 대답했다.

"당신이 죽으면 이 마교는 누구의 것일까? 소문대로 마교가 힘으로 지배되는 것이라면 내 것이 될 테고, 아니라도 내가 동의맹이 의뢰한 살수라는 식으로 흔적을 남기면 동의맹과 한판 붙겠지."

말을 마친 진산이 음흉한 미소를 지었다. 그의 눈동자는 탐욕의 빛을 띠었다. 물질적으로 무언가를 얻기 위한 탐욕이 아니라, 그 행위 자체에서 얻는 쾌락을 느끼려는 탐욕이었다. 처음부터 최고로 사기를 끌어올렸더니 머리까지 사악한 기가 스며들어 버린 것 같았다.

진산의 말에 교주가 천천히 입술을 떼었다.

"그것은 나를 이길 자신이 있다는 말이군."

"물론."

진산의 눈동자가 붉게 물들어갔다. 사기와 살기가 뒤섞여 장내에 가득 차 올랐다.

"오만하군. 하지만 그렇기 때문에 더욱 마음에 들어."

교주가 자리에서 일어났다. 그리곤 허공으로 가볍게 손을 뻗었다. 교주가 앉아 있던 의자 뒤편에서 검은 도 하나가 몸을 드러냈다.

스르릉!

도집에서 검은 도신이 그 모습을 드러냈다. 날카롭게 이를 드러낸 도는 매우 투박했다. 교주라는 직함에 걸맞은 명도를 쓸 것이라는 생각과는 달리 그의 도는 단순했다.

다만, 교주의 도는 거대했다. 그것이 도가 아니라 무슨 하나의 기둥을 보는 것만 같은 생각이 들 정도로 거대했다. 날은 거의 없어 뭉툭한 것이 도가 아닌 철퇴가 아닐까? 라는 의문마저 들게 했다.

스스스―

도신 위로 검은 기류가 소용돌이쳤다.

교주가 입가에 긴 호선을 그렸다.

"도전을 받아들이지."

탕!

교주의 말이 떨어지자마자 진산의 신형이 대지를 박찼다.

허공에 떠오른 진산은 몸을 비틀며 봉을 휘둘렀다.

콰콰콰콰!

붉은 기류가 거칠게 교주를 향해 내쳐졌다.

진산의 공격이 자신에게 가까이 다가오자 그제야 교주의 도가 움직였다. 일 장은 족히 될 법한 도가 그의 두 손 위에서 부드럽게 회전했다.

“흡!”

교주는 도를 크게 치켜 올린 뒤 진산이 날린 붉은 기류를 향해 힘껏 내려쳤다.

콰지직!

교주의 일도에 거대한 폭음과 함께 붉은 기류가 썩은 나뭇가지처럼 부러져 나갔다.

진산의 몸이 허공에서 팽이처럼 돌아갔다. 붉은 기류가 다시 한 번 쌍룡곤에서 휘감겨 올라갔다. 붉은 기류는 진산의 손을 타고 빠르게 태풍을 만들어갔다.

그때 검은 기류가 움직였다.

거대한 도를 나무로 삼은 듯 검은 기류가 가지를 틀기 시작했다. 도 위로 일곱 개의 뿔이 순식간에 자라났다.

“하압!”

꽝!

태풍과 거목이 부딪쳤다. 동시에 진산의 표정이 와락 구겨진다. 하나 교주 또한 얼굴에서 여유가 사라졌다. 단숨에 부서질 줄 알았던 태풍이 불완전한 상태에서 그의 손목을 향해 회전하는 것을 보았기 때문이다.

교주가 몸을 크게 비틀었다. 철심을 심은 듯 의자 앞에서 꼼짝도 하지 않았던 그가 한 발짝 움직인 것이다.

"흐앗!"

터져 나오는 기합과 함께 교주의 검은 거목에 태풍이 갈기 갈기 찢어졌다.

"크악!"

진산의 몸이 거칠게 튕겨져 나갔다. 동시에 거칠게 소용돌 이치던 붉은 기류가 허공으로 녹아들었다.

탕탕탕! 땅을 세 번이나 구른 진산은 네 번째에 가볍게 몸 을 튕겨 일어섰다. 하나 그의 몸은 기 싸움의 패배로 인해 피 투성이로 변해 있었다.

"제기랄!"

진산이 억울한 듯 허공에 외친 뒤 자세를 바로 잡았다. 그 리고 잠시 진산은 쌍룡곤을 보더니 신경질적으로 내던졌다.

푹!

두부를 찌른 듯 대리석 가운데 쌍룡곤이 깊숙이 박혔다.

진산이 교주를 향해 손을 뻗었다. 아니, 정확히는 교주 뒤 에 나열된 무기를 향해 손을 뻗은 것이다.

팡!

검 한 자루가 검집에서 거칠게 뽑혀 나왔다. 그리고 검은 빠른 속도로 진산의 손 안으로 착지했다.

교주는 진산이 무기를 바꾸는 것에 대해 조금의 제재도 가하지 않았다. 그의 실력이라면 검 하나 못 가게 하는 것이야 어렵지 않았지만, 진산의 실력을 조금 더 보고 싶은 마음 때문에 멈췄던 것이다.

"제대로… 그래, 제대로 한번 붙어보자."

진산의 목소리가 착 가라앉았다. 흥분하는 기색도 보이지 않았다. 대신 그의 눈동자는 점차 붉게 변해갔다. 머리카락의 색이 허옇게 새어갔다. 그의 흰 눈자위가 검게 물들어갔다.

겉으로 토해져 나오는 사기와 살기가 진산의 몸속으로 파고든다. 그것은 회수한다고 보기보다는 기생충이 그의 몸속을 파고드는 것 같았다.

"호오?"

검을 들자 그의 겉모양만큼이나 진산의 기는 판이하게 달라졌다. 교주는 그의 모습에 흥미가 느껴졌다. 때문에 조금 더 가까이 관찰해 보고 싶다는 생각이 들었다.

한 걸음. 그는 아무런 반응이 없다. 자신의 기를 다시 다듬는 듯 그는 깊게 숨을 들이마시고 내뱉지만 교주를 향해 살기를 드러내지는 않는다.

두 걸음. 축지법을 사용했기에 그와의 걸음은 두 걸음이 남았다. 그럼에도 진산은 아무런 반응이 없다. 아니, 오히려 더 조용해지는 것 같았다.

세 걸음. 그와는 단 한 걸음을 앞두었다.

스르릭!

진산의 눈동자가 움직였다. 검은자위를 밀어내고 붉은 자위가 교주를 바라본다.

"죽어."

고요한 외침. 날카롭게 소리치는 것보다 더욱 뚜렷하게 귓속을 파고들었다.

스릭!

진산이 움직이지도 않았는데 교주의 옷자락이 잘렸다. 교주는 내심 놀랐지만, 속으로 추스른 채 뒤로 한 발짝 물러섰다.

진산이 그것을 보고만 있지는 않았다.

파라락!

진산과 교주의 사이로 어둠과 빛이 빠르게 교차했다. 서로의 무기와 마주치지 않으려는 듯 그들은 단 한 번의 부딪침 없이 수십 번 서로를 공격하고 방어했다.

교주가 크게 몸을 비틀었다. 그의 몸을 뒤따라 거대한 도신이 허공을 갈랐다.

휘이잉!

강풍이 주위를 휩쓸었다. 진산의 몸도 일도양단된 듯했다.

"흥!"

교주는 자신의 머리 위에서 인기척을 느꼈다. 그것이 진산임을 깨달았을 때 그의 몸은 물 흐르듯 자연스럽게 움직였다. 허공을 가른 도가 원심력을 이용해 중심을 바꾸어 하늘을 향해 찔렀다. 그것은 마치 용이 승천하는 듯이 보였다.

"마룡승천."

교주의 입이 떨어지기가 무섭게 단순하게 찌르기였던 것이 검은 용으로 변모했다. 그의 강기가 형태를 구축한 것이다.

쿠오오오!

용은 입을 쩍 벌린 채 허공에 뜬 진산을 향해 움직였다. 진산은 검 위로 붉은 강기를 여러 겹 덧대어 단단한 곤의 모양으로 만들었다.

"흐리— 얍!"

진산의 검이 허공에서 수백 개의 잔상을 만들어갔다. 일룡과 수백의 잔영이 부딪쳤다.

쿠우우우우— 웅!

그 둘의 부딪침에 호응하듯 땅이 울렸다. 부스스 천장에서 묵은 먼지가 떨어져 내렸다.

장내는 금세 뿌연 먼지로 가득 찼다. 그리고 그것은 교주와 진산의 신형을 가렸다.

둘 다 섣불리 움직이지 않았다. 교주는 진산의 변칙적인 공격에 대비해 기를 끌어올려 자신의 공격 간격을 넓혔고, 진산은 주룩 흘러내리는 피에 내상을 깨닫고 치료에 여념이 없었다.

시간이 지날수록 먼지가 점차 가라앉기 시작했다.

현재까지는 진산의 열세가 짙었다. 빠른 기동성과 힘 그 자체는 진산이 월등히 우세했으나 그 질이 달랐다. 교주의 마기는 진산이 가진 내공에 비해 조금 작은 감이 있었지만, 그 무게가 달랐던 것이다.

'크윽! 위험해.'

진산은 가까스로 내상을 추스르고 몸을 일으켰다. 그의 공격 방식은 간단했다. 거의 무한에 가까운 내공을 이용하여 그저 본능대로, 기의 흐름대로 공격하는 것. 절세의 보법으로 빠른 공격과 강한 내공에서 나오는 공격력으로 패배는 단 한 번도 없었다.

하나 교주는 차원이 다른 실력자였다.

진산은 조심스레 검을 치켜세웠다. 뿌연 먼지가 차츰차츰 내려앉기 시작했다.

'어떻게 하지? 좀 더 좁은 공간에 더욱 큰 힘을 불어넣어야 해. 그러니까 기를 압축시켜서……'

거의 본능적으로 진산은 기를 움직였다. 검 위로 붉은 선 하나가 그어진다. 시뻘겋게 타오른 기류는 점차 색을 잃고 하얗게 변해간다.

새하얀 검신 위로 선 백선(白線)은 몸을 크게 뒤틀더니만 검날 위로 제 몸을 세웠다.

'뭐지?

진산은 기가 자신이 의도한 바와는 다르게 움직이자 깜짝 놀랐다. 사실 그는 이제야 검기를 완성한 것이다. 거대한 내 공이 거침없이 흘러나와 검기라는 것이 따로 필요하지 않았지만, 교주와의 결전에서 고밀도의 기운이 필요했던 것이다.

쩌적! 쩌저적!

흰 선에서 검붉은 기류가 다시금 치밀어 오르기 시작했다. 내공이 워낙 많았기에 검기에서 검강으로 넘어가는 것은 어렵지 않았다.

픽!

백금색의 선 한줄기가 깨어지고 그곳에서 순도 높은 기운이 단단한 강기를 만들어내기 시작했다. 검붉은 기운이 불꽃처럼 치솟아오른다.

'이런 건가?

진산은 검강을 뿜어내는 감각을 기억했다. 과거 그가 검강이라고 뿜어낸 것과는 사뭇 다른 느낌이었다. 그것은 남의 검강을 따라 했을 뿐, 강기가 아닌 그저 거대한 기운일 뿐이었다.

진산이 자세를 고쳤다. 오른손으론 검을 목표를 향해 치켜 세우고 왼팔은 검극을 가볍게 받치고 있다.

"다시 한 번 싸워보지."

진산의 몸속에서 거대한 내공이 꿈틀거리기 시작했다.

그의 몸에는 각기 다른 여섯 가지의 내공이 숨 쉬고 있었다. 그 이유는 다섯 명의 사부가 내공의 핵심이 되는 선천진기를 진산의 단전에 심어놓았기 때문이다.

거대한 그릇으로서 자질을 가진 진산은 사부들의 내공과 더불어 자신의 내공까지 몸에 담은 채 지옥 같은 수련을 일삼았다.

그것은 내공을 효율적으로 다루거나 초식을 위한 것이 아니었다. 이 여섯 가지의 내공이 하나로 폭발할 때를 대비한 몸 만들기였던 것이다.

워낙 강한 힘을 가진 진기들이 쉼 없이 폭발해 대니 아무리 거대한 그릇을 가진 자라 해도 쉬이 막아낼 수 있는 것이 아니었다.

지옥 같은 수련과 수라도의 한 편을 보는 듯한 생존은 그의 몸과 정신을 더욱 강하게 만들었다.

그리고 몸은 완성되었다.

화기(火氣), 수기(水氣), 목기(木氣), 금기(金氣), 토기(土氣).

다섯 개의 기는 다섯 명의 사부가 그에게 전해준 내공이다. 각각 일 갑자씩 진산은 총 오 갑자의 내공을 가졌다. 하지만 그가 흡수한 내공의 힘은 겨우 삼 할 정도뿐, 남은 칠 할은 그의 단전에 고이 잠자고 있었다.

그것이 진산의 분노와 교주에 대한 위기의식으로 인해 눈을 떴다.

쾅!

땅바닥에 진산의 깊은 족적이 남았다. 뿌연 먼지가 진산의 신형을 잠시 가렸다.

스윽!

그의 몸이 한 마리의 뱀과 같이 소리도 기척도 없이 움직인다. 전과 다른 부드러운 움직임으로 교주에게 다가간다. 그리고 뻗은 일검. 느리지도 빠르지도 않다. 검기도 강기도 보이지 않는다. 하나 부들부들 떨리는 검에는 당장이라도 폭발할 것 같은 기운이 담겨 있었다.

'위험하다!'

교주가 재빨리 뒤로 한 보 물러섰다. 그의 신형이 엿가락처럼 쭉 늘어나더니 십여 장은 더 거리가 벌어져 버렸다.

휘익!

진산은 검이 무거운 듯 땅을 내려쳤다. 바로 교주가 있던 자리였다.

따당!

금속과 돌이 부딪치는 소리가 잠시 들렸다. 느린 칼질과 단단한 대리석과의 만남은 이렇게 끝이 날 것 같았다.

퍼석! 무언가 부서지는 소리가 귀를 거슬리게 했다. 교주는 안력을 높여 검과 대리석이 닿은 곳을 향해 바라보았다. 그의 시선에 들어온 대리석의 모습이 이상했다. 금이 너무 많이 가 하얀 입자 같은 알갱이로 짠 듯한 모양이었다.

푸스스―!

희뿌연 안개가 진산의 주위로 날렸다. 동시에 대리석 바닥은 깊게 파인 자국이 선명하게 드러냈다.

"……!"

교주의 눈에 경악이 스쳐 지나갔다. 진산의 일격이 생각보다 위력적이었던 것이다. 초식도 방식도 없지만, 그의 공격 하나하나가 일격필살에 버금가는 공격들이었다.

그 사실에 교주는 무의식적으로 미소를 지어버렸다.

마교에 입문하고, 무공을 배우고, 고수가 되면서 적수는 사라져만 갔다. 교주가 된 이후로 누군가와 겨루어본 적도 없었다. 그러한 상태에서 무공은 나날이 강해지고, 더욱 적수는 사라지고 말았다.

진산을 바라보는 교주의 눈빛이 전보다 더 탐욕스럽게 바뀌었다.

"자네는 강하다네. 꼭 내 휘하에 들이고 싶어."

교주가 점잖게 말했다. 반면 진산은 그의 말에 콧방귀를 뀌며 교주를 향해 검을 치켜들었다.

"닥쳐."

진산이 한 걸음, 두 걸음 교주를 향해 걸어가자 축지법이라도 쓴 듯 그들 사이는 순식간에 좁혀진다.

진산의 검이 움직인다. 여전히 느리지만 해일 같은 힘을 가진 검이었다. 하나 검은 느리나 반응까지 느리지는 않았다.

교주의 도가 진산을 향해 움직이면 진산의 검은 확실히 반응하여 그의 도와 마주한다. 교주의 도에는 진산의 검과 같은 위력이 없다. 맞부딪치면 박살 나는 것은 교주의 검이다. 거기다 상상할 수 없이 거대한 내공이 그의 몸을 망치는 것은 순식간이다.

교주가 다시 두 걸음 물러섰다. 이번에 땅이 줄어드는 현상은 일어나지 않았다. 때문인지 진산은 교주의 뒤를 쫓지 않았다. 하나, 검은 여전히 교주만을 향하고 있었다.

"자네는 충분히 강하지. 그와 같은 내공을 지닌 자는 내가 알기로는 단 한 사람밖에 없어. 하지만 그자는 초식 면에서도 강했지. 반면 자네는 초식이 뭔지도 모르고 있어. 쯧쯧."

교주가 혀를 찼다.

진산은 분명 강하지만 무인으로서의 강함은 아니었다. 용과 같은 힘을 가지고 있을 뿐, 그 힘을 활용할 줄을 모르는 아이와 같았다. 지금 그는 뱀밖에 되지 않는 사내다. 거대한 힘이라는 독니 하나를 가지고 있을 뿐 그 대처법을 아는 사람에게는 한없이 약한 존재다.

용이 되기 위해서는 그가 가진 내공을 활용할 줄 알아야 한다. 초식이라는 것은 자신의 힘을 끌어내는 것이다. 힘을 검에 담는 법이 있고, 싸우는 방법이 담겨 있는 것이다.

진산이 초식이 없이 싸운다고 하지만, 진정한 무초식은 초식을 한계까지 익혀 그것을 뛰어넘는 것이다.

현재 진산이 무초식이라고 생각하고 싸우는 방식은 파락호의 마구잡이식 공격 이상이 될 수가 없었다.

"또 자네는 자신의 힘을 제대로 사용하지 못하고 있어. 그것은 살쪄 움직일 수 없는 범과 같은 것이네. 움직이지 못하는 범은 늑대에게도 잡혀먹는 법이지."

교주가 충고를 하면서 진산의 검을 가볍게 흘려보냈다. 진산의 검은 그 어떤 폭음도 폭발도 일으키지 않고 교주의 도에 따라 조용히 허공을 휘저었다.

진산의 기가 신기루처럼 산산이 흩어져 버렸다.

"큭!"

갑작스런 내공의 소모에 의해 진산의 얼굴이 붉게 달아올랐다. 붉게 충혈된 눈은 당장이라도 피를 토해낼 것만 같았다. 몸의 기력이 순식간에 사라져 교주의 다음 공격에도 속수무책 노출되어 있었다.

교주가 빠르게 신형을 움직였다. 그의 몸 뒤로 도가 한 발 느리게 따라붙었다.

도가 움직인다. 진산은 재빨리 검을 들어 내공을 불어넣었다. 한순간 허탈감을 느꼈지만, 단전에 틀어박힌 내공이 워낙 많았다. 그의 검은 다시 느려졌다.

"더 강해지기 위해서는 지금이라도 초식을 배우는 것이 좋을 거야."

교주의 몸이 푹 꺼졌다. 대신 사람보다 더 큰 도가 그사이에 모습을 드러냈다.

"흡!"

진산이 도를 향해 검을 밀었다. 하나 도 역시 허깨비처럼 사라지고 그곳에는 빈 공간만이 있었다. 그의 느린 검은 회수하기도 쉽지 않아 무의미하게 허공을 때리고, 지근에 있는 적에게 기회를 주고 말았다.

"하지만 신법만은 뛰어나군. 좋은 스승에게 배웠어. 하나 그것이 자네의 성장을 막고 있어. 자네의 성장을 위해 내가 신법을 거두어가 주지."

도가 진산의 다리를 휩쓸었다. 오른쪽 다리가 허벅지부터 툭! 하고 잘려 하늘로 떠올랐다. 붉은 피가 허공에 선을 그리며 진산의 다리를 따라 물고기처럼 치솟아오른다.

진산의 몸이 푹 꺼진다.

"끄악!"

불에 덴 듯한 통증이 허벅지에서 느껴졌다.

교주가 진산을 향해 천천히 다가왔다. 그의 입가에는 미소가 그려져 있었다.

"마교에는 수많은 무공이 있지. 다리 하나 없어도 강해질 수 있다네. 단우극과 일전을 벌일 수 있을 만큼 강해지게나."

그렇게 말을 남겨두고 교주는 느긋한 발걸음으로 밖으로 나갔다. 그 뒤 사마 군사를 비롯한 교인들이 허겁지겁 달려와

진산의 다리를 지혈하고 붕대를 감는 등의 응급처치를 시작
했다.

　빠른 속도로 의료반에 옮겨진 진산이었으나, 그의 오른쪽
다리는 여전히 비어 있었다.

第二十章

칠단검법(七斷劍法)

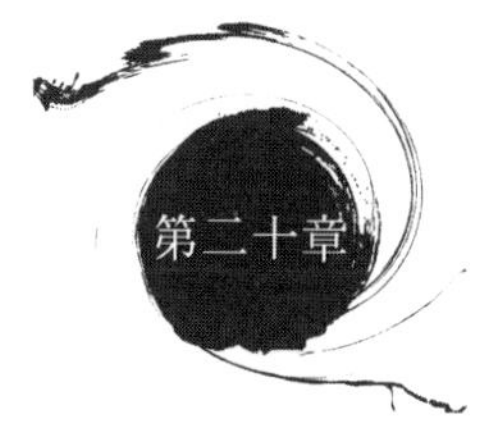

"철노에게 데려가게."

교주의 말에 사마 군사는 가볍게 읍을 하고는 수하를 시켜 진산을 옮겼다.

철노는 최근에 마교에 들어온 대장장이다. 그의 솜씨는 좋은 편은 아니지만, 무림에 대해 무공에 대해 지식이 깊어 교주가 마음에 들어하는 사람이었다. 딱히 실권을 가질 만한 힘도 없었고, 그럴 마음 또한 보이지 않았기에 그를 받아들이는 것에 대해 반대는 없었다.

애초에 교주의 말에 반하는 이는 단 하나도 존재하지 않지만 말이다.

사마 군사는 먼저 진산을 의료반에 옮겼다. 잘린 다리는 붙일 수 없다. 마기를 잔뜩 머금은 교주의 도에 당한 상처를 고칠 수 있는 의원 따위는 없었다. 마기가 깊게 침투한 다리는 속부터 썩어가기 때문이다.

사마 군사는 진산을 의료반에 놓고는 자리를 떠났다.

'이제야 그림이 조금씩 그려지기 시작하는군.'

다리까지 잘리는 것은 조금 예상 외였지만, 진산의 패배는 당연한 것이었다. 그의 무공 실력은 생각보다 제법 뛰어난 수준이었지만, 기본이 없었다.

교주는 괴물이다. 인간의 범주를 뛰어넘는 고수가 무엇인지 여실히 보여주고 있었다. 흑의인들, 마교의 장로들이 과거 교주의 권위에 도전했다가 모두 패했다는 사실은 이미 교 내에서 유명한 일화다. 사마 군사 역시 그를 관찰하면서 깜짝깜짝 놀라곤 할 정도로 그의 무위는 매우 뛰어났다.

과거에는 명호에 제(帝), 황(皇)이라는 자를 많이 썼다. 교주라면 마황이나 마제라 불려도 부족하지 않는 자임에도 왕이라 불리는 것이 도리어 의문이었다.

"뭐, 의문은 잠시 덮어두고…… 그가 마교에 나타났으니 슬슬 움직이기 시작해야겠어."

사마 군사의 뒷모습이 어둠 속으로 사라졌다.

진산이 일어난 것은 이틀이 지나지 않아서였다. 그때 이미 모든 치료를 마치고 그의 다리에는 의족까지 붙어 있었다. 강철로 만들어진 의족은 투박한 모양새를 하고 있었지만 불편함이 없는 듯했다.

"벌써 이렇게 낫다니…… 자네의 몸은 정말 경이롭군."

누군가의 목소리에 진산이 몸을 일으켰다. 척추가 으스러지는 듯한 고통이 느껴졌다. 그의 미간이 좁혀진다.

가늘게 뜬 눈동자 위로 노인 하나 들어왔다. 얼굴이 눈에 익었다. 전에 만났던 자였다. 어딘지는 기억이 나지 않았지만, 쌍룡곤을 주었던 그 노인이었다.

"철노…… 인가?"

진산이 희미한 기억의 끄트머리를 잡았다. 노인은 진산의 말투에 조금 인상을 찌푸리긴 했지만, 곧 풀었다.

"오랜만이네."

철노가 씩 웃었다. 그가 미소를 짓자 자글자글한 주름이 얼굴 깊이 파고들었다. 하지만 보기 싫은 주름은 아니었다.

진산은 자리에서 일어나려 했다. 철컥철컥거리는 의족의 소리가 기분이 나빴다. 하나 앉아만 있을 수는 없었다. 다리가 잘렸다는 것에, 의족이 달렸다는 사실에 충격이야 받았지만 그보다 자신에게는 해야 할 일이 있었다.

'형……'

진천의 죽음을 알았기 때문일까? 그리움이 사무친다. 마음이 미어진다. 눈가에 습기가 차 올랐다. 참다 참다 끝내 한 방울 흘리고 만다. 주룩 흘린 눈물은 강철 의족에 툭! 떨어진다. 그제야 그의 시선이 의족으로 향한다. 자신의 다리가 교주에게 잘렸다는 사실도, 다리 대신 의족이 달렸다는 것도 인지하고는 있었다. 하지만 막 깨어난 정신에 의족까지 신경을 쓰지는 않았다.

의족은 강철로 된 것 같았다. 한쪽 다리가 무겁다. 보통 의족은 나무로 만드는데, 그의 다리에 달린 것은 강철로 된 것이었다. 강철 의족에 대한 무게 때문에 진산이 인상을 찌푸리자 철노가 입을 열었다.

"알다시피 나무는 아니네. 그렇다고 강철도, 일반 철도 아니지."

"……?"

진산의 얼굴 위로 의문이 떠올랐다. 강철도 아니고 일반 철도 아니면 무엇으로 만든 것인가? 보통 의족은 나무로 만든다. 한데 그것을 금속제로 만든 것에 대해 의문이 들었다.

그의 의문을 풀어주려는 듯 철노는 진산의 철제 의족에 손을 가져갔다.

"자네가 누워 있는 동안 왼쪽 다리를 많이 관찰했다네. 단단하면서도 신축성이 좋은 다리야. 신법 공부가 상당하다는 것을 단번에 알 수 있었지. 때문에 다리를 잃은 것이 상당한 부담이 될 것이라는 것을 알 수 있었어."

철노의 말에 진산의 얼굴이 조금 어두워졌다. 진산의 싸움

방식은 신법을 이용해 적의 공격을 피하거나 파고들어 가 강한 내공으로 적을 일수에 죽이는 것이다. 다리 하나가 이렇게 되면 그의 힘은 절반, 아니, 칠 할 이상 떨어지는 것이 분명했다.

진산의 얼굴에서 어둠을 읽은 철노가 푹 한숨을 내쉬었다.

"내 솜씨가 조잡해서 전과 같은 능력을 보일 수 있는 의족을 만들지는 못했다네. 대신 이 다리에 하나의 능력을 부여했지."

"……?"

진산의 얼굴에 다시 한 번 의문이 떠올랐다.

"이 금속은 한 번 녹았다가 식으면 다시는 녹지 않는 금속이라네. 진짜 강기가 아니면 흠집조차 만들 수 없다는 만년한철과 같은 거창한 것은 아니지만, 그와 비슷한 효과는 낼 수 있을 정도로 단단한 것이라네. 자네가 가져간 쌍룡곤과 같은 재료라 할 수 있지."

"그것이 무슨 능력이라는 거지?"

진산의 입에서 가시 돋친 말이 흘러나온다. 단단하고 무겁다. 그것이 의족으로서 무슨 소용이 있겠는가? 조금 덜 단단하더라도 가벼운 것이 운신에 더 편할 것이다.

그의 말에 철노는 난해한 표정을 지었다.

"무겁고 튼튼하다. 자네가 다시 신법을 배운다고 할 때 나무로 된 의족이 견딜 수 있다고 생각하는가? 또 자네가 가진 그 거대한 내공을 견딜 만한 나무가 있다고 생각하는가? 무겁긴 하지만 자네가 움직이지 못할 정도는 아니라고 생각되네."

"의족을 단 상태에서도 신법을 쓸 수 있다는 것인가?"

진산이 깜짝 놀라 자리에서 일어났다. 동시에 철컹! 하는 소리와 함께 그의 다리가 똑바르게 섰다. 관절의 이음새 부분이 제법 세밀하게 만들어졌는지 신법과 같은 경우는 모르나 움직임에는 큰 불편이 없을 것 같았다.

철노는 진산의 질문에 가볍게 고개를 끄덕였다.

"그 의족은 과거 천재라고 불린 대장장이가 만든 것이지. 물론 자네가 한 의족에는 다른 의족들처럼 아름답다고 할 수 있을 정도의 무늬가 새겨져 있지 않지. 나는 무늬까지는 새겨 줄 수는 없었지만, 의족으로서의 기능은 충분히 살렸다고 생각하네."

철노는 그렇게 말하고는 다시 한 번 미소를 지었다. 그의 얼굴에 자신감이 가득했다. 하나 그것은 자신이 만든 의족 때문이 아닌, 그가 아는 그 대장장이라는 자의 설계도 때문인 듯싶었다.

진산은 가볍게 다리를 움직여 보았다. 조금 어색한 기분이 느껴졌지만 익숙해지는 것은 금방일 것이다. 다만 허벅지 아래로 감각이 없는 것이, 더 이상 한쪽 다리가 없다는 사실이 휑하니 가슴속을 채웠다.

묘한 감정이 진산의 마음을 두드렸다.

'나는 약했다.'

교주와의 일전. 교주가 중원제일고수이며 단일문파로서 제일 큰 마교의 주인이라고 해도 패배의 기분은 누그러지지 않았다.

멋모르고 복수하겠다며 검왕 단우극과 겨루었다면 어떤 일이 벌어졌을지 모를 일이었다. 이번에는 다리 하나를 잃었지만, 다음에는 목을 잃을지도 모른다.

지옥도에서 생존했다. 죽을힘을 다해 그곳의 고수들을 죽였고, 그 속에서 강함을 취했다. 해남도에서도 오로지 전투만을 일삼으며 살았다.

하나 너무 빠른 속도로 강해졌던 것일까? 어느새 오만한 감정이 가슴 깊숙하게 틀어박혀 있었다.

그 강함은 해남도에 국한될 뿐이었다. 최강이라는 단어 앞에는 해남이라는 지명이 붙어야만 하는 것이었다. 해남의 최강이, 최고가 중원에서까지 최고, 최강이 될 수는 없었다. 그는 약했고, 중원의 최강은 강했다.

해남 최강이라는 칭호는 그의 마음을 느슨하게 만들었다. 지옥도에서 헤쳐 나온 수라도와 같은 세월을 잊게 했고, 쓸데없는 자만만이 그의 마음에 틀어박혔다. 그것은 그에게 독이 되었다. 가슴 깊이 파고든 독한 마음 위로 하나둘 낙엽처럼 사람의 마음이 덮어갔다.

'형의 복수…… 아니, 나 자신을 위해서 강해져야 한다.'

누구를 위해 강해지는 것은 의미가 없다. 이미 존재하지도 않는 형의 뒤만을 쫓을 수는 없었다. 그 자신을 위해 강해져야만 했다.

진산의 눈에서 스산한 빛이 스쳐 지나갔다.

'반드시… 그래, 반드시…….'

사부의 수는 모두 다섯이었다. 지옥도에서 만난 인연. 그들은 일 갑자의 내공을 가지고 있었으며 일류고수라 불려도 손색이 없는 이들이었다. 하나 절정의 벽 앞에 무너져 버린 자들이기도 했다.

그들은 성인(聖人)이라 불리는 것을 좋아했다. 때문에 자신의 무공에 성인의 성 자를 덧붙여 화성, 수성, 목성, 금성, 토성이라 부르게 하였다.

진산은 그들 다섯 사부를 진심으로 모셨다. 비록 절정에 이르지는 못했지만 그들은 일류고수였다. 지옥도에서 그들만한 고수가 있기는 했지만 많지는 않았다. 절정에 이른 자도 두어 명뿐이었다.

다섯 사부는 모두 중원에서 쫓겨난 이들이었다. 이끌어줄 사부나 세력이 없음에도 일류고수가 된 그들의 자질은 매우 뛰어난 것이었으나, 절정의 힘 앞에서는 속수무책이었다. 또 중원이 그동안 쌓아온 세력의 힘 또한 너무나 커서 그들끼리로는 감히 도전할 수 없었다.

강해지기 위해 싸워왔고, 어느새 무림공적이라는 불명예가 그들의 이름 앞에 붙게 되었다. 벌 떼같이 쏟아지는 중원의 공격을 피해 해남도로 왔고, 다시 지옥도에 들어왔다.

그리고 다섯 사부는 진산을 발견했다.

진산의 몸은 거대한 그릇의 자질을 가지고 있었다. 과거 흑룡마제(黑龍魔帝)라 불리던 마교의 전설적인 고수의 특징을 몸에 담고 있었던 것이다.

흑룡마제는 특별한 수련을 하지 않음에도 모든 내공을 한없이 담을 수 있는 몸을 가졌으며, 단 한 번 본 초식을 자신의 것으로 만드는 눈과 몸이 있었다. 그중 진산은 모든 내공을 담아내는 재능만을 가지고 있었다.

성인들의 나이는 팔십이 넘어 아흔을 바라보고 있었다. 어린 제자의 성장을 보기에 그들은 너무나 늙어버렸다. 그들 다섯은 합의하에 자신들의 내공을, 그리고 선천진기를 모두 진산의 몸에 쏟아 부었다. 우주와 같은 공간은 바다와 같이 쏟아지는 그들의 내공을 한없이 받아들였다.

선천진기마저 송두리째 뽑힌 그들은 깊은 계곡의 골짜기 속에서 스스로 화석이 되었다.

그리고 그전에 남긴 것이 다섯 개의 초식. 그들 각각의 내공을 효율적으로 쓸 수 있는 초식을 남겨두었던 것이다.

진산은 온몸에서 흐르는 기운에 정신을 잃고 화마에 들어

성인들이 남긴 초식을 잃은 채 지옥도를 헤맸다. 오 갑자나 되는 내공을 가진 그의 힘은 이미 인간의 것이 아니었다. 강력한 힘과 동물적인 감각이 지옥도를 뒤집고, 그를 절정의 반열에 올려두었다.

그것이 해남파에 이어 마교에서 그의 패배까지 이어졌다.

진산은 가부좌를 튼 채 앉아 있다. 한쪽 다리가 의족인지라 손으로 직접 옮겼다. 진산은 현재 철제 의족에 기를 불어넣고 있었다. 하나 철로 된 의족에 혈도가 있을 리 없었다. 나무라면 결이라도 있을 테지만, 철제 의족은 그렇지 않았다.

'신법을, 보법을 쓰지 못하면 내 힘의 사 할 정도밖에 사용하지 못한다.'

그의 힘은 절묘한 신법에서 우러나온다. 이는 다섯 명의 사부에게 배운 것이 아니라 형이 남겨준 무공서에 담겨 있는 보법과 신법을 모두 총괄하여 그가 창제해 낸 것이었다.

사실 그 뼈대가 되는 보법이 있기는 했지만, 반쯤 그의 창작에서 만들어진 것이었다.

어려서부터 약한 몸이었던 진산은 갑갑한 방 안에서만 있어야 했다. 때문에 달리고 싶은 욕망만은 누구보다 강했다. 병마로 인해 방구석에 틀어박혀 있어야 할 그의 유일한 낙이라면 스스로가 만든 신법으로 하늘을 날아다닐 자신의 모습을 상상하는 것이었다.

비천(飛泉).

신법의 이름은 물론 움직임 역시 간결했다. 하지만 이후 거대한 내공이 담기고 그의 무공에 대한 묘리가 깊어지자 비천신법은 절세의 신법으로 변하였다.

비천신법은 진퇴는 물론 방향의 전환까지 자유로운 보법이다. 어떠한 상황에서도 적의 공격을 능수능란하게 피하며, 동시에 적의 품속으로 파고들 수 있는 것이 바로 비천신법의 묘미였다.

비천신법에는 두 가지 걸음이 있다.

대보(大步)는 큰 걸음을 말한다. 다리를 길게 뻗어 머리 하나가 낮아질 정도의 걸음을 말한다.

소보(小步)는 작은 걸음이다. 발바닥 하나 정도의 걸음을 의미한다.

대보와 소보를 진산이 만든 족보에 따라 연거푸 펼쳐 내는 것이 바로 비천신법이다. 족보는 언제라도 팔방으로 움직일 수 있도록 안배를 하였다.

몇 년이나 걸쳐 만든 보법이었다. 그리고 십오 년 넘게 완성한 보법이기도 했다. 누구도 사용할 수 없는, 자신만의 보법이기도 했다.

'다리에 기가 통하지 않는다. 이래서야 무거운 철제 족쇄를 단 것이나 다름없다.'

진산은 가부좌를 풀고 자리에서 일어났다. 의족을 사용하는 데 익숙해지는 데는 반나절이 채 지나지 않아서였다. 보통 반나절이 아니라 반년은 족히 걸린다고는 하지만, 그의 감각이 좋아서인지 철노가 의족을 잘 만들어놓아서인지, 아니면 둘 다인지 현재 천천히 걷는 것에는 문제가 없었다.

"보법을 버려야 하는 건가?"

진산이 작게 중얼거렸다. 그러고 보면 교주가 무공의 발전에 그의 신법이 너무 뛰어나다고 했다. 회피와 전투에 도움이 된 만큼 전체적인 무공의 발전은 없다는 뜻이었다.

진산은 철노가 있을 대장간을 향해 발걸음을 옮기며 골똘히 상념에 빠져 있었다.

'신법은 잠시 잊고 본격적으로 무공을 익혀보는 것이 나을지도……'

하지만 그만한 수준에 오른 자가 어떤 무공을 익혀야 할지, 어떻게 수련해야 할지 딱히 감이 떠오르지 않는다. 실전은 질리도록 경험했다. 명상 또한 적지 않았다. 하나 그에게는 여전히 벽이 있었다. 더 많은 전투를 겪어야 하고 명상을 해야 하는 것인지, 아니면 또 다른 수련이 필요한지 의문이었다.

그러한 말을 교주에게 하기에는 어려웠다. 다시 한 번 겨룰 상대에게서 조언을 얻는 것은 그에겐 죽음에 가까운 치욕이었다.

사마 군사는 너무 음흉했고, 전에 교주 뒤에 기립해 있던 흑의인들의 경우는 자신보다 실력이 낮아 소용이 없었다. 진산의 발걸음은 자연히 철노에게로 향해졌다. 그가 강한지는 알 수 없다. 하나, 붙으면 반드시 이긴다는 보장을 할 수 없는 상대이기도 했다. 철노는 그의 나이만큼이나 연륜 또한 적지 않을 터이니 조언을 얻는 상대로는 부족함이 없었다.

철노는 대장간의 한 귀퉁이에 앉아 편안한 자세로 차를 마시고 있었다. 한창 바쁠 마교의 대장장이답지 않은 모습이었다. 하긴 교주가 직접 데려온 자에게 교주의 허락도 없이 무언가 일을 시킬 배짱을 가진 이는 없었다. 그 때문인지 철노는 가끔 소일거리로 어설픈 검 한 자루 만드는 것 외에는 하는 일이 없었다.

진산이 철노의 대장간 근처로 가자 그가 인기척을 느꼈는지 고개를 들었다.

"무슨 일인가?"

"조언을 얻으러 왔습니다."

진산이 전과 다른 공손한 태도로 물었다. 남을 대할 때 언제라도 스스로를 바꿀 수 있는 힘을 가진 그였다.

철노가 부담스러운지 난해한 표정을 지었지만, 진산은 아랑곳하지 않았다. 철노는 한동안 불편한 표정을 지우지 못하다가 결국 입을 열었다.

"그래, 무슨 조언이 필요한가?"

"강해지는 수련법이 필요합니다."

"더 강해져서 그 이상 사람을 죽여서 무엇 하려 하는가?"

철노가 한탄 섞인 말을 내뱉었다. 진산의 얼굴이 조금 어두워진다. 자신 스스로도 얼마나 많은 인명을 해해왔는지 잘 알고 있다. 과거에는 악귀와 같은 자신의 모습에 형을 만날 자신감을 잃은 적도 있었다.

그는 살인자가 아니었다. 학살자였다. 얼마나 많은 수의 사람을 죽였는지 이제는 셀 수도 없다. 처음에는 살기 위해서라는 핑계를 댈 수 있었지만, 지금은 더 이상 그런 말을 하기에는 죄없는 사람을 너무 많이 죽인 것이다.

진산은 마음을 굳혔다. 그리곤 철노를 향해 입을 열었다.

"사람을 죽이기 위해서가 아니라 다시는 제 힘에 눌리지 않기 위해서입니다."

스멀, 무어라 형용할 수 없는 귀신의 미소가 진산의 입가에 걸렸다.

단지 해남도의 최고가, 최강이 중원에서도 최고와 최강이 될 수 있다는 사실을 가르쳐 주고 싶었던 것이라 말하려 했다. 나약한 자신은 싫다고 하려 했다.

하나 그 자신의 입에서 나온 말은 전혀 다른, 마음 깊숙한 곳에 잠든 악귀의 본성의 외침이었다.

그의 본질은 선이 아니다. 그의 근본 깊숙한 부분에서부터 악이 뿌리 깊게 박혀 있었다. 하지만 병약한 몸으로 인해 그의 악독한 심성이 꽉 눌려 살았다. 지옥도에서도 살아남기에 바빴다. 다섯 사부의 내공을 받은 뒤로는 선천진기로 인해 장애가 있었다.

때문에 지금까지의 그의 행동은 악귀가 아닌 광마라 하는 것이 더 알맞았다.

귀신의 본성이 힘을 원했다. 왜 강해지고 싶은지에 대한 의문이 너무도 쉽게 풀려 버렸다.

진산이 깜짝 놀라 표정을 관리했다. 조금 늦은 감이 있었지만, 철노는 이미 그의 얼굴을 보고 있지 않았다. 대신 깊은 한숨과 함께 시선이 땅으로 떨어졌다.

"강해지는 것은 간단하다네. 수없이 깊고도 많은 수라장을 거쳐 왔고, 무리에 대한 공부도 깊네. 또 내공 또한 넘치지. 자네에게 의족을 달 때 심맥을 잡아보았다네. 자네가 가진 내공의 수가 여섯이더군."

다섯 사부의 내공과 더불어 진산의 내공이 하나, 모두 여섯 개의 내공을 지닌 셈이었다. 그것도 각각 일 갑자에 다다르는 거대한 힘을 말이다.

그것도 진산이라 가능한 일이었다. 만약 진산이 아닌 자가 육 갑자의 내공을 하나의 몸에 담으려 하면 몸이 풍선처럼 부풀어 터져 버릴 것이다.

"먼저 한 가닥 한 가닥 자네가 가진 내공을 세분화해 보는 것이 좋아. 그것을 뽑아내는 방법은 그대에게 힘을 준 자가 가르쳐 주었을 것이네. 그것만으로 자네는 몇 계단을 훌쩍 뛰어넘는 성장을 할 것이네."

철노의 말에 진산이 조심스레 물어보았다.

"만약 그 방법이 떠오르지 않을 경우는 어떡합니까?"

"스스로 알아내는 수밖에 없네. 남이 준 내공인 만큼 시간은 한없이 길어질 것일세. 그리고 자네가 가진 본질의 내공은 지금까지 거쳐 온 수라장을 떠올려 보게나. 그러면 자네의 검은 자네의 마음 위로 자연히 떠오를 것일세."

철노는 그렇게 조언을 해주고는 허리를 두드리며 대장간 안으로 들어갔다. 더 이상 가르쳐 줄 생각이 없다는 뜻이었다. 아니, 정확히는 가르쳐 줄 것이 없다는 뜻이다.

"감사합니다."

진산이 철노가 들어간 문을 향해 정중히 인사를 했다. 그리고 잠시 뒤, 그가 천천히 고개를 들고 느긋하게 자신의 처소를 향해 발걸음을 옮기기 시작했다. 그의 입가에는 미소가 가득 걸려 있었다.

그것이 한쪽으로 비뚤어진 일그러진 웃음이라는 것이 문제였지만…….

"크크큭!"

그의 웃음소리가 허공애서 부서지며 녹아들었다.

진산은 먼저 의족을 조금이나마 자유롭게 사용하기 위해서 수련에 들어갔다. 의족은 다리를 들면 무릎이 자연히 접혔다. 반대로 아래로 내리면 관절이 고정된다. 발목은 발걸음에

맞춰 유연하게 움직인다. 조금 뻑뻑한 감이 있었지만 그쪽이
걷기에는 편했다.

진산은 빈 공터에서 걸음을 옮겼다. 그러다가 신법을 쓰면
땅을 나뒹굴었다. 빠른 움직임에는 의족이 반응하지 못했다.
걷기와 신법을 몇 번 반복하자 그의 옷은 금방 흙투성이가 되
었다.

진산이 한참 연습을 하는 동안 무사 하나가 들어왔다. 허리
춤에 찬 검과 눈동자에서 매섭게 뿜어지는 기운이 그가 일류
고수라는 사실을 알게 해주었다.

무사를 잠시 바라보던 진산은 이내 시선을 거두었다. 그리
고 계속해서 걷기와 신법을 반복했다. 무공 수련에 들어가기
전에 움직임에 익숙해져야 했다.

"저 자식인가?"

금병삼은 강철 의족을 단 진산을 바라보며 물었다. 절정고
수에 든 진산이 작은 목소리라고 놓칠 리 없었다. 하지만 그
는 신경 쓰지 않고 여전히 땅바닥을 뒹굴었다.

"씨발, 저 자식이 감히 교주님에게 검을 들이댄 놈이란 말
이지. 신법도 제대로 못하는 병신새끼가 뭘 믿고 지랄한 거
야?"

금병삼은 그가 교주와 비무를 벌였다는 사실은 알았지만
교주에게 다리가 잘렸다는 사실은 몰랐다.

그가 진산을 향해 다가갔다. 금병삼은 암룡대(巖龍隊)의 무

사였다. 암룡대는 마교에서도 알아주는 무력 부대다. 무사의 수가 오십밖에 되지 않지만 대부분이 일류고수의 반열에 있는 자들이었다.

금병삼은 진산이 만만하게 보였다. 하도 땅을 굴러 흙투성이가 된 그가 별로 두렵게 생각되지 않았다. 교주가 그의 재능이 탐나서 데려왔다는 것은 잘 알고 있었다. 하나 그것이 무공이 아닌 그의 잔대가리 때문이라고 생각했다.

'죽이지는 않고 몇 대 때려주면 제 처지를 알겠지.'

그가 발걸음을 옮겨 진산에게 다가갔다. 몸에서 투기가 약간 피어올랐다. 주먹을 꽉 말아 쥐었다. 다리 병신을 상대로 검 따위를 쓸 필요는 없다고 생각했다.

진산이 그 투기에 반응했다. 지옥도에서, 해남도에서 워낙 암습을 많이 당했던 그다. 살기든 투기든 자신을 향하기만 하면 절로 몸이 움직였다. 전과 같은 부자연한 움직임은 없었다. 신법은 아니었지만, 그의 일 보는 금병삼을 놀라게 하기에 충분한 걸음이었다.

그의 왼쪽 다리가 금병삼의 가랑이 사이로 파고들었다. 진산의 오른 팔꿈치가 금병삼의 뒷목을 가격했다. 내력은 들어있지 않았다. 하지만 근육의 힘만으로도 진산의 힘은 충분히 강했다.

뻑!

땅이 확 다가왔다. 원래 뒷목은 급소다. 여자의 힘으로도 사람 하나 죽일 수 있는 곳이었다. 그나마 그가 일류고수에 발 한쪽을 담그고 있어 죽지는 않았다.

철푸덕!

금병상의 얼굴이 땅에 처박혔다. 동시에 그의 몸이 용수철처럼 튀어 올랐다.

"아, 썅!"

촹!

그가 대뜸 검을 뽑았다. 길쭉한 장검으로 진산의 옆구리를 찌를 셈이었다.

하나 금병삼의 검이 휙! 허공을 지난다. 진산이 한 걸음 옆으로 피했기 때문이다. 신법을 안 써도 그 정도는 피할 수 있었다. 다리가 조금 불편해도 그는 절정고수였다. 일류고수 반열에 오른 이와의 수준은 상당히 많았다.

그의 힘은 내공과 더불어 빠른 신법에 기반을 두고 있었다. 그러나 그 사 할만으로도 금병삼 하나 상대하는 데는 문제가 없었다.

"뭐냐?"

진산이 퉁명스럽게 물었다.

금병삼의 얼굴이 와락 구겨졌다. 잔머리를 잘 굴려서 온 놈이었다. 그런 놈에게 한 대 맞고 자신의 공격은 허무하게 무위로 돌아간 것이다.

그는 진산이 피한 것이 우연이라고 생각했다. 그리고 좀 전에 한 대 맞은 것은 자신이 방심했기 때문이라고 생각했다. 자신은 강호 최강 문파인 마교의 무사였다. 그것도 허접한 무사가 아니라 일류고수 반열에 든 무사였다. 팔파나 오대세가도 몇 수는 접어주는 위치에 있는 것이다.

그러니 외부에서 들어온 놈이, 그것도 무사도 아닌 군사 후보 자식인 그의 태도가 마음에 들지 않는 것은 당연했다.

"썩을! 내가 네놈의 싸가지를 단단히 가르쳐 주겠다!"

그가 다시 검을 움직였다. 암룡대가 배우는 육룡검법(六龍劍法)의 일초였다. 허공에서 몇 번 그의 검이 접히는 것 같더니만 갑자기 쭉 늘어났다. 육룡검법 제삼초식인 번룡검(飜龍劍)이었다.

"음!"

진산이 신음을 내며 몸을 뒤로 젖혔다. 그의 상체가 푹 꺼지더니만 와당탕! 소리를 내며 넘어졌다. 아직 의족으로는 무게중심을 잡는 데 익숙하지 못해서였다.

"죽어!"

금병삼은 격한 감정에 이성을 잃고 진산을 다시 한 번 찔러 갔다. 단순한 찌르기처럼 보였지만, 육룡검법의 제일초식 자룡검(刺龍劍)이었다. 진산의 심장을 노리고 검이 쭉 늘어났다.

진산이 내공을 조금 많이 담아 의족을 치켜들었다. 철제 의족에 혈도 같은 것이 있을 리 만무했다. 때문에 진산은 의족에 내공을 통째로 담았다. 그제야 의족은 그의 말을 듣기 시작했다.

부웅!

거친 경풍과 함께 금병삼의 자룡검과 진산의 철제 의족이 부딪쳤다.

따— 앙!

거대한 폭음과 함께 주위의 땅이 뒤집혔다. 진산의 몸이 허공으로 치솟았다. 금병삼의 몸이 주르륵 밀려 나갔다. 그의 입에서 한 가닥 혈선이 흘러내렸다.

그들이 부딪쳤던 곳에 땅이 깊게 파였다. 입을 닦아낸 금병삼이 노한 얼굴로 목청을 높였다.

"이놈, 무인의 싸움에서 화탄을 쓴 것이냐!"

그는 진산이 화탄을 쓴 것이라고 생각했다. 그에게 이런 거대한 폭발은 인간의 내공으로는 불가능하단 상식이 있었다. 철제 의족에 그러한 장치가 있다고 생각할 수밖에 없었다.

진산은 자리에서 일어나 다시 의족에 내공을 불어넣었다. 다리가 아닌 검이라고 생각하고 기를 뻗으면 훨씬 움직이기 편했다. 대신 내공은 무지막지하게 많이 소모됐다. 내공이 오갑자를 훌쩍 넘는 진산이 아니라면 감히 흉내조차 낼 수 없는 일이었다.

"이 정도면 문제없겠군."

진산이 작게 중얼거렸다. 전처럼 신법을 펼치기에는 모자

람이 있었지만, 이 철제 의족으로 공방을 동시에 한다면 문제
는 없어 보였다. 물론 그에 따라 전투 방식도 바꿔야만 했다.
하지만 그 정도의 감수는 할 수 있었다. 또 강해지기 위해서
는 자신의 기를 세분화하는 초식의 수련이 필요했다.

금병삼은 진산의 여유로운 태도에 화가 치밀었다. 그는 자
신이 비겁한 암습으로 내상을 입었다고 생각했다. 이제는 진
산이 교주가 영입한 사람이라는 것도 반쯤 잊어버렸다.

"이 자식……."

으르렁거리는 목소리에 진산이 시선을 금병삼에게 돌렸
다. 일류고수 반열에 든 자였다. 그 정도라면 여유롭게 상대
할 수 있을 것이다. 진산의 눈이 반 토막 난 그의 검으로 향했
다.

'아까 전의 초식은 참신했어. 나에게 맞는 초식을 찾는 데
참고가 좀 되겠군.'

진산이 무표정한 얼굴로 손가락을 까닥거렸다. 그것을 본
금병삼의 얼굴이 붉게 물들었다. 뱃속에서 화끈한 기운이 느
껴졌다. 분노가 마기를 불러왔다. 마기가 그의 이성의 끈을
풀었다.

"죽여 버린다!"

금병삼이 신법을 펼쳤다. 마기에 지배된 그의 움직임은 조
금 서툴게 신법을 밟았다. 그러나 전보다 배는 빠른 속도로
진산에게 다가왔다.

진산이 한 걸음 물러섰다가 금병삼의 품으로 깊숙하게 파고들었다.

금병삼의 검이 진산을 노렸다. 육룡검법이 진산을 향해 화려하게 만개했다. 진산은 몸을 팍 숙이며 그의 공격을 피했다. 하나 일초인 자룡검을 시작해서 이초, 삼초, 육초까지 연거푸 터져 나왔다. 마기에 이성을 잃은 금병삼의 공격은 매우 위력적이었다.

'마공의 폐단인 것인가?

진산의 몸이 왼발을 축으로 빙그르르 돌아갔다. 철제 의족이 채찍처럼 휘둘러진다. 그 안에 담긴 기운이 방금 전과 비교도 할 수 없이 강했다.

꽝!

두 개의 힘이 부딪쳤다. 한 줌의 섬광과 폭음이 그들의 중심으로 빠르게 확산되었다.

화려하게 터진 빛 틈새로 금병삼의 몸이 밖으로 튕겨져 나갔다. 눈을 뒤집은 채 날아간 그는 공터 끝 벽에 몸을 부딪치면서 멈추었다.

"벼, 병삼아!"

누군가의 목소리가 공터 끝에서 들려왔다. 바로 암룡대의 대원들이었다. 대원들의 수는 암룡대의 절반인 스물다섯이었다. 그들은 금병삼을 쓰러뜨린 자가 진산이라는 사실을 깨닫고 살기를 피워올렸다.

암룡대의 부대장인 윤만호가 앞으로 나섰다.

"당신이 누군지는 모르겠지만 우리 대원을 건드리다니, 후회할 거다."

"흥, 너희들 따위가 어떻게?"

진산이 윤만호의 말에 비웃었다. 격장지계였다. 그의 생각대로 부대장인 윤만호는 물론 다른 암룡대원들의 살기가 더욱 짙어졌다.

스릉!

스르릉!

그들은 차례로 검을 뽑아 들었다. 기수식을 취하자 그들의 기세가 금방 하나로 모였다. 일류고수 반열에 든 이들이 스물다섯이나 모이자 진산도 조금 긴장했다.

육룡검법은 총 여섯 초식으로 되어 있는 검법이었다. 겨우 여섯 개의 초식이라 간단한 검법 같지만, 그 속에 담긴 검리는 매우 깊었다. 찌르고 베고 검면으로 쳐내는 등의 검에 대한 것이 여섯 초식에 모두 담겨 있는 것이다.

진산을 향하는 그들의 기세가 격한 것이 제법 매서웠다.

'조금 더 시험해 볼 필요가 있어.'

진산은 그들을 바라보며 생각했다. 현재 그의 의족은 불안하기 짝이 없었다. 그리고 전투 방식을 바꿔야 한다면 실전만큼 좋은 것이 없다. 진산의 몸에서는 전처럼 살기가 뿜어져 나오지 않았다. 대신 투기가 그의 몸에서 폭사되었다. 쩌릿한 투기에 스물다섯의 암룡대원은 잔뜩 긴장하기 시작했다.

"그럼, 가지."

진산이 먼저 움직였다. 그의 움직임은 전과 달리 빨랐다. 신법을 펼치는 모습이 조금 불안정하기는 했지만 처음 공터에서 연습했을 때처럼 넘어지거나 흐름이 끊기는 일은 없었다.

부대장인 윤만호가 먼저 제이초식인 화룡검(花龍劍)을 펼쳤다. 그의 검이 부챗살처럼 쫙 펼쳐졌다. 그것을 보고 달려가던 진산이 한 걸음 물러섰다. 당장 부수고 들어갈 수도 있었지만, 그들이 펼치는 육룡검법을 조금 보고자 했던 것이다.

부대장 윤만호를 뒤이어 대원 하나가 제일초식인 자룡검을 진산을 향해 찔러갔다.

쉬익!

뱀처럼 늘어나는 검을 보고 진산은 망설임없이 철제 의족을 움직였다. 봤던 초식을 다시 볼 필요는 없다는 것이었다.

휘익!

철제 의족이 채찍처럼 허공에 잿빛 호선을 그리며 대원의 검을 강하게 때려갔다.

꽝!

진산의 공격을 받은 대원의 몸이 공터 밖으로 쭉 날아가 버렸다. 직접적으로 공격을 받지는 않았지만, 거대한 내공을 한 몸에 받아 내상이 작지 않을 것이다.

진산이 공격을 마무리하려 할 때 또 다른 대원이 진산의 뒤를 노렸다. 제삼초식인 번룡검이었다. 그의 머리를 향해 다시 한 번 철제 의족이 후려쳐 갔다. 이번에는 내공이 많이 담겨 있지 않았다. 그러나 대원은 풀썩 주저앉은 채 움직이질 않는다. 입에서는 하얀 거품이 끊임없이 흘러나왔다.

"이놈!"

윤만호가 일갈을 토하며 제사초식인 투룡검(投龍劍)을 시전해 왔다. 투룡검은 검 위로 맺힌 검기를 그대로 쏘아내는 기술이었다. 윤만호가 연거푸 투룡검을 쓰자, 진산의 몸 위로 수 개의 검이 날아갔다.

진산이 오른 무릎을 들어올렸다. 갑자기 들어올린 탄성에 따라 철제 의족이 무릎을 중심으로 한 바퀴 크게 돌아간다. 거기에는 역시 강력한 내공이 담겨 있었다.

따당! 따당!

콩 볶는 소리와 함께 윤만호가 만들어낸 검기가 하나둘 사라져 간다.

"큭!"

윤만호가 신음을 토하며 제오초식인 중룡검(重龍劍)과 제육초식인 신룡검(身龍劍)을 연거푸 펼쳐 냈다.

먼저 중룡검의 초식이 진산의 몸을 향해 쇄도했다. 무거움을 담은 검은 진산을 당장이라도 일도양단할 것만 같았다. 진산이 데굴 땅을 구른다. 나려타곤이었다.

그 뒤를 이어 신룡검이 펼쳐졌다. 신룡검은 검날이 아닌 검면과 검병을 이용한 지근거리에서의 격전 때 사용한 것이다.

진산이 일어나자 먼저 검병을 쥔 손이 날아왔다. 진산이 고개를 조금 뒤로 꺾자, 검병은 촛불처럼 사라지고 검면을 방패 삼아 몸을 들이미는 윤만호가 눈에 들어왔다.

"흠!"

진산이 손을 뻗었다. 그의 손에서 뿌연 연기가 피어올랐다.

땅!

진산의 일장에 윤만호는 몇 번이나 뒷걸음질쳤다. 그의 뒤에서 진산을 노리던 암룡대의 남은 대원들이 윤만호에게 밀려 뒤로 물러섰다.

"네놈, 죽여 버리겠다!"

"이상하게 오늘 날 죽이겠다는 소리를 많이 드는군. 뭐, 육초식 모두 보았으니 나도 더 이상 봐주지 않겠어."

말이 끝난 진산의 신형이 훅 꺼졌다. 순간 그를 잡아내지 못한 암룡대는 바짝 긴장한 채 그를 찾기 위해 주위를 두리번거렸다. 갑작스레 사라진 그의 신법은 한쪽 다리가 의족이라고는 상상도 할 수 없는 움직임이었다. 그의 다리가 의족이 아니었을 때에는 얼마나 뛰어났을지 생각하자 등골이 오싹해졌다.

진산이 도망갔다고 생각한 윤만호가 버럭 고함을 질렀다.

"이놈! 도망간 것이냐!"

"누가?"

하늘에서 그림자 하나가 내려온다. 거뭇한 그림자는 순간 몸을 한 줌 뜯어내 스물다섯 개의 그림자로 떨어진다. 거대한 강기였다. 수강도 검강도 아닌 순수한 기로 이루어진 원형의 강기가 그들 사이로 떨어졌다.

콰콰— 쾅!!

땅에 떨어진 강기가 폭발하며 뿌연 흙먼지가 피어올랐다. 너무나 강한 기운에 스물셋의 암룡대는 내상을 입고 비틀거렸다. 그리고 공터에 떨어진 자갈이 강기의 폭발에 휘말리며 빠른 속도로 그들을 향해 튕겨져 나갔다.

"으악!"

"크억!"

"끅!"

수많은 비명성이 터져 나왔다.

그들 사이로 그림자 하나가 툭 떨어져 내렸다. 그림자는 몇 번이나 비틀거렸다. 강기를 쏘아내는 것은 아무리 내공이 많은 진산이라도 힘든 일이었다.

울컥!

피가 토해져 나왔다. 뿌연 먼지 속에서 검붉은 무언가가 뿜어졌다.

"크으윽!"

진산이 신음을 토하며 몇 번이나 몸을 비틀어댄다.

순간 먼지 틈새에서 붉은 기광이 번뜩이다가 사라진다.

스스스!

황토 빛 모래바람이 천천히 가라앉기 시작했다. 그 사이로 오연하게 서 있는 진산이 모습을 드러냈다. 전과 다른 기운이 그의 몸에서 폭발하듯 터져 나왔다.

"흡!"

기절한 금병삼이 진산의 기운에 눈을 떴다. 그리고 소름 끼치도록 강한 사기를 온몸으로 받아냈다.

"우오오오!"

진산의 몸에 가득했던 사기가 빠져나가기 시작했다. 오랜 시간 동안 본래의 내공 위로 덮어진 사악한 기가 빠져나가자 그의 눈은 전과 다른 빛을 뿜어내기 시작했다.

눈동자와 눈자위의 색이 뒤집힌다. 하얀 눈동자와 시커먼 눈자위가 흉흉한 안광과 함께 떠올랐다.

그것은 귀신의 눈빛이었다.

"후우— 후련하군."

사기라는 것으로 한 겹 쌓아서, 뭉뚱그려서 사용했던 내공이 이제는 제 색을 보이기 시작했다. 암룡대와의 전투가 조금은 도움이 된 것이다.

진산이 후련한 표정으로 공터 밖으로 발걸음을 옮겼다. 막 깨어난 금병삼은 놀란 얼굴로 그를 바라보다가 그가 떠나고 한참 뒤에서야 부들부들 떨리는 다리를 꼬집으며 억지로 일어섰다.

"대, 대장에게 알려야 해. 이 참상에 대해서……."

그의 시선에는 극심한 내외상을 입은 채 쓰러져 있는 스물다섯 명의 암룡대원으로 가득 차 있었다.

내공이 한 꺼풀 벗겨졌다. 그것은 그리 대단한 일은 아니었다. 술 위로 떠오른 거품을 거둔 수준이다. 오히려 문제는 이 술을 어떻게 다시 물과 누룩 등으로 나눌 것인가가 문제였다.

거품이 걷어진 것만으로도 진산은 내공을 조금 더 선명하게 느낄 수 있었다.

암룡대와의 일전이 있는 뒤 진산은 명상에 빠졌다. 그들이 보여준 육룡검에 대한 것과 철제 의족을 이용한 새로운 전투 방법, 그리고 내공의 세분화에 대해 불철주야 침식을 잊은 채 명상에 빠져 있었다.

하루 이틀… 시간은 빠르게 흘러갔다.

한편, 교주전 내에는 한 사내가 부복해 있었다. 암룡대의 대장인 강석주라는 사람이었다. 군사와 교주는 그를 바라보며 동시에 한숨을 내쉬었다.

"후— 그러니까 암룡대가 반으로 뚝 꺾였단 말이지?"

"예, 후유증이 크게 남을 정도의 상처는 아니지만, 한 달은 족히 운신할 수 없는 상태임은 틀림없습니다.”

교주는 무심한 표정으로 시선을 거두었다. 마교에는 암룡대만 한 전투 부대가 수없이 많이 산재해 있다. 하지만 진산만 한 고수의 능력과 지휘자로서의 능력을 가진 놈은 한 놈도 없었다. 암룡대 전체가 진산에게 괴멸되더라도 진산이 자신에게 절대적인 신뢰를 담아 섬긴다면 덤으로 암룡대 비슷한 부대 하나도 몰살시켜 줄 수 있었다. 교주는 마교에 대한 사랑이 매우 부족했다. 하긴 허구한 날 자신의 자리를 노리는 놈들이 가득한 곳이 좋을 리는 없었다.

교주의 그런 태도 때문에 사마 군사의 한숨이 더욱 깊어졌다. 마교의 교주는 상징적인 존재다. 불패의 존재, 무패의 존재, 전신의 환신이라는 상징을 지닌 존재였다. 그의 일은 그저 한없이 강한 무공을 더욱 강하게 단련하기 위한 무공 수련과 꼭 교주의 인이 필요한 굵직굵직한 사안만 맡아 처리한 것이다. 나머지는 군사의 몫이었다.

암룡대의 일 또한 아무래도 군사의 일이었다. 하지만 사마 군사도 겨우 수 오십의 부대의 하소연을 듣기에는 시간이 너무 아까웠다.

짝짝!

사마 군사가 박수를 치자 뒤에서 두 명의 인영이 튀어나왔다.

“적당히 알아서 처리해.”

“예!”

사내들은 강석주를 반강제로 교주전 밖으로 끌고 나갔다. 강석주의 모습이 사라지자 교주가 한숨과 함께 입을 열었다.

“하— 저 녀석, 감히 여기가 어딘 줄 알고 저딴 말을 지껄이는 거야?”

교주가 인상을 구겼다. 그에 사마 군사가 고개를 숙이며 대답했다.

“죄송합니다. 착오가 있었던 모양입니다.”

“뭐, 그게 군사의 책임이 아니니…….”

교주는 사마 군사를 무척이나 신뢰했다. 사실 그의 군사로서의 능력은 매우 뛰어나, 그가 온 뒤로 마교는 몇 배 이상으로 강해졌다. 이대로라면 교주의 말년에는 과거 중원 전체를 상대로 싸워도 지지 않았던, 아니, 도리어 승기를 보였던 마교로 돌아갈 수도 있다는 생각이 들었다.

그러기 위해선 인재가 많이 필요했다. 교주는 멍청이가 아니었다. 자신 홀로 천하제일인이어야 봤자 소용이 없다는 사실을 충분히 인지하고 있었던 것이다.

“예, 감사합니다.”

“더 보고할 것이 있는가?”

“동의맹이 일어난 것 외에는 없습니다.”

사마 군사가 묵묵한 표정으로 대답했다.

“허, 그놈들, 드디어 무거운 엉덩이를 떼는구먼. 그래, 우리는 언제쯤 한바탕해야 하지? 지금 당장 나서야 하는 거 아닌가? 그 사대문파는 동의맹과 붙어봐야 오래 못 갈 텐데……."

교주가 몸이 근질근질한지 목을 좌우로 기울이며 물었다.

"조금 더 시간이 필요합니다. 저희는 팔파일방이 서로 피 흘리며 죽어갈 때쯤 강력한 힘으로 그들을 휩쓸어야 합니다. 양패구상하면 좋겠지만, 은서각 쪽이 아무래도 힘이 달리니 그들의 힘이 삼 할 정도로 줄면 그쯤에서 나서는 것이 좋습니다."

사마 군사의 말에 교주는 지체없이 고개를 끄덕였다. 현재 그는 마교의 머리였다. 그가 마교에 와서 틀린 말을 한 적이 없었다. 만약 했다고 해도, 그는 교주가 알아채기 전에 완벽하게 수습을 하여 자신의 말을 진실로 만드는 능력을 가지고 있었다.

교주가 흡족한 미소를 지으며 입을 열었다.

"그럼 자네만 믿지."

교주전 위로 천근같은 어둠이 떨어져 내리고 있었다.

철노가 진산의 방으로 찾아갔다. 그가 찬 의족은 매우 정교한 것이라 당분간은 점검이 필요했다. 매일 진산의 방을 찾아가 반 시진 정도 의족을 점검하고 반 시진 동안 그와의 대화를 나누는 것이 철노의 일과가 되었다.

진산의 방 안은 여느 때와 마찬가지로 사람 냄새가 나질 않았다. 침상과 옷걸이 하나만 달랑 있는 방 안은 썰렁했다.

철노는 몇 번이나 진산에게 가구나 책들 정도는 놓으라고 하지만, 진산은 다른 곳에는 신경 쓸 틈이 없다며 한사코 사양했다.

달그락! 달그락!

낡은 공구들이 그의 의족을 풀어낸다. 얇게 펴낸 철판들을 여러 겹 떼어내고 꼬인 철사들에 기름칠을 한다. 근육같이 의족을 잇는 철사들은 그의 움직임을 조금 더 윤활하게 만든다. 그 외에도 나선으로 꼬인 굵은 철사는 강한 충격을 완화시켜 준다.

그가 바르는 기름은 특수한 약초에서 짜낸 기름과 몇몇 동물 기름들을 섞어 만든 것이었다. 보름 정도 이 작업을 해두면 백 년이 지나도 의족이 녹스는 일이 없다.

"철 노사, 제가 암룡대와 겨루었던 이야기를 했던가요?"

"그래, 어제 했지. 스물다섯이라고는 하지만, 그들은 매우 뛰어난 고수들인데 홀로 싸워 이기다니……. 역시 자네는 교주가 눈독을 들일 만한 실력을 가지고 있어."

"그때 이 의족이 없었으면 죽었을지도 모릅니다. 감사합니다."

"아니, 다른 의족을 가지고 있었더라도 자네 정도면 그들을 충분히 제압할 수 있었을 거네. 독특한 신법은 쓰지 못해도 자네가 가진 힘은 여전하니 말이네."

배가 고장난다고 하여 대포의 위력이 떨어지는 것은 아니다. 그가 한 걸음도 움직이지 않아도 암룡대원들을 일격에 무너뜨릴 힘은 여전했다.

철노의 시선이 의족에서 진산에게로 향했다. 진산은 멍하니 벽의 얼룩을 바라보고 있었다. 어딘가 의욕이 없어 보였다.

그때 진산이 입을 열었다.

"철 노사, 의욕이 사라져 버렸습니다."

"……."

"형의 복수를 위해 강해지려던 제가, 나 자신을 위해 강해지려고 했던 사실을 깨닫는 순간에 의욕이 사라져 버렸습니다. 형에 대한 사랑이 부족해서일까요? 복수하고픈 마음이 부족해서일까요? 아니면…… 저에 대한 욕심이 너무 커서일까요?"

"……."

철노는 진산의 물음에 쉽사리 대답해 줄 수 없었다. 그의 사정을 자세히 아는 것은 아니었지만 그가 어떤 이유로 마교에 들어왔는지에 대해 대충이나마 알고 있었기 때문이다.

차라리 자신이 아무것도 몰랐다면 지금 그의 말에 대답해 줄 수 있었을 것이다.

철노가 쓰게 웃었다. 그의 의문은 자신도 이미 했던 것이었다. 다만 그것에 대한 상황도, 그가 내릴 답도 다를 것이다. 무림이란 곳이 생존을 위해서만 싸우는 곳이 아니기 때문이다.

"강해지고 싶은 마음은 있지만, 강해져야 할 명분을 잃고 말았습니다. 전에는 살기 위해서 강해지려 했는데, 지금 실력으로도 충분히 어디서 죽거나 다치지 않고 살 수 있습니다. 더 이상 강해질 필요가 없습니다. 세상은 저에게 더 이상 위협이 되질 않습니다."

왕에게는 미치지 못한다. 하지만 그의 실력은 이미 절정고수라 불리는 실력이다. 오악일성 중 그의 이름 하나 얹을 수 있는 힘을 가지고 있었다.

그가 살고자 하면 살 수 있고, 권력을 얻고자 하면 얻을 수 있다. 권력 말고 재력이든 제자들이든 가질 수 있는 힘이 있었다. 그러나 최강은, 최고는 될 수 없었다.

"이런 생각을 한다는 것은 제가 아직 약하다는 것이겠지요?"

"……."

철노는 이번에도 이렇다 할 대답을 해줄 수 없었다. 마음이 약해진 그는 무공이 강하다 해도 약자임에는 틀림없었기 때문이다.

진산은 주먹을 으스러지게 쥐었다. 그의 손톱이 손바닥으로 거칠게 파고든다. 투둑! 그의 손에서 몇 방울 핏물이 떨어진다.

힘겨워하는 진산을 본 철노가 드디어 입을 열었다.

"강해지고 싶나? 강해질 이유가 필요하나?"

"예, 강해지고 싶습니다. 그리고 그 이유를 찾고 싶습니다!"

진산이 강한 의지를 담아 대답한다.

철노가 품에서 지도 한 장을 꺼냈다. 마교 외곽이 그려진 지도였다. 철노는 손가락으로 한곳을 가리켰다.

"그렇다면 이곳을 찾아가 보게. 그곳에서 원하는 답을 찾을 수 있을지도 몰라."

철노에게서 지도를 받아 든 진산이 자리에서 일어났다.

잿빛으로 물든 하늘은 당장이라도 물기를 토해낼 것만 같았다.

그런 하늘과 닮은 우중충한 거리. 마교의 뒤편 폐허가 된 건물들이 가득한 거리를 진산 홀로 걷고 있었다. 그의 눈빛은 무겁게 가라앉아 천천히 주위를 훑었다.

'마교에서도 빈부 격차라는 게 있는 건가?'

철저하게 실력만을 중시하는 사회. 깨져 버릴 것만 같은 유리 병 속의 작은 세상 같은 마교의 속에서도 이러한 일부분이 있을 줄은 몰랐다.

진산은 느린 발걸음으로 거리를 걸었다. 곳곳에서 들려오는 작은 숨소리가 이곳에서도 사람이 산다는 것을 깨닫게 해 준다. 또 잘게 떨리는 그들의 소리에서 공포가 배어 있다는 것을 알려주었다.

'그렇다면 마교라는 사회 역시 완벽한 것은 아니군.'

가장 원시적인 세상 속에서도 근대적인 폐해가 드러난다 는 것은 결국 인간 자체에 문제가 있다는 결론이 나고 만다. 아마 이러한 문제점은 진산이 속한 해남도에서도 벌어질 것 이다.

마교는 강력한 힘과 공포로 지배한 해남파의 미래와 다름 없기 때문이다.

그들 또한 처음에는 그렇게 시작하였기 때문에…….

"오빠, 배고파……."

잠시 한눈을 파는 사이 작은 소녀 하나가 진산의 바지 끝을 잡아당겼다. 구정물과 빈곤에 물든 소녀의 모습은 처참하기 이를 데 없었다. 메마른 진산의 눈동자에서 한 방울 물기가 치밀어 올랐다.

'약자는 어디에 있든 먹히는 입장이란 것인가?'

약자라는 것은 강자에 대해서만 상대적인 존재이다. 그렇 다면 약자가 되지 않기 위해서는 끊임없이 강함을 추구해야 할 것이다, 그것이 권력이든 재력이든 무력이든.

진산의 손이 흐릿해졌다, 그의 손에만 뿌연 안개가 끼어진 듯이. 소녀의 머리를 쓰다듬었다.

퍽!

기분 나쁜 음이 들렸다.

소녀의 머리에서 붉은 꽃 한 송이가 화려하게 만개하는 가운데, 하얗고 끈적끈적한 액체가 허공에서 얽혀들었다.

분홍빛 액체가 후드득 땅으로 떨어졌다. 비틀거리는 목만 남은 소녀의 몸이 몇 번을 비척이다 무릎을 푹 꺾고 쓰러지고 만다.

진산의 옷은 소녀의 피로 새빨간 얼룩이 그려졌다. 흥분한 그의 얼굴은 점차 표정을 잃어간다.

투둑!

하늘은 결국 머금은 것을 떨어뜨리기 시작했다. 무겁게 떨어지는 빗방울 사이로 이미 차갑게 식은 진산의 눈동자가 폐허를 훑었다. 숨죽인 사람들의 기척이 느껴진다. 소녀의 어미인 듯한 여인의 흐느낌 소리가 들려왔다.

쏴아아―

하염없이 떨어지는 장대비 사이로 그는 고독을, 그리고 자신이 가야 할 방향을 느끼고 말았다.

'강해져야만 해, 그 누구에게도 먹히지 않기 위해서.'

진산은 자신의 여린 마음과 함께 소녀를 죽임으로서 마음속 깊은 곳에 잠든 광기를 조금씩 끌어내기 시작했다.

진산이 처음 곽 노인을 찾아온 것은 철노의 의견에 대한 불만 때문이었다. 그는 탁한 기를 사용하는 것에 익숙해진 상황을 타개하기 위해서는 오랜 시간 동안 탁기를 잊고 명상으로서 새로운 방법을 터득해야 한다고 했다. 그것은 일 년이 걸릴지, 십 년이 걸릴지 모른다는 것이었다.

그러나 진산은 그렇게 오랜 시간의 여유가 없었다. 최대한 빨리 강해져야만 했고, 형에 대한 복수… 아니, 자기 자신의 욕심을 위해서라도 강해져야만 했다.

결국 진산은 단시간 내에 강해져야 하는 방법을 강구해야만 했다.

고민은 만 하루 동안 이어졌다.

그 결과 진산은 철노의 소개로 곽 노인을 만나게 되었다.

"안녕하십니까? 진산이라고 합니다."

진산이 정중하게 인사를 하자 곽 노인은 히죽 미소를 지었다.

"하하하하, 철노에게서 말은 들었지. 잘 찾아왔네."

곽 노인은 살피고 있던 기관에서 손을 떼고 진산을 향해 시선을 돌렸다. 그가 만지던 기관은 마교의 문전에 달아놓을 것으로, 침입자를 대비한 살상용 기관이었다. 단숨에 침입자의 머리통을 씹어버릴 것 같은 기관의 모습이 상당히 정교하게 만들어져 있었다. 문득 등골에 소름이 돋았다. 곽 노인의 기관에서는 하나의 무인을 상대하는 기분을 주었다.

기관은 인간으로서는 할 수 없는 공격을 보여준다. 진산이

인간을 초월한 교주를 이기기 위해서는 기관이 힘이 필요했
다.

진산이 곽 노인의 손을 덥석 잡으며 입을 열었다.

"철 노사의 소개를 받고 왔습니다. 저를 도와주실 수 있습
니까?"

"물론입니다. 소개가 아니라도 마교의 사람이라면 누구라
도 도와드립니다."

곽 노인이 미소를 지었다. 그는 만지던 기관을 조심스레 치
우고 탁자를 내왔다. 곽 노인이 끌어다 준 의자에 진산이 엉
덩이를 걸치고 앉았다. 그때 곽 노인이 다시 입을 열었다.

"무엇을 도와드릴까요? 집 앞에 방범용 기관을 설치해 드
릴까요?"

감히 마교 안에서 누가 침입하는 경우는 없다. 더군다나 마
교 무사의 집에는 말이다. 그럼에도 마교의 무사들은 가끔 방
범용 기관을 곽 노인에게 부탁하는 일이 있었다. 그들은 대체
로 교 내에서 적이 많은 사람들이었다.

진산의 허리에는 한 자루 검이 걸려 있었다. 쓸 만한 검은
아니었다. 그냥 철노에게 받은 싸구려 철검이었다. 대신 쌍룡
곤은 다시 철노에게 돌려주었다. 검을 수련하는 데 곤은 방해
만 될 뿐이었다.

곽 노인은 진산의 허리춤을 보고 마교의 무사라고 생각했
다. 사실 지금 진산은 빈객이라고 해야 하지만, 마교의 무사

가 아니라고도 할 수 없었다. 교주의 명이 떨어지면 그는 나설 수밖에 없으니까. 현재 그는 교주보다 약하니까 할 수 없었다.

"방범용 말고 살상용으로 부탁드립니다. 그것도 최대한 악랄한 것이면 좋겠습니다."

"살상? 악랄?"

곽 노인은 이미 기관에 한해서 중원에서는 몇 손가락 안에 꼽힐 정도의 실력가였다. 그가 정말 마음먹고 살상용 기관을 만든다면 일류고수 몇십 정도는 정말 눈 깜짝할 사이에 죽어나갈 기관을 만들 수 있었다.

물론 거기엔 문제도 있다. 첫째는 돈이 많이 들어간다는 것이고, 둘째는 시간이 많이 걸린다는 것이었다.

고수 살상용의 기관을 만들기 위해서는 상당한 돈과 시간이 필요했다. 고수는 검기를 다룰 줄 안다. 그들이 펼치는 검기는 어지간한 철은 단숨에 베어낸다. 이를 막기 위해서는 만년한철이라 불리는 것을 써야 하는데 그것이 같은 무게의 금과 거의 두세 배 정도의 가격에 거래가 된다. 더구나 이것도 절정고수 수준이 되면 거의 무용지물이 되어버린다.

그리고 그런 기관을 그 홀로 만들려면 상당한 시간이 필요했다. 기관이라는 것은 단 한 번에 끝나는 함정 같은 것이 아니다. 여러 번, 필요에 따라서는 반영구적으로 돌아가게 되는 것이 바로 기관이다. 그런 것을 설계부터 시작해서 조립, 설치까지 하면 하루 이틀로는 부족했다.

'원한이 아주 독하게 들었나 보군.'

곽 노인은 진산을 보며 생각했다.

"기관은 그것에 걸릴 상대를 생각하며 설치해야 합니다. 예를 들자면 걸려들 무사의 수준이나 성격에 대해서 말입니다."

진산이 고개를 끄덕이자 곽 노인이 작은 소리로 말을 덧붙였다.

"…그리고 돈도, 시간도 좀 많이 듭니다."

"음, 오늘 바로 쓸 수 있었으면 했는데……."

진산도 그것이 무리라는 것은 알고 있다. 기관과 진법에 대해 거의 무지하다 싶지만, 자신에게 위협이 될 만한 장치가 반나절 만에 만들어질 정도로 쉬울 거라 생각하진 않았다.

곽 노인은 식은땀을 흘렸다. 기관이란 것은 먼저 자리를 정하고 그 자리에 대한 정보를 토대로 설치하는 것이다. 때문에 곽 노인이 있는 곳에는 작은 대장간이라고도 불릴 정도의 장비가 구비되어 있다.

"일단 어디에 기관을 설치할지 자금은 어느 정도 가지고 있는지, 그리고 희망 사항을 상세하게 말씀해 주십시오. 그러면 제가 그것을 토대로 기관을 설치해 드리겠습니다."

곽 노인이 고개를 푹 숙이며 말했다.

그의 말에 진산이장소와 금액, 그리고 희망 사항을 말하기 시작했다. 이미 사마 군사를 통해 수련장이 될 만한 곳은 물론, 일정 자금까지 지원을 약속받았다. 문제는 그가 요구하는 희망 사항에 대한 것이었다.

"검강에도 잘리지 않았으면 합니다. 최소한 일격 정도는 막아낼 수 있는 강도로 부탁드립니다. 아, 한 번 걸리면 죽을 때까지 끝나지 않는 것이 좋겠습니다. 그러니까 절정고수를 죽이기 위한 기관을 만든다 생각하고 최대한 강력한 살상 기관을 부탁드립니다."

검기 정도만 되어도 어지간한 쇠는 뭉텅뭉텅 잘라낸다. 검강은 검기의 진화형이다. 유형화에 멈추지 않고 무공의 오의를 뽑아낸 것이 강기다. 쇠 정도는 물론이고 검기가 다발로 뭉친 검도 가뿐하게 자를 정도다. 일격이라도 막아낼 수 있는 강도로 하려면 억만금이 든다.

또 절정고수를 죽이기 위해서는 어지간한 기관으로는 부족하다. 구덩이 하나를 파도 일류무사 정도만 되면 가볍게 뛰어넘는다. 밑에 마비독이라도 발라놓아야 걸리는 것이다. 화살 하나를 쏴도 일류무사 수준이면 쉽게 피한다. 무더기는 쏴야 잡힌다. 일류무사가 그렇다는 거다. 그런데 일류고수도 아닌 절정고수를 상대로 살상 기관을 만들려면 곱절의 노력을 더해도 부족하다. 절정고수란 무공으로 대성을 한 사람들 말한다. 스스로의 무공을 정리할 수 있을 정도의 실력이 되는 자들이다. 그런 자들은 같은 절정고수가 아닌 이상 어지간해서 죽이기는 힘든 것이다.

진산의 말에 곽 노인은 할 말을 찾지 못했다.

돈이 문제가 아니다. 아니, 돈도 문제긴 하다. 하지만 그보다 더 필요한 것은 그에 준하는 시간과 더불어 교에서의 허락이다.

무사들에게 돈 몇 푼 받고 기관 하나 만들어주는 것 정도는 그의 소관으로 처리할 수 있었다. 대부분 독립해서 교를 위해 일하고 있는 제자들이기 때문이다. 말년의 취미 생활로 기관 몇 개 만드는 것은 문제가 되질 않는다. 하지만 그것이 절정 고수를 상대로, 그것도 살상을 위해서 만드는 것이라면 문제가 된다.

누가 누구를 노릴지 모를 마교에서 살상 기관을 만든다면 숨죽일 사람이 한둘이 아니다. 절정고수를 노린 기관은 그 밑의 하수들도 다 걸린다. 교주 정도를 빼고는 대부분 눈살을 찌푸릴 정도의 사안이었다. 조금 짬밥이 되지 않는 놈이라면 겁을 먹을 정도는 될 것이다.

멍청히 서 있는 곽 노인을 보며 진산이 다시 입을 열었다.

"제가 기관을 부탁드리는 이유는 저의 수련을 위해서입니다. 마교의 무사들을 빌리고 싶지만……."

진산이 잠시 말문을 닫고 머뭇거렸다. 그의 손에 암룡대 절반이 반쯤 죽었다. 무공이 망가진 자도 몇 사람 있었다. 덕분에 진산은 탁기를 모두 몰아낼 수 있었다. 고수가 스물다섯이나 덤비니 기가 자극을 받았던 것이다.

그러나 그와 같은 일을 또 할 수는 없었다. 암룡대는 마교의 일원이다. 그들을 상대로 또 설친다면, 교주의 눈 밖에 날 수도 있었다. 아직 교주에게 밉보여서는 안 되었다.

"이번 일에는 사마 군사께서 허락하셨습니다."

"사마 군사께서 말입니까? 그럼 당장 일을 시작하겠습니다."

진산의 마지막 말에 곽 노인은 그제야 흔쾌히 대답을 했다. 사마 군사라면 교주가 가장 신뢰하는 자다. 그는 교의 토박이는 아니었지만 뛰어난 능력으로 교의 힘을 지금에 이르도록 키워냈다. 아직 전성기 때의 절반 정도밖에 되지 않는 힘이지만, 그 정도의 힘으로도 중원을 노리기에는 부족함이 없을 정도였다.

곽 노인이 자신 있게 대답하자 그들은 거래를 시작했다. 진산이 가진 돈은 많았다. 그러나 시간이 부족했다. 곽 노인은 계약을 하면서도 거액의 금액을 받는 동시에 효과적으로 절정고수를 노리는 기관을 몇 가지 머릿속으로 떠올렸다. 곽 노인의 머릿속에선 기관을 만들어 버는 돈보다 어떤 기관을 만들지가 더 관심이 있었다.

기관에 대한 이야기가 길어질수록 점차 시간은 깊어져만 갔다.

마교의 원로인 곽 노인의 인맥은 매우 넓다. 그는 특별히 강한 마공을 익히거나 하지 않았지만, 기관을 다뤄 마교를 위해 공헌한 바가 많다. 기관을 만들 때 기관만 사용하는 법은 거의 드물다. 진법도 써야 하고 때론 독도 필요하다. 때문에 그가 사귄 원로들은 대부분 한가락 하는 인물들이었다.

진산이 사마 군사에게 제공받은 방은 제법 넓었다. 사마 군사가 그의 힘으로 마교의 창고 중 하나를 비워준 것이다.

창고 안에는 곽 노인을 포함한 십수 명의 원로가 있었다. 그들 대부분이 진법, 독 등의 전문가들이었다. 하지만 대부분이 현 실세에서는 멀어진 자들로서 원로로서 대우는 받지만 하는 일이 없는 자들이었다.

그들 중 진법가인 천 노인이 입을 열었다.

"절정고수를 상대로 하는 기관을 만든다면 어지간한 걸로는 불가능하지. 최근에 내가 만들어낸 진법이 아니라면 말이야."

천 노인은 원로가 된 뒤에 할 일이 없어 진법만 팠다. 수십 년 동안 그가 연구하여 만든 진법은 제법 무서운 것이었다.

그의 뒤에서 또 다른 원로가 입을 열었다. 독공의 고수인 마 노인이었다.

"에잉~ 겨우 기관이나 진법 따위로는 절정고수를 상대하기 힘들지. 나의 절독이 없으면 기관이나 진법을 아무리 깔아도 소용없어."

그는 대단한 마공을 익혔다. 하지만 절정고수라 부르기에는 부족했다. 뛰어난 독공을 익혔지만, 절정고수에게 어지간한 독은 통하지도 않는다. 만독은 몰라도 천독 정도는 가볍게 소화시킬 수 있는 것이 절정고수이기 때문이다. 사천의 당문이나 남만의 독곡 정도 되는 곳이 아니라면 독인으로서 절정을 노리는 것은 쉽지 않았다. 그것이 독공의 폐단이었다.

마 노인 역시 그런 일로 현 실세와는 거리가 멀어졌다. 대신 독만 죽어라 연구한 결과 절정고수도 중독시킬 수 있는 독을 간신히 만들었다.

"기관이나 진법이나 독이나 다 절정고수에게는 소용없어. 절정고수는 절정고수만이 아는 법이다. 나의 백마검법(白魔劍法)의 정수가 담기지 않으면 백날 해봤자 소용없을걸?"

그들의 대화에 금 노인이 나섰다.

금 노인은 백마검법을 대성한 절정고수였다. 백마검법은 교주가 익힌 천마검법에 비할 바는 아니지만, 마공 중에서 수위를 차지하는 무공이었다. 그것을 대성한 금 노인의 무공 실력은 마교 내에서도 손에 꼽을 정도로 강했다. 하지만 그는 그런 강한 무공을 가지고서도 세력이 없었다. 그의 괴팍한 성격 때문에 제자 하나 없었다. 대신 원로가 된 금 노인은 수련만 죽도록 파고들었다. 이제는 절정의 끝을 조금 맛볼 정도는 되었다.

창고 내에서 원로들의 회의는 끊이질 않았다. 그곳에서 그

들은 이번 일을 통해 그들이 그동안의 연구를 모조리 쏟아냈
다. 그들은 본래 딱히 할 일이 있는 사람들도 아니었고 그 동
안 자신들이 연구해 온 것에 대한 성과도 보고 싶었다. 이번
일은 장소도 정해졌고, 자금도 부족하지 않으니 그들은 서로
의 기량을 뽐내기 위해 죽자 살자 달라붙을 계기가 된 것이다.

그들 중에는 철노도 있었다.

철노는 뛰어난 대장장이는 아니지만 그가 세상을 떠도는
동안 모아놓은 많은 병기들 중 명검이니 보검이니 하는 것도
제법 있었다. 또 만년한철 몇 쪼가리도 있어 이번 일에 쏟아
부은 것이다.

그렇게 물량과 자원, 그리고 마교의 최고의 실력자들이 삼
십 일의 시간을 들여 하나의 진을 만들어냈다.

그동안 진산은 명상과 심법 수련으로 시간을 보내고 있었
다.

교주가 사마 군사를 불렀다. 동서전쟁이 반발한 지 벌써 보
름이 넘었다. 전쟁은 동의맹의 우세를 보였으나 섬서에서 화
산과 종남을 만나고부터 조금 주춤해졌다. 뒤에서 사천의 거
대 문파들과 당문의 힘이 지원되자 동의맹은 잠시 움직임을
멈출 수밖에 없게 된 것이다.

현재 동서전쟁은 잠시 소강 상태가 되었다.

사마 군사가 현 상황에 대해 입을 열었다.

"아직 나서기에는 이릅니다. 중소문파들은 제법 피해를 입었지만 아직 팔파일방이나 오대세가 등의 문파들은 아직도 건재합니다."

"하지만 지금 우리가 나서지 않으면 은서각 놈들이 질 수도 있어. 그놈들 힘만으로 동의맹 녀석들을 이기기는 힘들지. 그러면 우리는 동의맹 전체와 싸워야 해. 아무리 마교가 강하다고 해도, 동의맹이 은서각과 싸워 피해를 입는다고 해도 이길 순 없어. 나도 그 정도는 알아."

대부분의 일을 사마 군사에게 맡긴다고 하지만 교주도 머리가 없는 것은 아니다. 하지만 자신의 머리가 사마 군사 비해 못한다는 것은 잘 알았다. 교주는 자신이 어떨 때 나서야 할 정도는 아는 자였다.

사마 군사는 교주가 원하는 것이 무엇인지 잘 알고 있었다. 동의맹의 힘은 크다. 팔파일방 중 세 개의 문파와 개방, 그리고 오대세가와 검각이라는 강력한 힘이 있는 동의맹이 은서각 정도는 이길 수 있다는 것도 안다.

은서각도 남은 다섯 개의 문파와 당문이 있다고는 하지만 똘똘 뭉친 동의맹을 상대하기에는 이미 무너져 버린 사파연합과 또 손 놓고 보기만 하고 있는 마교의 공백이 너무 컸다. 단단히 연합된 동의맹의 힘은 강했다. 거기다가 중원의 평화와는 다르게 하루가 멀다고 전쟁을 치렀던 해남파의 힘은 은서각에게는 제법 위협이 되었다.

마교는 멀다. 동의맹이 은서각을 먹어버리면 이번 전쟁에서 나서지도 않는 마교까지 굳이 손을 뻗을 일은 드물다. 하지만 그렇게 되면 마교는 손가락만 빠는 신세가 되고 만다. 교주의 목표는 중원제패다. 그러려면 은서각이 좀 더 버텨줘야만 한다. 동의맹의 힘을 조금 더 약화시켜야 할 필요가 있기 때문이다.

사마 군사가 다시 입을 열었다. 그는 교주가 부르기 전부터 그 대책을 마련해 뒀었다.

"천 명 정도의 무사들을 보내면 될 것 같습니다. 지금은 소강 상태지만, 조금 더 시간이 흐르면 동의맹이 다시 힘을 모을 겁니다. 그렇게 되면 은서각이 많이 처지게 됩니다. 그때 우리가 천 명의 정예 무사를 보내면 어느 정도 힘의 균형이 맞게 될 것입니다. 그러면 또 박 터지게 싸우느라 둘의 힘이 제법 많이 소진될 것입니다."

"천 명? 우리 전력의 십분의 일 정도로 되나? 한 이삼 천 더 보내야 되지 않겠어? 동의맹은 꽤 세. 게다가 해남파의 녀석들도 만만히 볼 게 아니야. 수는 적지만 다 고수야. 들리는 말로는 사파연합 때와 이번 전쟁에서 몇 놈 안 죽었다던데?"

해남파의 힘은 강하다. 그들은 전쟁에 익숙한 자들이었다. 하도 많이 싸우다 보니 그렇게 되어버린 것이다. 제법 긴 시간 동안 휴전으로 평화를 유지했던 중원과는 많이 다르다.

'하지만 마교와는 또 다르다. 마교에는 평화라는 것이 없

다. 수없는 싸움과 전쟁을 통해 강해진다. 고수도 해남파에
비해 월등히 많으며 그 힘의 질도 다르다. 아예 교 내에서 도
태되지 않는 이상 그들은 계속해서 권력을 위해서 싸워야 한
다. 이번 해남파가 몇천을 보냈든 마교의 정예 천 명이라면
충분히 상대할 수 있다.'

사마 군사의 생각일 뿐이지만 그것은 제법 정확했다. 교주
는 교도들에게 채찍질하는 것을 조금도 망설이지 않는다. 또
사마 군사가 만든 부대도 죽음을 통해 강해진 자들이었다. 마
교는 그런 부대들로 이루어져 있었다.

사마 군사가 이번 사안에 대해 자세히 설명하기 시작했다.

"동의맹의 힘은 분명 큽니다. 또 은서각의 정파들보다 연
합이 잘 되어 있으며, 해남파의 힘도 얕볼 수 없습니다. 장강
수로채가 없는 은서각에게 물 위에서의 싸움은 생각하기 힘
드니까요. 하지만 화산파, 종남파, 아미파, 공동파, 청성파,
당문의 힘 역시 강합니다. 당문의 경우는 독으로서 대규모 살
상을 할 수 있습니다. 고수가 많은 거대 문파나 오대세가는
몰라도, 중소문파 정도는 가볍게 처리할 수 있습니다. 거기에
우리 교의 정예 천 명의 무사가 지원한다면 이기지는 못해도
최소한 양패구상 정도는 노려볼 수 있습니다."

교주는 사마 군사의 말에 고개를 끄덕였다. 들어보니 그의
말이 맞는 것 같았다. 거대 문파라고 불리는 것이 다섯이다.
거기다 덤으로 당문에 도림까지 있다. 거기에 마교의 천 명의

정예가 간다면 시간을 좀 더 끌 수 있을 것 같았다.

당장이라도 싸우고 싶어 근질근질하지만 중원을 먹기 위해서는 그 정도는 참을 수 있었다. 마공을 익혀서 없는 인내심 다 까먹었지만, 최소한 그 정도의 인내심은 남아 있었다.

"좋아, 사마 군사에게 이 일을 맡기지."

"감사합니다."

그날, 사마 군사의 명을 받은 천 명의 마두가 섬서로 떠났다.

*　　　*　　　*

작은 창고 안엔 어둠이 가득 차 있다. 진산은 무거운 발걸음을 옮겼다. 그의 눈이 깊게 가라앉아 있다. 주위를 훑어보는 그의 눈동자. 진산이 내공을 끌어올려 안력을 높였다. 작은 창고는 안에서 보니 더욱 작게만 느껴졌다. 하지만 창고 안에는 아무것도 없었다.

"우리가 그동안의 연구로 만든 칠지옥(七地獄)입니다. 일곱 개의 성질을 가진 기관이 따로따로 펼쳐질 겁니다. 그대의 수련을 위해 조금 여유를 주는 것이지만, 각기 펼쳐지는 일곱 개의 기관의 각각의 위력은 절정고수를 살해할 수 있습니다."

밖에서 곽 노인의 목소리가 들려왔다. 그 뒤 그르릉! 묵직한 소리가 들리고 굳게 문이 닫혔다. 어둠을 베어 먹던 빛살은 사라지고 다시 까만 어둠이 차 올랐다.

'기관이라… 먼저 움직여야 하나?

진산이 천천히 발걸음을 옮겼다. 창고의 넓이는 그리 넓지 않았다. 그가 문 앞에서 가장 안쪽까지 겨우 스무 걸음 정도 걷자 끝이 났다. 그동안 기관은 나오지 않았다.

발밑에 툭 튀어나온 돌기가 보였다.

'이걸 누르는 건가?

진산은 돌기를 발로 가볍게 찼다. 그러자 키릭키릭! 톱니바퀴 소리가 시끄럽게 울려 퍼지고 주위의 배경이 빠르게 바뀌어갔다. 끝에서 끝이 겨우 스무 걸음 됨직한 창고 안이 점차 거대해져 갔다.

진산이 눈살을 찌푸렸다. 뿌연 안개가 화선지 위로 퍼지는 먹처럼 뿌려졌다.

'시야를 가리는 건가?

안개는 그의 시야는 물론 기감까지 엉망으로 만들었다. 천 노인이 만든 진법의 효능이었다. 그가 설치한 이 진법에 걸린 이의 감각을 마비시키는 것이었다.

진산은 외부와의 기를 차단했다. 흐트러진 기운에 자신의 감각마저 무너져 버릴 것 같았기 때문이다. 피부로 느껴지는 감각에 따라 그는 발걸음을 움직였다. 갑작스레 공간은 넓어지고 텅 빈 창고 안엔 알 수 없는 장애물로 가득 찼다. 진산은 발 앞에 돌을 슬쩍 차 올렸다.

툭!

가볍게 떠오른 돌을 그는 힘껏 때렸다. 퍽! 돌의 일부가 박살 나며 일직선으로 쭉 뻗어나갔다.

'손에 감각은 느껴졌다. 하지만 부딪치는 소리는 없다. 내가 찬 돌은 환영인가? 아니면 기관의 일부인가?'

진산의 생각에 반응하듯 무언가가 빠르게 진산을 향해 날아왔다. 진산이 검을 뽑았다. 신속한 발검이었다. 그의 검에 붉은 검기가 맺혔다. 거기에는 어지간한 쇠는 가볍게 가르는 힘이 담겨 있었다.

휘릭!

진산을 향해 날아온 무언가는 그의 검을 가볍게 휘감아 그 뒤에 있는 진산까지 노렸다. 크게 휜 그것은 진산의 목덜미를 날카롭게 공격해 왔다.

'철사?!'

진산이 몸을 숙였다. 철사는 허공만을 가른 채 사라졌다.

기관은 거기서 멈추지 않았다. 철사가 거미줄처럼 내려앉았다. 사방팔방 수십 명의 검사의 검격처럼 진산을 노렸다. 진산은 섣불리 막으려 하지 않고 몸을 비틀어 철사를 피해냈다. 가끔 피하기 힘든 방위에서는 검기를 길쭉하게 늘려 철사의 끝을 찔렀다. 하지만 연기로 시야가 가려지고 기감을 흐리게 만드는 진 때문에 얇은 철사를 찌르는 것이 쉽지 않았다.

그의 몸에 상처가 하나씩 늘어가기 시작했다.

퉁!

철사들 틈새 속으로 화살 하나가 날아왔다. 연기를 뚫고 오는 화살에는 살기가 강해 진산은 어렵지 않게 화살을 쳐냈다. 탁! 하는 소리와 함께 화살은 물고기처럼 튀어올라 검을 받아들이더니만 진산을 향해 크게 꺾였다. 진산이 땅을 굴렀다. 화살이 진산의 머리가 있던 곳을 강하게 꿰뚫었다.

'어설픈 검기로는 잘리지 않는다는 건가?'

진산을 노리는 기관들은 강도가 일반 철의 수준이 아니었다. 진산은 기를 좀 더 끌어올렸다. 검 위로 붉은 기운이 넘실넘실 춤을 추기 시작했다.

위이잉!

철사와 화살, 그리고 그 뒤를 이어 예리하게 갈린 톱니바퀴가 낮게 회전하며 진산을 노려왔다. 틈 새 없이 공략해 오는 기관의 힘은 매우 강력했다.

진산이 몸을 비틀며 크게 회전했다. 검은 그를 따라 붉은 원을 그린다.

따당! 따당!

쇠를 때리는 음과 함께 화살과 톱니바퀴가 부서졌다. 그러나 철사는 여전히 진산의 몸을 노려왔다. 진산이 한 걸음 물러섰다. 크게 뛰며 검을 휘둘렀다. 쿵! 하고 땅을 박차는 소리와 함께 여러 겹의 철사가 땅으로 떨어졌다.

'이것이 첫 번째 기관인가?'

만만치 않았다. 하지만 못 막을 정도는 아니었다. 오히려 대응 방법을 알자 기관을 상대하는 데 여유가 생겼다.

탕!

갑작스레 튀어나온 철구가 진산의 목선을 스치고 지나갔다. 미처 피하지 못한 진산의 목에는 주륵 붉은 피가 흘러내렸다.

진과 안개로 인해 시각과 기감이 마비된 상태에서 철탄의 공격은 매우 위협적인 것이었다.

타타타타탕!

사방에서 불을 뿜었다. 진산의 몸이 느릿하게 움직였다. 점차 그의 몸이 빠르게 회전하기 시작한다. 검이 그의 몸을 따라 손을 따라 물결친다. 허공에서 검의 잔영이 무수히 뿌려진다.

땅! 따당!

진산의 검에 튕겨진 철구들은 땅을 두부같이 뭉개고 파고들었다. 수백 개의 철구들이 땅속으로 파고들어서야 조용해졌다.

"이것으로 끝은 아니겠지."

진산의 몸에서 넘실넘실 붉은 기류가 흘러나오기 시작했다. 그것은 그의 몸을 부드럽게 감싸며 반탄기를 형성했다. 진산의 흰자위가 검게 물들기 시작했다.

철컹!

그의 말에 대답이라도 하듯 위에서 기계음이 들려왔다. 그리곤 이내 날카로운 이를 드러낸 화살들이 진산을 노리고 소나기처럼 떨어지기 시작했다.

그의 몸이 자연스럽게 움직였다. 의족에 비틀거리던 그의 움직임은 더 이상 볼 수가 없었다. 거대한 내공을 바탕으로 의족을 움직이자 원래 다리보다 더욱 강하고 빠르게 움직이기 시작했다. 진산의 손을 타고 검이 춤을 추기 시작했다. 부드럽게 휘어지는 검의 뒤를 따라 붉은 검기가 허공에 긴 족적을 만들어냈다.

진산을 주위로 새빨간 검막이 그려졌다.

타닥! 타닥!

화살이 검막을 뚫지 못하고 그의 주위만을 맴돌다가 사라진다. 우수수 비처럼 쏟아지던 화살은 지렁이처럼 땅 깊숙이 파고만 들 뿐 그에게 단 한 번의 피해도 줄 수 없었다.

한참 동안 떨어지던 화살이 사라지자마자 벽에서 작은 구멍들이 모습을 드러냈다.

푸슈욱!

구멍에서 검은 연기가 토해져 나오기 시작한다. 하얀 안개를 밀어내고 흑연이 작은 창고 안을 가득 채웠다.

"독!"

독은 빠르게 진산의 몸속으로 침투했다. 하지만 그는 절정고수다. 진산은 재빨리 거대한 내기로 독을 밀어내기 시작했다. 그의 기는 단숨에 독기를 밀어내는 듯했다.

'빠지지 않는다!'

쉬이 입을 열 수 없었다. 독은 그만큼 지독했다. 그의 내공에 아랑곳하지 않고 몸속을 휘저었다. 마 노인이 오랜 세월 연구해 만든 만청혈독(蔓菁血毒)이었다. 한 번 몸 안에 침투한 독은 쉽사리 밀려 나가지 않고 가시덩굴처럼 날카롭게 가시를 세웠다.

지독한 독기에 진산이 무릎을 꿇었다.

'화기(火氣)…… 독을 몰아내기 위해서는 화기를 끌어내야 한다.'

진산은 여섯 개의 내공 중 하나를 뽑아내기 시작했다. 그동안 명상으로는 단 한 번도 성공한 적이 없었던 것이다. 하지만 독기가 몸을 침범하자 그에 반하는 화기가 절로 몸을 움직였다. 진산은 다른 기운을 조금 누르고 화기를 끌어당겼다. 한 번 불붙은 기운은 단번에 몸속의 독기를 태워 버리기 시작했다.

화기는 단숨에 홀로 일주천을 하기 시작했다. 뜨거운 기운이 뱃속에서부터 온몸으로 퍼져 나갔다. 세맥까지 틀어박힌 만청혈독이 순식간에 태워 버렸다.

화르륵!

그의 검에서 불이 치솟았다. 진산의 몸을 휘돌던 화기는 그대로 검 속으로 스며들었다. 진산이 천천히 검을 휘둘렀다.

치이익!

검 밖으로 흘러나오는 화기가 만청혈독을 태우기 시작했다. 그것을 이용해 진산이 몇 번 검을 휘두르자 검은 연기가 조금 수그러들었다.

"후우—"

진산이 깊게 숨을 들이켰다. 만청혈독이 그의 몸속으로 들어왔지만 그는 조금도 개의치 않았다. 진산의 몸으로 들어간 독기는 순식간에 타 사라졌다. 진산이 가볍게 뛰어올랐다. 붉은 기운이 그를 따라 긴 족적을 만들었다. 허공에서 진산은 검으로 강하게 내려쳤다.

콰앙!

땅에 떨어지며 검에 뭉친 화기가 빠르게 주위를 잠식했다. 만청혈독이 타며 매캐한 연기를 만들어냈다가 이내 사라진다.

진산의 눈에 만청혈독을 뿜어내던 구멍들이 들어왔다. 그의 몸이 자연스럽게 움직였다. 벽을 향해 일 보 거리를 단숨에 잘라냈다. 한 달간의 시간이 짧지 않았을 정도로 수련에 임했던 그다. 의족이라는 사실도 느끼지 못할 정도로 부드러운 걸음이 시작되었다. 완전히 회복한 듯 보였으나 그는 예전처럼 신법에만 의지하지 않았다. 너무 강한 신법은 다른 무공을 죽인다. 이는 교주가 지적했던 것이기도 했다.

극강의 양기를 끌어내면 그에 반대되는 음기는 어렵지 않게 다룰 수 있게 된다. 화기가 수그러들고 수기가 그의 몸을 타고 흘렀다. 검에서도 화염이 사라지고 서릿발처럼 차가운 한기가 충만하게 차 올랐다.

쩌정!

그의 움직임을 따라 검이 둥근 원을 그려냈다. 검은 구멍들을 살짝 베어낸다. 그 위로 얼음이 얼어붙었다. 얼음이 만청혈독으로 인해 까맣게 변하기는 했지만 새어 나오는 일은 없었다.

'둘은 해냈다.'

그것을 보며 진산은 만족한 듯 미소를 지었다. 곽 노인을 비롯한 원로들이 기관을 만드는 한 달 동안 몇 번이나 기를 끌어내려 시도했지만, 단 한 번도 성공한 적이 없었다. 그런데 위험한 순간이 되자 기가 자연스럽게 움직였다. 그리고 한 번 해보니 이제는 뭔가 알 것 같았다.

그르릉!

무거운 소리가 들려왔다. 천장이 진산을 향해 점차 가까워지고 있다. 독을 발산하는 기관이 마비되자, 천장이 내려오게 만든 것 같았다.

진산이 기를 끌어올렸다. 양강의 기운이 순식간에 한기를 밀어내고 다시금 검 위로 불을 지폈다.

"하압!"

그가 가볍게 뛰어올라 크게 돌며 검으로 천장을 올려쳤다.

꽝!

시뻘건 불꽃이 천장 위로 피어올랐다. 하나 천장의 움직임은 조금도 수그러들지 않았다. 느리긴 하지만 멈춤 없이 바닥을 향해 천장이 내려오고 있었다.

천장은 단순한 철이 아닌 만년한철이 일 할가량 들어가 있었다. 쇠에 만년한철이 들어가면 무척이나 단단해진다. 어지간한 검기는 물론, 강기로도 쉽사리 베어낼 수 없다. 진산의 극양지기가 강하다고는 하지만 만년한철을 녹아낼 정도는 아니었다.

천장은 점차 빠르게 내려오기 시작했다. 이제는 그의 머리 끝이 살짝 닿을 정도로 내려왔다.

'좀 더 날카롭게. 강한 기운이 필요해.'

진산은 화기를 거두었다. 다른 것을 떠올리기 시작했다. 극한의 양기와 극한의 음기로 천장을 연달아 때리면 만년한철이라도 부서질 것 같았다. 하지만 천장은 내려올수록 더욱 속도가 빨라졌다. 시간이 부족했다.

그때 검 위로 한줄기 기운이 폭사했다. 거센 기운이 금세 검 위로 타올랐다. 무색의 기가 검 위로 뭉치더니만 이내 그 형태를 완성시켰다.

검강이었다.

진산의 몸이 움직였다. 그의 생각보다 빠르게 몸은, 기는 검은 천장을 향해 날아올랐다.

지옥도에서의 생활 속에서 밴 그의 본능이 위험을 감지하고 움직인 것이다. 금기(金氣)가 담긴 검은 단숨에 허공을 쪼갰다.

쩌억!

거대한 십(十) 자 모양의 상처가 천장을 가득 메웠다. 깊숙하게 파고든 검강이 기관 장치를 부수자 천장이 내려오는 것이 멈췄다.

기관이 부서지자 뒤이어 기관이 발동했다. 사방의 벽에서 털처럼 가는 침이 빠르게 쏘아졌다. 우모침(牛毛針)이라는 암기였다. 호신강기도 뚫기 위해 우모침은 나선의 모양을 하고 있었다. 수천, 수만 개의 우모침이 당장이라도 진산의 몸속으로 파고들 것 같았다.

다시 진상의 검이 움직였다. 그의 검이 수많은 잔영을 만들어내기 시작했다. 검면 위로 검이 또 하나 솟아났다. 빠르게 움직이는 진산의 검 위로 환영처럼 또 다른 검이 생겨났다. 마른 나무의 나뭇가지를 보는 것처럼 연거푸 솟아오르는 검은 사방에서 쏘아져 오는 우모침들을 막아냈다.

우모침이 그의 발밑에 쌓여갔다. 우모침이 그의 무릎께까지 쌓여서야 더 이상 쏟아지지 않았다. 진산의 철제 의족이 허공을 때렸다. 우모침이 다시 벽과 천장을 향해 날아갔다.

콰직!

우모침이 벽 속으로 깊숙하게 파고들었다. 벽의 기관들이 우모침으로 인해 완전히 정지하고 말았다.

"…끝인가?"

한참을 기다려도 다음 기관은 발동하지 않았다. 진산의 문을 향해 발걸음이 무겁게 움직였다. 그때 그를 향해 한 자루 검이 날아들었다.

쉬익!

진산이 검을 들었다.

따당!

검 위로 불꽃이 확 튀었다. 진산은 몇 걸음 물러서며 자세를 다시 잡았다. 하얀 안개가 다시 깔리기 시작했다. 그의 기감을 마비시키는 진법이었다. 그 위로 새하얀 검신이 모습을 드러냈다. 그것은 금세 검은 마기로 온몸을 적셨다.

'누구의 검이지?'

팟!

검이 다시 그를 노렸다. 진산은 그 정체도 알지 못한 채 검을 움직여야만 했다. 마기에 대항하기 위해 화기가 불꽃처럼 터져 나왔다. 그가 거칠게 검을 내려쳤다. 자신의 몸에서 뿜어지는 화염과 같이 그의 검은 거칠면서도 무겁게 적을 공격해 갔다. 그것이 점차 자세를 잡기 시작했다.

휘리릭!

검이 갑자기 뒤집혔다. 그리고 섬전처럼 쏘아졌다. 진산은 그것을 피하기 위해 땅으로 굴렀다. 무림인들이 수치스러워하는 뇌려타곤이었다.

진산의 검 위로 한기가 맺혔다. 강한 열을 준 뒤에 차가운 물을 부으면 단단한 차돌도 부서진다. 진산은 그것을 노렸다. 강한 한기가 연신 마기를 베어냈다. 화기를 이용했을 때와는 다르게 수기가 검을 지배하자 자연스럽게 움직임이 부드러워졌다. 연거푸 마기가 뭉친 검을 때리는데 빈틈이 보이지 않았다.

따당! 따당!

날카로운 금속음이 작은 창고 안을 가득 채웠다.

검이 엿가락처럼 휘어지더니만 진산의 옆구리를 노렸다. 진산이 깜짝 놀라 검을 치켜 올려 막았다.

따앙!

"크윽!"

진산이 신음을 토하며 몇 걸음 물러섰다. 마기가 예사롭지 않았다. 그의 검을 받은 몸이 쩌릿했다. 자신을 공격하는 이는 최소한 절정고수 급은 됨직했다.

정체 모를 절정고수의 검에서 마기가 쏘아져 나왔다. 절정고수는 진산을 죽일 생각인지 그를 향해 연거푸 마기를 쏘아냈다. 진산의 검이 수기를 거두고 목기를 받아들이자 검이 나뭇가지처럼 자라나기 시작했다. 삐죽삐죽 튀어나오는 검이 마기들을 가볍게 팅겨냈다.

차례로 검에 투명한 기운이 차 올랐다. 절정고수의 마기를 단숨에 잘라내고 그 검까지 잘라냈다. 하지만 진산의 검은 그 본체마저 잡아낼 순 없었다.

사라락!

절정고수는 여전히 살아 있는 듯 검 한 자루를 다시 흔들었다. 마기가 검은 불꽃처럼 절정고수의 검 위로 타올랐다. 그의 검이 빠르게 움직인다. 점점 빨라지는 그의 검에 마기가 점차 하얗게 변하기 시작했다.

'빠르다.'

그의 검으로 막아낼 수 있는 초식이 없었다. 진산이 몸을 잔뜩 웅크렸다. 그리고 단전 속에 여전히 잠든 토기를 끌어올렸다.

스르륵.

허공에 진산의 신영이 녹아들었다. 그의 검마저 사라지자 목표를 잃은 순백의 마검은 당황하여 멍청히 서 있다.

안개 속에서 검 한 자루가 튀어나온다. 땅 밑에서도, 천장에서도, 벽에서도 무수히 많은 검이 순백의 마검을 노리고 다가온다. 어떤 것이 실체이고 환영인지 모를 검이 강력한 힘으로 마검을 때렸다.

퍼억!

가죽 터지는 소리가 크게 터져 울렸다. 그 뒤를 이어 나오는 비명이 창고 안을 가득 채웠다.

“크어억!”

금 노인이 비명을 토하며 연신 뒷걸음질쳤다. 그가 가슴에 손을 가져가며 쓰러졌다. 왈칵! 그의 입에서 피가 한 줌 토해져 나왔다.

그가 쓰러지자 뿌연 안개가 걷히고 부서진 기관들이 드러났다.

‘이제 끝났군.’

진산이 안도하며 검을 검집에다 집어넣었다.

찰칵!

그 소리에 맞춰 밖에서 대기하고 있던 원로들이 우르르 쏟아져 들어왔다.

“아니, 괜찮은가?”

“나이 들었으면 가만히 있지 괜히 나서서는……. 쯧쯧.”

“새파란 것한테도 져? 수치스러운 줄 알라고!”

그렇게 말하면서도 원로들은 금 노인의 상처를 보기 시작했다. 하지만 그의 몸에는 상흔 하나 남아 있지 않았다.

마 노인이 금 노인이 짚던 가슴을 훑다가 어이없다는 듯 한마디 내뱉었다.

“어라? 상처가 없어.”

어리둥절한 원로들을 두고 진산이 발걸음을 옮겼다. 그의 입가에는 작은 미소가 그려져 있었다.

그런 진산을 향해 철노가 다가왔다.

"그래, 자신의 검식을 찾았는가?"

"글쎄요."

진산이 아리송한 말을 남긴 채 발걸음을 옮겼다. 하지만 그의 발은 무거운 철제 의족을 달았음에도 한없이 가볍게만 느껴졌다.

그것을 본 철노의 입가에도 한줄기 미소가 떠올랐다.

칠단검법(七斷劍法).

진산이 완성한 검법은 여섯 개의 내공을 바탕으로 한 검식이었다. 일검부터 오검까지는 사부들이 전해준 화수목금토의 내공을 초식으로 표현한 것이고, 육검은 진산의 내공과 해남도에서 악귀라 불렸던 광기를 초식으로 만든 것이다. 이제 그는 더 이상 검을 봉해둘 필요도, 미치지 않고도 한계치까지의 힘을 쓸 수 있게 되었다.

마지막 칠검은 여섯 가지의 내공, 그리고 초식들을 하나로 녹여 만든 검이다. 그저 생각에만 머무를 뿐, 물과 기름 같은 내공들이 한데 섞이기에는 아직 무리가 많았다.

그렇게 진산은 한층 더 강해지고 있었다.

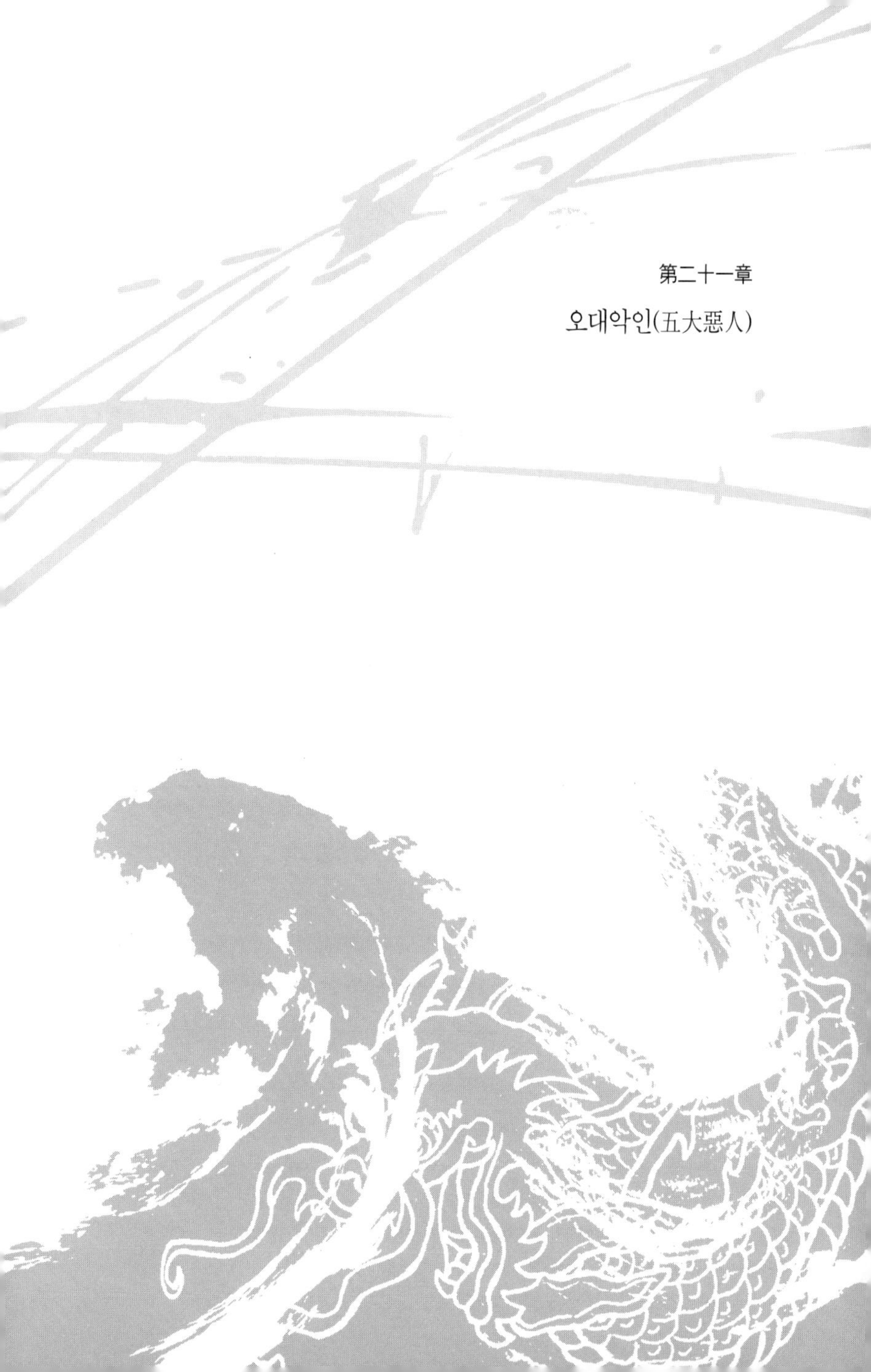

第二十一章

오대악인(五大惡人)

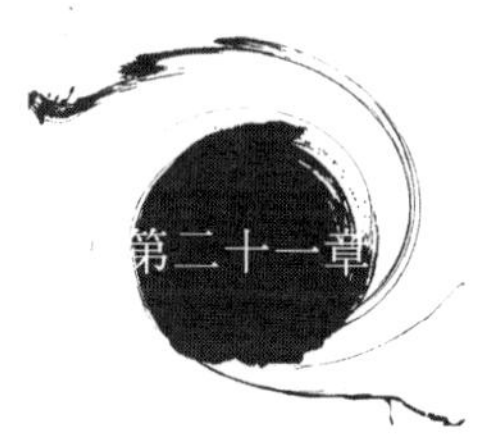

귀빈실에 두 사내가 마주하고 있었다. 두 사람 앞의 탁자 위에는 차가 뜨거운 김을 토해내고 있다.

"강해졌군."

교주가 진산을 보며 중얼거렸다.

교주의 실력은 이미 절정을 넘어선 상태다. 그의 눈에는 진산이 어느 정도 수준인지 선명하게는 아니더라도 눈에 들어왔다. 진산의 몸에서는 전과 다른 기운이 흘러나오고 있었다.

진산은 가볍게 고개를 끄덕이면서도 속으론 식은땀을 흘리고 있었다.

'이자는 괴물인가?'

이미 충분히 강해졌다고 생각하는 진산이었다. 비록 기관과 진법을 상대로 초식을 만들었기에 초식의 완성도는 조금 부족했지만, 이제는 자신의 내공을 자유자재로 사용할 수 있게 되었다. 오 갑자를 훌쩍 넘는 내공은 교주가 가진 내공의 두 배가 넘는다. 그러나 그들의 격차는 아직도 컸다. 진산이 절정의 극에 다다랐다면, 교주는 절정을 뛰어넘은 자였다. 그 차이는 어지간한 힘으로는 극복하기 힘든 것이었다.

'교주와 겨룰 때가 아니다. 아직 더 강해져야만 해.'

초식을 완성하고 다시 그것을 갈고닦았을 때 교주에게 다시 도전하기로 마음먹고는 진산은 자리에서 일어났다.

그가 사념에 빠진 사이 교주가 무어라 말하는 것을 듣기는 했지만, 한 귀로 흘리고 있었다. 진산이 가볍게 고개를 꾸벅이고는 밖으로 나갔다.

교주는 그의 무례한 태도를 제지하지 않았다. 그는 자신이 원하는 것을 얻기 위해서라면 자존심 정도는 한 번 구겨줄 수 있었다.

교주의 신형이 순간 그림자처럼 녹아들었다. 다시금 나타났을 때 그는 밖으로 나가려는 진산의 발걸음을 막았다.

"다리는 어떤가?"

"익숙해졌습니다."

"그래?"

교주의 입가에 한 줄 미소가 그려졌다. 그의 눈동자가 진산을 차갑게 훑어갔다. 진산이 가진 내공이 너무 깊고도 넓었다. 그조차도 가늠할 수 없는 내공은 상당히 위협적이면서도 짜릿한 흥분을 주었다.

진산의 실력은 이미 오대악인을 넘었다. 지금은 물론 과거에도 그는 충분히 오대악인을 누를 정도의 힘을 가지고 있었다. 하지만 그가 가진 핏빛 살기는 절대로 중원 위에 선 두 왕을 넘을 수 없었다. 과거 그가 선택한 힘은 한계라는 것이 분명하게 있는 것이었다.

'한데 그것을 뛰어넘다니…….'

사기(邪氣).

그것은 잿빛 어둠이다. 순수한 어둠을 머금은 마기와도 다르며 순백의 정기와도 다르다. 더 이상 짙어질 수 없는 회색의 사기는 한계가 분명했다.

이번에도 그는 마기도 정기도 선택하지 않았다. 자신의 잿빛 색깔을 더욱 짙게 칠해냈다. 근본적인 어둠과는 다른 그러한 색깔을…….

"한 번 자신의 실력을 시험해 볼 생각은 없는가?"

교주의 몸에서 뭉게뭉게 검은 마기가 피어올랐다. 진산의 완성되지 않은 힘에 교주는 자신도 자각하지 못한 채 호승심이 고개를 들었다.

진산의 눈동자에 순간 핏빛 기운이 일어났다가 사라진다.

그리곤 고개를 젓는다.

"하하, 사양하겠습니다. 아직 당신을 상대하는 것은 무립 니다."

진산은 그대로 문밖으로 나섰다.

귀빈실, 홀로 남은 교주의 미간이 살짝 찌푸려졌다.

"아직은…… 이란 말이지?"

강해질 기회를 준 것은 분명 자신이었다. 그러나 진산이 얼 마나 강해질지는 그 스스로도 알 수 없었다.

진산이 교주를 만난 뒤 간 곳은 사마 군사의 거처였다. 사 마 군사는 동서전쟁으로 인해 군대 편성과 정보전으로 바쁘 게 움직이고 있었다. 사마 군사의 수족처럼 따라다니는 군사 들이 그의 일을 돕고 있었다.

"아! 오셨습니까? 이리 와 앉으시지요."

뒤늦게 진산을 발견한 사마 군사는 그를 고급스런 의자에 앉혔다. 주위는 바삐 일 처리를 하는 이들로 산만했지만 진산 은 그들에게 시선조차 주지 않은 채 사마 군사를 바라보았다.

사마 군사는 잠시 후 일을 마치고 진산 앞에 마주 앉았다.

"그대가 해줄 일이 있습니다."

"무엇입니까?"

사마 군사의 말에 진산이 물었다.

"알다시피 교주님은 인재를 매우 아끼고 탐하십니다. 그렇 다고 무분별하지는 않죠. 그분이 찾는 인재들이란 모두 능력이 있고 도움이 될 사람들입니다."

'자네와 나만은 다를지 모르겠지만.'

사마 군사 정도의 사람이 갑자기 나타나 교주의 밑으로 들어온 것이 아니었다. 스스로 교주에게 자신의 능력을 보였으며, 그가 자신을 원하도록 만든 것이다. 교주가 외부의 인재를 탐하기 시작한 것은 그때부터였다.

고인 물은 썩게 마련이다. 마교라는 샘은 매우 거대하지만, 오랜 시간에 걸쳐 썩어가고 있었다. 그것을 교주는 정확히는 몰랐지만 조금쯤은 느끼고 있었던 것이다. 강호에는 보는 눈이 너무 많았다. 특히나 마교를 향한 눈은 너무 매섭고도 예리했다. 때문에 마교의 무사들을 함부로 내보낼 수는 없었다. 불가의 소림이나 도가의 무당처럼 마교는 속가제자 등을 만들어낼 수 없다는 것이었다. 밖으로 빠지지 않는다면 받아들이는 수밖에 없었다. 본래 마교는 수많은 마인들이 모여 만든 집단이다. 그리고 적지 않은 세월 동안 정파와 싸워오며 많은 무공이 만들어지고 사라졌다. 그들의 강함은 호전적인 성격과 그 세월이 만든 것이었다.

하지만 그것이 한계에 봉착한 것이다.

그리고 그때 사마 군사가 마교의 한계를 부수었다. 외부에서 들어온 그는 마교의 잘못된 부분을 보고 단숨에 깨부수어가며 더욱 강한 마교를 만들어냈다.

하나 사마 군사는 순수한 마교인이 아니기에 그는 교를 위해서도 교주를 위해서도 움직이지 않는다. 자신의 확실한 목적을 위하여 교주의 밑에서 마교의 힘을 키우고 있는 것이었다. 다만 그것을 철저하게 숨기고 있어서 드러나지 않았을 뿐.

진산은 자신에게 꼭 필요한 장기 말이었다. 처음에는 무공이 이렇게까지 뛰어날 줄은 몰랐지만, 그의 강함 덕분에 괴물 같은 교주를 상대로 막혔던 계획이 좀 더 쉽게 풀릴 수 있었다.

"오대악인을 알고 있습니까?"

"구룡 중 다섯 명의 악인에 대해서는 조금 알지요."

오대악인. 그들은 몇십 년 동안 무림의 공포로서 존재했다. 동서 어느 세력에도 들지 않은 그들은 다른 세력을 구성하지 않았음에도 어지간한 힘을 가진 중소문파보다도 더욱 위력이 강한 이들로서 무림에 존재한다. 무공이 너무 뛰어나 무림 위에 선 두 왕과 신비인인 일성을 제외하고는 누구도 그들을 막을 수 없었다. 겨우 다섯 명의 악인을 상대로 왕이 움직일 수는 없다. 그리고 그들이 협공이라도 한다면 제아무리 왕이라 해도 위험을 감수하지 않을 수 없었다.

하지만 마왕에게는 그 무엇보다 날카로운 칼이 생겼다. 마교 그 자체로도 강하고 거대한 칼이지만, 오대악인을 잡기에는 너무 컸다. 닭을 잡자고 소 잡는 칼을 쓸 수는 없는 것이다. 그런데 이번에 갖게 된 칼은 매우 예리하면서도 강했다. 오대악인을 잡아오기에는 그만한 칼이 없었다.

사마 군사가 진산에게 책자 하나를 건네주었다.

"여기 오대악인에 대한 자료입니다. 그들을 생포해 주십시오. 마교의 쓸 만한 검이 되어줄 것입니다."

진산에게 오대악인의 생포 명령이 떨어졌다.

교주 앞에 암룡대의 대장이 부복하고 있었다. 고개를 땅에 처박은 채 그는 일어설 줄을 모른다.

암룡대는 마교에서도 제법 알아주는 전투 부대다. 그 수가 겨우 오십이기는 하지만 모두 일류고수로 이루어져 있었다. 단 한 명에게 그 절반이 깨졌지만, 그들의 힘은 여전히 강했다.

"교주님, 저희 암룡대도 함께 출전할 수 있도록 해주십시오."

강석주는 부하를 매우 아낀다고 소문이 난 사람이었다. 현재 암룡대가 이렇게 강해진 것도 모두 그의 덕이었다. 사실 소문 그대로 그는 처음 암룡대를 맡게 되었을 때 수하들에게 혹독한 훈련을 시켰고, 지금의 암룡대를 만들었다. 전투 시에도 가장 먼저 나서 적장을 요격해 부하의 피해를 줄이는 방법을 썼다. 일가친척 하나 없고 제자마저 없던 그에게 암룡대는 가족이자 사제와 같았다.

그런 암룡대가 절반이나 망가졌다. 의원이 몇 개월 요양한다면 낫는다고 말했지만 그들이 받은 고통은 적지 않았다. 그는 진산에게 꼭 복수를 하고 싶었다. 하지만 교주가 사마 군사를 시켜 직접 데리고 온 진산을 함부로 족칠 수는 없었다.

그는 절대적인 무공을 가진 교주도 존경했기 때문이다.

'이거 어떡해야 하나…….'

강석주가 진산을 노리고 있다는 사실을 모를 교주가 아니었다. 암룡대의 남은 절반이 진산이 오대악인을 찾으러 나갈 때 암습을 할 것이라는 것이 자명했다. 진산이 제법 강해졌기는 하지만 자신보다는 못하다. 자신이라면 암습이든 뭐든 암룡대쯤은 일각이면 휩쓸어 버릴 수 있다. 하지만 진산은 좀 힘들 것 같았다. 그것은 오대악인을 잡아오는 데 지장을 줄 것이다. 오대악인도 자신보다는 못했지만 제법 강하기 때문이다.

오대악인의 힘은 자신이나 단우극에 비해 조금 뒤처지는 감이 있었지만, 사람들이 자신까지 싸잡아 구룡이라 부를 정도였다. 십대고수니 십오대고수니 하는 것들은 동의맹과 은서각을 빼고 계산한 것들이기에 별로 신빙성이 없지만, 구룡은 누구나 다 인정한다. 그들이 요즘은 숨죽이고 있지만, 어지간한 문파의 장문인들이 떼로 덤벼도 문제없을 정도로 강했다.

교주가 한참을 고민하고 있을 때 강석주가 땅에 머리를 박았다.

쿵! 쿵! 쿵!

무공을 절정으로 익힌 그가 아무리 머리를 찧는다고 해도 피 한 방울 날 리 없었다. 오히려 대리석만 부서질 뿐이다. 그런데 그의 머리에서 피가 한 바가지 토해졌다. 붉은 피가 땅 위로 툭툭 떨어졌다.

"암룡대장! 이게 무슨 짓인가!"

우웅!

교주의 몸에서 묵중한 기운이 퍼져 나갔다. 동시에 강석주의 움직임도 멈춰졌다. 교주의 기세가 엎드린 그를 가볍게 일으킨 것이다.

인재를 아낀다는 교주다. 그는 암룡대가 강석주에 의해 어떻게 커졌는지 잘 알고 있었다. 마교 내에서 강석주는 상당히 쓸 만한 인재였다. 암룡대가 모두 일류고수라는 사실을 떠올리면 알 수 있는 일이었다. 이제는 암룡대가 조금만 더 커지기만 하면 마교에서도 내로라할 무력 부대가 될 수 있었다. 그러기 위해서 강석주가 죽으면 안 되었다. 제아무리 고수라 해도 내공도 끌어올리지 않은 채 땅바닥에 머리를 찧으면 사망할 수도 있었다. 물론 교주가 앞에 있으니 그가 응급처치를 하면 살 수는 있다. 하지만 머리라는 것이 매우 민감한 부위라 병신이 될 수도 있었다. 이런 어처구니없는 일로 교주는 쓸 만한 인재를 망치는 일은 하고 싶지 않았다.

강석주의 눈에서 눈물이 떨어졌다. 그는 억울했다. 진산이 절정고수라고는 하지만 자신 역시 절정고수다. 비록 진산이 거의 극을 바라보고 자신은 절정 하급 수준이라지만, 암룡대와 함께라면 충분히 상대할 수 있다고 생각했다. 그런 자신을 막는 것은 교주가 교도들보다 외부인을 더욱 아낀다고 생각되었다.

그 사실이 그의 마음을 무겁게 가라앉게 했다.

"교주님, 어떤 일이 있어도 반드시 임무를 완수해 오겠습니다. 꼭 이번 임무에 참가할 수 있도록 허락해 주십시오!"

오대악인이 뉘 집 개 이름도 아니고, 겨우 암룡대 따위가 생포할 수 있는 존재는 아니었다. 더군다나 진산에 의해 반토막이 된 암룡대라면 말할 것도 없다. 하지만 진산을 밟기 위해서는 그와 함께 교 외부로 나가는 기회가 꼭 필요했다.

교주가 이맛살을 찌푸렸다. 그리고 이내 한숨을 내쉬었다. 진산이라면 암룡대를 상대로 죽을 일은 없었다. 그리고 그는 자신에 대해 냉정하게 분석할 줄 아는 사람이니 임무가 불가능하다고 생각하면 오대악인을 잡는 일보다 귀환을 먼저 선택할 것이다. 그리고 같은 교인이 되었으니 암룡대를 죽일 일은 없었다. 저번에 암룡대와 싸웠을 때도 반쯤 죽였지 아예 죽이지는 않았다. 그것이면 충분했다.

"좋다."

교주의 입에서 마침내 허락이 떨어졌다. 착잡하게 가라앉은 강석주의 눈에 불이 확 켜졌다.

"감사합니다, 교주님! 이 은혜 반드시 오대악인의 녀석들을 잡아오는 것으로 하겠습니다."

'살아나 돌아와라. 그게 갚는 거다.'

과민하게 반응하는 강석주의 모습에서 교주는 걱정이 되었다.

드디어 암룡대에게 오대악인 생포 명령이 떨어졌다.

*   *   *

진산과 암룡대가 함께 마교를 나섰다. 마교를 나선 그들은 곧바로 객잔에 자리를 잡았다. 오층짜리 제법 큰 객잔이었다. 객잔을 잡은 진산은 신강성의 만목상 지부에 의뢰를 보냈다. 사마 군사가 건네준 정보가 많이 부족했기 때문이다.

사마 군사가 건네준 책자에는 그들에 대해 상세히 설명이 되어 있었지만, 청해성이니 사천성이니 정도 밖에 나오지 않아, 그들의 위치 정보가 자세하지 않았다. 대신 공작금이 잔뜩 쥐어졌기에 그들이 오대악인을 잡으러 가는 데 큰 문제는 없었다.

객잔 안에 진산이 술을 마시며 느긋하게 앉아 있었다.

'칠단검법은 기관으로 만들어진 검법이다. 본래 검은 사람을 죽이는 것. 사람을 상대로 싸워보는 것으로 부족한 칠단검법을 더욱 가다듬을 수 있을 것이다.'

진산은 이미 자신의 검법에 이름을 생각해 두었다. 그가 만든 검법은 화수목금토의 다섯 가지의 내공을 바탕으로 하는 초식과 자신의 내공을 바탕으로 하는 한 개의 초식, 마지막으로 이 여섯 가지의 내공을 한곳으로 모은 것을 바탕으로 하는 초식이다.

현재까지는 자신의 내공을 바탕으로 하는 초식과 다섯 개의 내공을 바탕으로 하는 초식은 어느 정도 완성을 했다. 기관을 상대로 만들어진 초식들은 진산의 경험과 더불어 거의 완성이 되었지만, 마지막 초식은 완성하지 못했다. 마지막 초식의 경우 물과 기름 같은 내공들을 한데 녹이는 과정이 필요해서 상상 속으로만 만들었을 뿐 익히지도 못한 초식이었다.

주위들은 소문으로 오대악인은 대단한 고수라고 했다. 교주나 맹주에 감히 비할 수는 없지만, 애초에 그들과 비교할 만한 무인은 세상에 없었다. 하지만 그들과 이름을 나란히 할 정도니 굉장히 강할 것은 틀림없었다. 애초에 진산의 목표가 교주와 맹주였으니 그들을 상대로 초식을 완성시키는 것도 나쁘지 않다고 생각했다.

"진 대협."

점소이 하나가 진산에게 조심스레 다가왔다. 그는 구질구질한 작업복을 입고 있었다. 하지만 그의 태도는 점소이가 그저 손님을 대하는 것과는 다른 것이었다.

진산이 대충 무엇인지를 깨닫고 전음을 보냈다.

"정보는?"

"여기 있습니다."

점소이 역시 전음으로 답했다.

그가 진산에게 다섯 개의 서찰을 건넸다. 각기 봉투에는 일에서부터 오까지의 숫자가 적혀 있었다. 오대악인의 첫째부터 다섯째까지를 나타내는 것임이 틀림없다.

진산이 빙그레 미소를 짓고는 서찰을 품속에 넣었다.

"그래, 수고하게나."

진산이 점소이에게 은자 몇 개 쥐어주었다. 공작금이 많으니 여유가 있었다. 그것 외에도 개인 자산도 금으로 집 한 채는 지을 정도는 되었으니 돈을 쓰는 것에 인색하진 않았다.

점소이가 허리를 꾸벅 숙였다.

"감사합니다!"

그가 나가고 진산은 자신의 방으로 올라갔다. 방 밖에서는 암룡대원 몇이 진산을 기다리고 있었다. 그를 감시하기 위해서였다. 암룡대에서는 진산 같은 고수를 몰래 따라다닐 정도로 능력있는 자가 없었다. 그래서 그냥 당당히 드러내고 감시했다.

평소에는 신경도 쓰지 않던 진산이 그들을 바라보았다.

"할 이야기가 있으니 너희 대장을 불러라."

그렇게 말하고는 그는 자신의 방으로 들어갔다.

"저놈이 미쳤나? 지가 상관이야? 우리한테 왜 명령하고 지랄이야."

단원 중 하나가 함께 감시를 하던 대원에게 전음을 보냈다.

"그러게. 그냥 저 자식을 확!"

그렇게 전음을 보내면서도 그들은 강석주가 있는 곳으로 발걸음을 돌렸다. 암룡대 절반을 반병신으로 만든 자였다. 암룡대의 대장과 부대장을 빼고는 고만고만한 실력을 가지고 있었으니, 감히 진산을 상대로 어떻게 할 정도의 실력자는 없었다.

그 둘이 방 안에 들어섰을 때 강석주는 차를 마시고 있었다. 그의 심정으로는 술을 마시고 싶었지만, 임무 중에 음주는 치명적인 독이라고 생각하는 그였다. 차를 음미하던 중 진산을 감시해야 할 대원 둘이 들어오자 미미하게 인상을 찌푸렸다.

"후—"

긴 한숨만이 토해졌다. 무어라 한 소리를 하려다 그는 이내 입을 다물었다. 그의 말이 채 이어지기 전에 대원 둘이 입을 열었기 때문이다.

"진산이 대장님을 찾습니다."

"뭐?"

"진산 그 개자식이 대장님께 한 번 찾아오시라고 했습니다."

"……."

강석주는 대답 대신 자리에서 일어났다. 용무가 있으면 그 자신이 찾아왔어야 하는 것이다. 그가 비록 무공이 좀 심하다 생각할 정도로 강하고 이번 일의 책임자이긴 하지만, 그는 외부인이다. 자신은 태어났을 때부터 교에 몸을 바쳐 왔고 또 현 일행 중 대부분은 그의 직속 수하였다. 마음 같아서는 확

뒤집어 버리고 싶었지만 아직은 때가 아니었다. 눈에 띄는 곳에서 습격할 수는 없었다. 자칫 진산이 도망가기라도 하면 교주가 크게 성을 낼 것이 분명했다.

강석주가 방문을 나섰다. 진산의 방은 가장 구석에 있었다. 천천히 발걸음을 옮겨 진산의 방 앞에 섰다.

벌컥!

강석주가 대뜸 진산의 방문을 힘껏 열고 들어갔다. 진산은 다섯 개의 서찰을 탁자에 올려놓은 채 앉아 있었다. 다리까지 꼰 채 느긋하게 앉아 있는 그의 태도를 보자 화가 났지만, 강석주는 화를 삭이고 그의 앞에 털썩 앉았다.

"무슨 일입니까?"

그래도 존댓말이 먼저 튀어나왔다. 마공을 익히기는 했지만, 절정고수답게 수양이 제법 깊었다.

"보십시오. 만목상에서 제가 받은 정보입니다."

진산이 책상 위의 서찰을 가리키며 말했다.

찌익!

강석주가 서찰 하나를 뜯어보았다. 봉투에는 삼이라 쓰여 있었다.

오대악인 셋째 흑삼명(黑芟冥).

청해 감덕(甘德)에 위치한 현재 그는 중황문(衆凰門)의 군사로서 자신을 숨긴 채 생활 중.

그는 사천에서 태어나…….

　서찰에는 오대악인 중 셋째 흑삼명에 대해 자세히 적혀 있었다. 강석주는 놀라움을 감추지 못했다. 그 역시 사마 군사가 보낸 정보 책자를 보았기에 그 내용이 그리 자세하지 않았다는 걸 알고 있었다. 마교가 멀다 보니 그 정보망이 조금 협소했기에 오대악인에 대한 정보 수집이 미진했기 때문이다.
　그런데 진산이 보여준 서찰에는 그 이상의 내용이 담겨 있었다.
　"아니, 이런 정보는 어디서 얻으신 겁니까?"
　"제가 알고 있는 정보 상인에게 부탁했죠."
　진산이 창밖을 바라보며 싱긋 미소를 지었다. 그들에게 아직 만목상을 밝히기는 일렀다. 물론 사마 군사의 뛰어남을 생각하면 머지않아 알게 되겠지만, 그전까지는 숨겨두는 것이 이로웠다. 진산은 자신의 모든 것을 보여줄 정도로 멍청하지 않았다.
　강석주는 서찰을 빠르게 훑다가 다시 입을 열었다.
　"청해의 감덕이면 제법 먼 거리입니다. 하지만 말을 타고 쉬지 않고 달리면 삼 일이면 갈 수 있습니다. 그곳에서 정보를 입수하고 그를 잡을 준비를 해야 할 테니 어서 준비합시다."
　'어서 오대악인과 저 녀석을 붙여야 기회가 생긴다. 빨리

빨리 움직여 놈을 제거해야 침상에 누워 있는 수하들이 기뻐하겠지.'

강석주는 속마음을 숨긴 채 진산을 재촉했다. 진산 역시 칠단검법을 완성시켜야 하는 목표가 있었기 때문에 강석주의 재촉에도 아무런 불평 없이 객잔을 떠날 채비를 했다.

그들은 각자 말을 몇 마리 더 구했다. 삼 일 동안 쉬지 않고 달리기 위해서 중간에 지친 말과 바꿀 생각이었다. 말을 구비한 그들은 곧바로 객잔을 떠났다.

진산과 암룡대가 객잔을 떠난 지 삼 일째 되는 날 청해의 감덕에 도착할 수 있었다. 먼지투성이가 된 그들은 쓸 만한 객잔을 하나 잡은 뒤 몸을 눕혔다. 그들이 무공고수라고는 하지만 피로하지 않은 것은 아니었다. 물론 전시라면 삼 일이 아니라 삼십 일은 싸울 수 있지만, 그것은 전시라는 한정적인 상황에서였다.

그들이 다시 눈을 뜬 것은 감덕에 도착한 지 만 하루째 되는 날이었다. 이렇게 오랜 시간 잘 필요는 없었지만, 확실히 자둔 덕분에 그간의 피로가 완전히 풀릴 수 있었다.

진산은 먼저 만목상의 감덕 지부로 향했다. 신강에서 받은 정보의 부족한 부분을 보충하기 위해서였다.

"어서 오십시오."

금호전장 감덕 지부에 들어가자 두 여인이 머리를 숙였다.

진산은 가볍게 손을 흔들고는 대뜸 지부장실로 들어갔다. 호위무사 몇이 그를 막기 위해 창을 들이댔지만, 진산의 의족이 한 바퀴 휘돌자 그들의 창이 뚝! 뚝! 부러져 버렸다.

달칵!

문이 열리고 진산이 들어섰다. 지부장은 갑작스런 진산의 등장에 깜짝 놀랐지만, 침착하게 마음을 가다듬고 입을 열었다.

"이곳 금호전장 감덕 지부에 무슨 일이십니까?"

"중황문의 정부를 받기 위해 왔다."

진산이 지부장에게 금패 하나를 던졌다. 금으로 세공된 패였는데, 만목상이 진산의 밑으로 들어오면서 바친 것이다. 그것은 만목상의 주인으로서의 신분을 나타내는 것이었다.

금호전장은 만목상이 만든 상회다. 정보를 수집하기에는 상업만큼 좋은 직종도 없었다. 상인으로서 중원을 떠돌면 수많은 정보를 접할 수 있다. 그런 상인들을 상대하는 것이 바로 금호전장이었다. 물론 만목상이 가진 것이 금호전장만이 아니었다. 상회도 있었고, 다른 여러 직업도 있었다.

진산이 건넨 패를 보고 지부장은 진산의 정체를 알 수 있었다. 단신으로 낙양 최강의 문파를 깨부순 악귀. 그에 대한 소문은 강호에서도 자자했다. 그 소문을 무마하기 위해 만목상이 쓴 돈이 천문학적이었기에 지부장은 쉽게 그를 떠올릴 수 있었다.

‘홀로 소화문을 부순 자라…….’

그는 무림인들을 상대하는 것이 여간 까다로운 것이 아니라는 것을 잘 알고 있었다. 그중 고수라고 하는 것들은 마음이 넓은 것 같으면서도 시시한 것에도 꼬투리를 잘 잡았다. 눈치도 빨랐기 때문에 신경을 잘 써야만 했다. 일반 고수도 그런데, 마두나 귀신이라고 불리는 진산은 어떻겠는가? 지부장은 식은땀을 흘렸다.

중황문은 감덕을 쥐고 있는 사파다. 그들이 가진 무공이 일류라 부를 수는 없지만, 그들의 거대한 세력과 현 문주인 파구득(擺求得)이라는 일류고수로 인해 그만한 힘을 얻을 수 있었다.

그들은 사파답게 관을 매수하고 뒤로 온갖 더러운 짓을 하는 이들이었다. 암살과 도적질, 강간 등 인간으로서 하지 말아야 할 일들을 서슴없이 행하는 그들의 악명은 자자했다. 하나 힘없는 다른 문파들과 사람들은 그저 그들의 악행에 따를 수밖에 없었다.

“어인 일로 중황문을 찾으셨습니까?”

지부장은 오대악인에 대한 정보를 모른다. 금호전장에서는 지부장이지만, 만목상에서는 그리 큰 위치에 있는 존재는 아니었기 때문이다. 현재 오대악인에 대한 정보는 만목상에서도 소수의 사람밖에 모르는 특급 비밀이었다.

하지만 그러한 사실을 모르는 진산은 지부장의 물음에 거리낌없이 대답했다.

"중황문에 흑삼명이 있다고 해서 데리러 왔다."

"예? 흑삼명이요?! 오대악인 중 셋째인 흑삼명 말이십니까?"

지부장이 깜짝 놀라 목청을 높였다. 진산은 그의 물음에 가볍게 고개를 끄덕여 답했다.

진산의 대답에 지부장이 입에 거품을 물었다. 오대악인이 누구란 말인가. 지금 그들이 두려워하는 중황문 정도는 콧방귀만 껴도 단숨에 무너져 버릴 정도의 괴물들인 것이다. 현 강호의 하늘이라 부를 수 있는 구룡의 일인이었다.

지부장이 재빨리 짐을 챙겼다.

"흑삼명이 이곳 감덕에 있다면 빨리 떠나야만 합니다. 진 대협도 어서 준비를 하십시오!"

"왜?"

지부장의 호들갑에 진산이 의문을 표했다. 그는 오대악인이 그렇게 강하다고 생각하지 않았다. 교주나 맹주가 왕이라 불릴 정도로 강하다는 것은 직접 접해보았기 때문에 잘 알고 있다. 그러나 그들과 진산과의 차이는 종이 한 장일 뿐이다. 싸운다면 진산의 필패가 분명하지만, 그들과의 사이는 분명 계단 하나뿐이다.

오대악인은 분명 마왕이라 불리는 교주나 검왕이라 불리는 맹주보다 약하다. 그들이 직접 겨룬 적은 없다고 하지만,

만약 오대악인이 마왕이나 검왕을 이길 자신이 있었다면 그들이 마교의 교주가 되고 동의맹의 맹주가 되었을 자들이었다. 그런데 그들은 그들에게 도전은커녕 꼬리를 말고 도망만 치고 있었다. 두 왕보다는 약하다는 증거였다.

진산은 오대악인이 얼마나 강한지는 모르나 한 번 해볼 만하다고 생각했다. 아무리 강해도 자신과 같은 수준일 것이니 말이다.

하나 지부장의 생각은 진산과 달랐다. 그는 진산의 실력을 몰랐다. 전장의 지부장이니 무공이랍시고 몇 수 익히기는 했지만, 감히 진산을 가늠할 정도는 아니었다. 그가 진산의 무공 수위를 알 수 있을 정도였으면 문파를 차렸지 전장의 지부를 차리지는 않았을 것이다.

그가 아는 오대악인은 너무나 강했다. 단 한 명뿐이라도 소화문 따위는 거들떠볼 수도 없을 정도의 존재였다. 구룡이란 그런 존재였다.

그런 자를 상대로 진산이 나서는 모습을 보자니 오히려 안쓰러워졌다.

"오대악인은 정말 강합니다. 괜히 구룡이라고 불리는 것이 아닙니다. 동의맹 고수들과 은서각 고수들이 빠진 십대고수나 이십대고수 같은 사이비가 아니라고요. 당신이 상대한 소화문 따위가 문제가 아니라니까!"

오대악인에 대한 사한이 목전에 오자 지부장이 살짝 대들었다. 진산이 대뜸 인상을 찌푸렸다.

"중황문의 정보나 내놔."

진산의 몸에서 살기가 터져 나왔다. 칠단검법으로 자신의 내공을 수월하게 다룰 수 있게 되자 그가 보내는 살기는 전과 확연하게 차이가 날 정도로 짙고도 강했다.

절정고수의 살기가 피부로 느껴지자 지부장의 얼굴이 하얗게 질렸다. 오대악인 때문에 깜빡 잊었지만, 그는 고수였다. 그것도 낙양제일문파인 소화문을 가볍게 멸문시킬 정도의 절정고수.

숨이 턱 막혀왔다.

그의 몸에서 풍기는 살기가 너무나 위협적이었다.

"여, 여기 있습니다."

지부장이 중황문에 대한 정보를 건넸다. 진산이 대충 그 안을 훑어보니 중황문의 조감도부터 시작해서 조직도까지 상세하게 쓰여 있었다.

"좋아, 다음에 다시 들르지."

진산은 그 한마디를 남기고는 바람처럼 사라졌다.

털썩!

홀로 남은 지부장은 맥없이 주저앉았다. 다시 온다는 것은 그때까지 이곳에 남아 있으란 말이 아닌가? 앞에는 오대악인, 뒤로는 소화문을 뭉갠 절대고수. 진퇴양난의 상황이었다.

지부장이 절망하고 있을 무렵 밖으로 나온 진산은 다시 객잔으로 돌아갔다. 현재 흑삼명은 중황문의 군사로서 자신을 숨기고 있었다. 그만한 고수가 겨우 이류문파의 문주도 아니고 군사를 하고 있는 이유를 모르겠지만, 그가 이곳에 있는 것은 확실했다.

지부장이 건넨 정보에 의하면 군사가 새로이 바뀌면서부터 중황문이 제대로 악인다운 행세를 하기 시작했기 때문이다. 만목상에서 준 서찰에는 흑삼명의 성격도 적혀 있었다. 그는 직접 나서는 것보다 남의 힘을 이용해서 싸우는 것을 즐긴다고 한다. 그리고 그런 성격인 만큼 머리가 매우 뛰어났고 오대악인 중 가장 성격이 더럽고 승부욕이 강하다고 했다.

"그냥 정면으로 쳐들어가면 중화문 전체와 싸우게 되겠지. 그러면 암룡대를 먼저 보내는 것이 좋겠어."

생각이 거기까지 미치자 그는 암룡대 대장이 묵고 있는 방으로 발걸음을 옮겼다.

똑똑!

진산이 가볍게 문을 두드리고는 방 안으로 들어섰다. 방 안에는 강석주 홀로 앉아 사색을 즐기고 있었다.

"갑자기 무슨 일인가?"

어느새 그는 말을 놓고 있었다. 현재 진산이 책임자로서 있기는 하지만 아무런 직책도 없는 진산보다 암룡대 대장인 강석주 쪽이 높았다. 진산도 그의 하대에 불평하지 않았다.

"흑삼명을 잡기 위해 암룡대의 힘이 필요합니다."

진산은 자신의 계획을 자세히 설명하기 시작했다. 그의 계획은 암룡대가 중황문을 상대하고 자신이 흑삼명을 상대하는 것이었다. 중황문이 감덕을 지배하는 사파라고 하지만 그래 봤자 이류문파. 마교의 일류고수로 이루어진 암룡대의 상대가 되지 않는다.

그의 계획에 강석주는 고개를 끄덕였다. 암룡대의 수는 스물다섯. 대장인 강석주까지 합치면 스물여섯이다. 그리고 중황문의 문도 수는 천 명. 소화문의 두 배나 되는 수지만, 고수라고 할 만한 자는 중황문의 문주와 오대악인인 흑삼명뿐이다. 흑삼명을 진산이 상대하고 있는 동안 중황문을 암룡대가 해치우고 그를 도운다면 제아무리 오대악인이라 해도 버틸 수 없을 것이다.

'나쁘지 않군. 하지만 부하를 다치게 한 진산을 돕고 싶지는 않고……'

그렇다고 그 홀로 중황문에 들어가게 놔둘 수도 없었다. 그의 임무 실패는 암룡대에게도 임무 실패가 되기 때문이다. 교주의 지엄한 명을 어긴다는 것은 있을 수 없는 일이었다.

'어쩔 수 없군. 중황문까지만 잡고 흑삼명은 그 홀로 상대해야겠어. 그가 만약 패한다고 해도 흑삼명은 상당히 지쳤을 테니 그때 암룡대가 나서도 늦지 않다.'

강석주가 진산의 의견에 찬성하자, 중황문 습격을 위한 준비는 어렵지 않게 마무리 지어졌다.

중황문의 현판은 제법 세력을 가진 사파답게 화려했다. 금테에 금박을 입힌 글씨로 쓰여진 현판은 상당한 값어치를 할 것 같았다.

"추잡하군."

화륵!

진산의 손에서 불이 치숫았다. 극강의 양기인 화기를 운용한 것이다. 이제는 다섯 개의 내공의 수발이 자유로웠다. 그의 손에서 터져 나온 불덩이가 중황문의 현판을 태웠다.

"누구냐!"

갑작스레 현판이 타자 보초를 서고 있던 무사가 뛰쳐나왔다. 순간 암룡대의 무사 둘이 보초의 목을 가볍게 베어냈다. 그들은 정예답게 신속했다.

강석주를 선두로 암룡대의 대원들이 빠르게 담을 타 넘었다. 진산은 느긋한 걸음을 옮겼다.

"거슬리는군."

퉁!

가볍게 문을 밀었다. 오 장 높이는 될 법한 강철 문이 그의 손에 의해 가볍게 녹아버렸다. 일 갑자를 상회하는 그의 화공에 제아무리 강철이라도 버틸 수 없었던 것이다.

진산은 중황문의 조감도를 보며 움직였다. 장내는 이미 암룡대가 빠르게 무사들을 죽여 나가고 있었다. 지부장이 준 정보는 상당히 자세했다. 강석주와 대원들은 필사한 조감도를 보며 빠르게 중황문 무사들을 제거해 갔다. 진산은 그런 그들을 무시한 채 곧바로 군사가 거주하는 건물로 갔다.

"침입자다!"

누군가의 외침. 그리고 시끄럽게 울리는 종소리가 들려왔다. 그 소리에 암룡대의 움직임이 더욱 빨라지고 거침없어졌다.

잠룡각. 현재 중황문의 군사인 흑삼명이 거하는 전각이었다. 전각은 오대악인이라는 사실을 숨긴 채 군사 행세를 하는 그의 모습과 잘 어울리는 이름을 가지고 있었다.

암룡대의 침입에 이미 흑삼명은 깨어나 전각 밖으로 나오고 있었다. 혼란스러운 상황에서 짙은 어둠과 같은 색의 흑의를 입은 채 천천히 걸어나오는 그의 모습에서 절정고수의 풍모가 자연스레 흘러나왔다.

'저놈이군.'

중황문의 제일고수는 파구득이다. 그런 그도 겨우 일류고수. 절정고수의 기세를 풍길 자는 자신의 정체를 감춘 흑삼명뿐이었다.

"네가 흑삼명이냐?"

진산이 흑의의 사내에게 다가갔다.

"넌 뭐냐?"

흑삼명이 인상을 찌푸리며 되물었다. 그는 현재 기분이 심히 좋지 않았다. 오랜만에 든 단잠에서 깨어났던 것이다.

진산이 흑삼명 앞으로 다가섰다. 그의 몸에서 힘이 폭사됐다. 주위의 이름 모를 잡초들이 그의 내공에 파라락 흔들렸다.

"맞고 갈래, 아니면 그냥 갈래?"

진산의 입가에 잔인한 미소가 그려졌다.

'살다 보니 별 미친놈도 다 보는군.'

흑삼명의 이름을 아는 자가 대뜸 자신을 보고 감히 함부로 하는 일은 없었다. 아니, 자신의 정체를 아는 자는 모두 헐레벌떡 몸을 빼게 마련이었다. 그것이 정상이었다.

그런데 눈앞에 서 있는 이자는 자신에게 무어라 씨부렁거리는 것으로도 모자라 기분 나쁜 미소까지 짓고 있었다.

'안 돼. 참아야 한다. 이런 애송이 하나를 족친다고 해서 나에게 무슨 이득이냐.'

흑삼명은 열심히 화를 삭였다.

중황문의 문주인 파구득은 대단한 자산가였다. 그의 조부가 말년에 은거한 기인의 유품들을 수습했다고 한다. 뭐, 그것이 대단한 비급이거나 공청석유와 같은 영약은 아니었다. 그러나 그것을 충분히 메울 정도의 값어치의 황금과 보석들을 얻었다고 한다. 흑삼명이 노리는 것은 그것이었다. 파구득은 의심이 많은 자다. 더구나 자신보다 고수인 자를 의심한다. 때문에 흑삼명은 무공을 모르는 군사로서 그의 신뢰를 얻기 위해 불철주야 노력했던 것이다.

그것을 겨우 머리가 이상한 애송이 때문에 망칠 수 없었다.

"난 지금 너 같은 애송이 따윌 상대할 때가 아니란다. 조용히 닥치고 가주지 않겠니?"

흑삼명이 온몸에서 살기를 뿜어내며 말했다. 그의 살기가 참으로 교묘한 것이, 중황문의 문도들에게는 일절 가지 않고 오로지 진산만을 향했다.

빙그레.

진산의 미소가 더욱 짙어졌다. 강한 자와 싸운다는 생각에 쾌감이 온몸을 휘저었기 때문이다.

'정말 미친놈인가? 무공은 제법 되어 보이는데…… 주화입마가 머리로 간 건가?'

어떤 이유인지는 모르지만 애송이는 꼭 자신을 상대로 한판 붙으려는 것 같았다. 흑삼명은 어쩔 수 없이 무공을 쓰기로 마음먹었다.

'위태위태하게 이기면 문주도 모르겠지. 그래, 문주가 언제 무공을 익혔냐고 하면 조금씩 눈요기로 익혔다고 하면 돼. 한 스물대여섯 살짜리가 무공을 익혀봐야 얼마나 익혔겠어? 그냥 적당히 상대하면 되겠지.'

그것이 그의 가장 큰 오산이었다.

반대로 진산은 적을 얕보지 않았다. 구룡이라는 무림명은 쉽게 받을 수 있는 것이 아니었다.

"어쩔 수 없군. 이 몸의 실력을 보여…… 크악!"

흑삼명은 말을 다 마치기도 전에 땅으로 굴렀다. 그러나 진산의 공격은 끝나지 않았다. 땅에 쓰러진 흑삼명을 향해 검을 찔러 들어갔다. 투명한 검기가 흑삼명을 노렸다. 갑작스런 진산의 공격에 흑삼명은 당황한 채 연신 땅바닥만을 굴렀다.

그것을 조금 떨어져 있는 곳에서 있던 문주인 파구득이 보았다. 그는 밖에서 일어난 소란에 놀라 뛰쳐나왔는데, 진산과 자신의 군사였던 흑삼명의 전투를 보게 된 것이었다.

'나쁜 놈. 실력이 안 되니까 무공도 모르는 군사를 잡겠다는 거냐?'

일반 문도는 조금 죽어도 된다. 하지만 군사가 죽어서는 안 된다. 현재 중황문을 부흥케 한 공적이 있는 군사다. 괜히 엄한 곳에서 죽으면 중황문의 힘이 약해진다. 파구득이 검을 뽑아 진산에게 달려들었다.

파구득은 일류고수다. 그의 검기는 진산에게 위협이 될 만한 것은 아니었지만 거슬릴 정도는 되었다.

"뭐야, 넌?"

흑삼명을 공격하던 진산이 파구득의 검을 받았다.

땅!

강력한 경기가 파구득의 검을 타고 들어왔다.

'절정고수다!'

일류고수에서도 수준을 나눌 수 있다. 그중 파구득은 하급에 속했다. 초절정을 바라보는 진산의 상대가 아니었다.

진산이 흑삼명을 향하던 검을 틀어 파구득을 노렸다.

'방해되니 일단 이 녀석부터 처리하고 흑삼명을 잡아야겠다.'

진산의 검이 부챗살처럼 퍼져 나갔다. 시퍼런 검기가 길쭉하게 늘어났다. 뼈가 시려올 정도로 강력한 한기가 파구득을 노렸다.

'뭐야? 팔이 얼어붙을 정도로 강한 냉기잖아! 북해의 고수인가?'

북해에는 빙궁이 있다. 그곳에서는 중원과는 달리 극한음기를 익힌다. 그들의 빙장은 적을 단숨에 얼려 버릴 정도다.

진산은 빠른 속도로 파구득을 압박해 갔다. 파구득은 그래도 명색이 일류고수인지라 몇 합 정도는 진산의 검을 막았지만, 금방 수세에 몰렸다.

'저놈이!!'

흑삼명이 간신히 정신을 차렸을 때는 파구득이 죽을 똥 살 똥 진산의 공격을 받아내고 있었다. 그가 죽으면 천만금이 그대로 날아간다. 흑삼명은 어쩔 수 없이 자신의 정체를 드러내야 한다고 판단했다. 그가 기를 끌어올렸다.

"네놈! 여기를 봐라!"

그의 눈이 시뻘겋게 물들었다. 동시에 최면술을 펼쳤다. 흑삼명의 절기였다.

흑삼명은 몰락한 모산파의 비급을 얻어 절정고수가 된 자였다. 각종 술법으로 적을 현혹시켜 수많은 악행들을 펼쳤던 전적이 있었다. 하지만 절정고수 정도 되면 최면술 따위는 통하지도 않는다. 그들은 뼈를 깎는 고통을 통해 육체뿐만 아니라 정신도 함께 강해지기 때문이다. 절정에서 한 계단씩 올라갈 때마다 깨달음과 함께 엄청난 정신력이 필요하다.

"하?"

그의 최면술이 진산에게 먹힐 리 없었다. 진산은 슬쩍 비웃음을 내비치더니만 대뜸 그에게 달려갔다. 검이 푸른색을 벗고 붉은빛을 띠었다. 극양의 기운이 흑삼명을 덮쳤다.

붕!

"흐앗!"

흑삼명이 깜짝 놀라며 뒷걸음질쳤다. 자신의 절기가 통하지 않은 정신적인 충격도 있었지만, 겨우 이십대 중반 정도로 보이는 사내가 엄청난 무위를 보이는 것에 놀란 것이다.

진산이 흑삼명을 노리자 파구득이 다시 진산의 등을 노렸다. 그는 흑삼명이 특이한 술법을 익혔다고 생각했다. 흑삼명이 진산을 현혹시키고 자신이 뒤에서 그를 공격하면 충분히 이길 가능성이 있다고 생각했다.

그때 진산의 검이 갑자기 풍성한 나무처럼 나뭇가지를 뻗어갔다. 무수한 검이 진산의 검에서 파생되기 시작한 것이다. 그의 검이 흑삼명을 공격하는 한편 동시에 파구득의 공격을 방어했다.

"뭐, 뭐야! 이건 사기야!"

파구득이 놀라 외쳤다. 이런 무공은 듣도 보도 못했다. 화산의 매화검이 경지에 오르면 순간에 여러 개의 꽃을 만들어 낸다고 하지만 이건 아예 무더기다.

진산의 검이 계속 흑삼명을 찔러갔다. 흑삼명은 연신 뒷걸음질치다가 지붕 위로 휙 날아올랐다. 절정의 신법이었다.

"빌어먹을 놈! 무공을 숨긴 것이냐!"

그가 노한 음성으로 외쳤다. 진산의 무공을 볼 때 절정고수로 볼 수 있었다. 겉모습이 유약하고 어린 서생이었지만, 그와 다르게 엄청난 무공을 숨기고 있었다. 흑삼명은 더 이상 방심할 수 없다고 마음을 다잡았다.

"개뿔!"

진산이 흑삼명의 뒤를 따라 뛰어올랐다. 그때 그 뒤를 노리고 파구득이 절초를 펼쳤다. 일류고수가 필살의 의지로 펼치는 절초는 제법 매서웠다.

허공에서 진산의 몸이 몇 번이나 뒤집혔다. 흑삼명을 노리던 그의 검이 그대로 꺾여 파구득을 노렸다. 검이 번개처럼 떨어졌다.

"으악!"

절정고수의 일격은 겨우 일류고수인 그가 막을 수 있는 위력이 아니었다. 파구득은 어쩔 수 없이 검을 버리고 땅으로

굴렀다. 진산의 검이 파구득의 검을 간단히 부수고 땅속 깊숙
이 박혀들었다.

쾅!

진산의 경력에 주위가 흙먼지로 가득 찼다. 그때를 노려 흑
삼명이 주문을 외우기 시작했다.

'놈은 어설픈 술법 따위로 잡을 수 없다. 내 최후의 술법으
로 상대해야 한다.'

모산파의 술법은 기문둔갑과는 조금 궤를 달리한다. 그들
은 무공을 익히는 동시에 술법을 익힌다. 아니, 그들의 술법
자체가 무공에 맞게 변한 것이다.

뚜둑! 뚜두둑!

주문이 외워질수록 그의 몸이 조금씩 커지기 시작했다. 근
육과 뼈가 비틀어지는 소리가 소름 끼치도록 울려 퍼졌다.

진산이 팔을 휘둘렀다. 그의 손을 따라 거센 바람이 불었
다. 바람을 따라 흙먼지가 사라져 갔다. 그사이 진산의 기에
질려 일어나지 못하던 파구득과 어느새 내려온 흑삼명이 서
있었다.

흑삼명의 몸은 이미 구 척에 이르게 거대해져 있었다. 그의
눈은 붉게, 흉악하게 물들어 있었다.

"크크크크. 내가 최후의 술법을 쓴 이상 네놈은 이제 죽었
다."

흑삼명의 최후의 술법은 자신이 가진 내공을 두 배로 증가

시키는 것이었다. 그의 내공은 일 갑자 반이다. 초절정에 든 교주가 삼 갑자의 내공을 가지고 있는 것과 비교할 때 그는 이미 내공만으로 초절정에 든 것이나 다름없었다. 물론 초절정과 절정 사이에는 깨달음이란 벽이 있다. 이 술법으로 교주를 상대할 수는 없지만 같은 절정고수인 진산을 상대로는 거의 무적에 가까운 신력을 발휘할 수 있었다.

진산이 아미를 찌푸렸다.

"너, 오대악인 중에서 제일 약하지?"

"뭐라고!"

물론 술법을 익힌 그가 무력 면에서 오대악인 중 가장 약했다. 하지만 그것은 같이 구룡이라 불리는 오대악인 중에서였지 이름도 모를 애송이에게 들을 소리는 아니었다.

흑삼명이 분노하며 진산을 향해 달려들었다. 내공이 충만하니 거대한 몸에도 불구하고 엄청난 속도로 진산을 공격해 갔다. 그의 주먹이 진산을 단숨에 부숴 버릴 것 같았다. 그러나,

탁!

진산이 한 손으로 그의 공격을 막아냈다. 이미 검은 검집에 들어간 뒤였다.

"장난해? 너, 내 내공이 얼만지나 알고 이딴 싸구려 저질 술법이나 쓰는 거냐?"

진산의 내공은 오 갑자가 넘는다. 거의 육 갑자에 육박하는

그의 내공이다. 그가 깨달음이 부족해서 초절정이 되지 못한 것이지 초절정보다는 월등히 많은 내공을 가지고 있었다.

내공으로 승부하면 이길 자가 없었다.

"어, 어라? 이게 아닌데……."

퍽!

흑삼명이 다른 생각을 하기도 전에 복부에 진산의 주먹이 틀어박혔다. 과거 자신의 거대한 내공을 제대로 다루지 못하던 진산이 아니었다. 오 갑자가 넘는 내공이 담긴 주먹이 흑삼명의 복부를 가격했다. 겨우 삼 갑자의 내공을 가진 흑삼명이 방어할 수 있는 힘이 아니었다.

"꾸에엑!"

붉은 피와 함께 오늘 아침, 점심, 저녁 식사들이 역순으로 토해져 나왔다.

퍽! 퍽! 퍽!

정신이 아득해졌다. 하지만 진산의 주먹이 그에게 배려라는 것을 해줄 리 없었다. 진산의 주먹이 연달아 그의 온몸을 때렸다. 흑삼명은 죽어라 비명을 지르지만 진산은 조금의 용서도 없이 무조건 때렸다. 어차피 그를 상대로 칠단검법을 연습할 순 없다. 하지만 그동안 교주 때문에 쌓인 울분을 흑삼명의 몸에다 풀었다.

흑삼명은 하늘이 노래졌다. 하나 명쾌하게 때리는 진산의 주먹에 기절할 수도 없었다. 절정고수에 들어서면서 그 역시 강한 정신력을 가지게 된 것이다.

"사, 살려줘!"

흑삼명의 비명과 함께 고개가 푹 꺾여졌다. 진산의 계속되는 폭력에 의해 드디어 기절하고 만 것이다.

진산이 흑삼명을 안고 중황문을 뛰쳐나갔다. 그 뒤를 따라 암룡대가 빠르게 빠져나오기 시작했다. 암룡대의 마지막 뒤를 맡은 강석주가 반쯤 정신을 잃은 파구득의 머리를 베었다.

푸슉!

붉은 피가 분수처럼 치솟았다.

중황문은 자신들의 문주가 죽은 것에 큰 충격을 받아 잠시 동안 공황 상태에 빠져 버렸다. 그사이 남은 암룡대와 강석주가 중황문을 빠져나왔다.

객잔에 도착한 진산과 암룡대 일행은 바로 떠날 준비를 해 다음 목표인 감숙성으로 향했다. 중황문 정도의 이류문파가 두려운 것은 아니었으나, 그들이 오대악인에 대한 소문을 내거나 방해를 시도하면 여간 귀찮아지는 것이 아니었다.

감숙의 장액(張掖)에는 오대악인 중 둘째인 불사인이 있다. 말을 타고 가면 사흘 정도의 거리였지만, 밤새 달린다면 이틀까지 줄일 수 있는 거리였다.

"어서 출발합시다!"

흑삼명을 대충 수레에 던진 뒤 진산이 외쳤다. 암룡대는 이곳에 왔었던 것처럼 몇 마리의 말을 사고는 재빨리 감덕을 빠져나가기 위해 말을 재촉했다.

수십 마리의 말들이 뿌연 흙먼지를 만들어내며 장액을 향해 달리기 시작했다.

회색 하늘에서는 또다시 눈물 같은 비가 떨어져 내린다. 빗방울에 바르르 몸을 떠는 수풀 사이로 사인(死人)이 누워 있다. 흙처럼 검은 옷을 몸에 걸친 채 수풀과 함께 비를 맞는 그의 모습이 힘겹다. 숨 한 번 제대로 쉬지 못한 채 하나의 목표를 향해 움직이는 그의 눈동자. 그것은 영웅건을 쓴 한 사내를 향하고 있었다.

감숙표국의 표두 표기성.

거대 표국의 표두라면 이류고수 정도 되는 자다. 이류고수라 하면 일류고수보다는 못하지만 그래도 삼류고수 셋은 홀로 상대할 수 있는 능력을 가지고 있다.

사인은 감숙 장액의 삼류살수 문파인 자연살문(紫燕殺門)의 삼류살수다. 그의 실적은 대부분이 실패로 가득하지만 언제나 생존하는 능력을 살문에서 크게 쳐주었다.

이번 일은 감숙의 녹림에서 표두인 표기성을 암살하라는 것이었다. 삼류살수 문파의 삼류살수가 고수를 암살할 수 있을 리는 없다. 하지만 녹림의 힘은 강하다. 비록 녹림칠십이채가 무너졌지만, 그것은 총채의 경우다. 다른 채들은 모두 살아남아 있으며 그들의 힘 또한 건재했다.

녹림의 일을 거부할 수 없기에 형식적으로 살수를 보낸 것이다. 살문은 사인이 표기성을 암살할 수 있다고는 생각하지 않았다. 하나 반드시 살아남는 그의 능력을 인정하고 이번과 같이 거절할 수도 없고, 그렇다고 암살할 수 있는 대상도 아닐 경우에 그를 썼다.

'조금만 더, 조금만 더 와라.'

사인은 점차 가까이 다가오는 표기성을 보며 속으로 중얼거렸다. 표기성은 고수답게 걸음걸이에서부터 무언가 달랐다. 사인은 잔뜩 긴장한 채 그가 다가오는 것을 기다렸다. 그의 뒤로는 열 명 정도의 표사와 마차 두 대분의 표물이 따라오고 있었다.

슥!

사인과 몇 걸음 남은 상황에서 표기성의 검이 소리없이 뽑혔다. 그는 검은 제비가 날아가는 듯한 움직임으로 사인이 숨은 수풀을 베었다.

표기성이 익힌 것은 청성파의 청풍검(淸風劍)이다. 하지만 방계 출신이라 그 이상은 익히지 못했다. 그럼에도 그의 검은 날카롭고 강했다. 그의 검은 수풀 속에 숨은 사인의 손가락을 베어냈다.

"크악!"

사인이 비명을 지르며 수풀 밖으로 뛰쳐나왔다. 그는 재빨리 자신의 손가락을 들고 신법을 펼쳤다. 하지만 삼류살수의 신법이 고수인 표기성에게 통할 리 없었다. 그는 일각도 채 지나지 않아 잡히고 말았다.

뻑!

표기성의 발이 사인의 등을 후려쳤다. 사인의 몸이 연신 땅을 굴렀다. 거뭇한 진흙에 그의 머리가 처박혔다.

“크윽!”

사인이 비명을 토하며 일어나지 못하고 쓰러졌다. 고수의 발길질은 신법 중에서도 위력이 나왔다.

표기성이 인상을 잔뜩 찌푸리며 엎어진 사인을 향해 다가갔다.

“감히 나를 암습하려고 해? 그런 허접한 은신술로? 죽으려고 환장했군.”

사인이 슬쩍 고개를 들었다. 그의 얼굴에는 진흙이 잔뜩 묻어 있었다. 그의 머리가 좌우로 천천히 움직였다. 눈동자가 무언가를 찾는지 연신 흔들렸다.

표기성 외에는 없었다.

사인의 몸이 천천히 일어선다.

‘어? 내가 좀 약하게 찼나?

고수의 발길질은 겨우 삼류살수 따위가 받아낼 것이 아니었다. 죽지는 않아도 최소한 허리가 아작났어야 했다. 표기성은 자신이 실수했다고 생각했다. 분노 때문에 발길질이 조금 빗나갔을 것이다. 그렇게 판단했다.

사인이 일어서자 표기성을 향해 미소를 지었다.

'이번 건 조금 아팠어. 하지만 좀 더 세게 해주었으면 좋았을 텐데……'

주운 손가락을 자신의 반 토막 난 손가락에 맞추었다. 스르륵 하며 그의 손가락이 찰싹 달라붙었다. 몇 번이나 손을 움켜쥤다 폈다 했다. 그러자 손가락에 이상은 없어 보였다.

사인이 품속에서 단검을 끄집어냈다. 피가 진물처럼 붙어 단검이 붉다. 삼류살수와는 어울리지 않는 검이었다. 차라리 오랫동안 고문을 해온 자의 기구와 같았다.

표기성은 훅 하고 불어오는 비릿한 피 냄새에 인상을 찡그렸다. 그는 삼류살수인 사인이 그것을 보이며 자신을 협박하는 것이라고 생각했다. 그의 간사한 웃음이 그렇게 판단하는 결정적인 이유를 만들어주었다.

"하~ 이 자식이. 내가 그거 보면 겁이라도 먹을 줄 아냐? 이거 조금 곱게 죽여주려고 했는데 안 되겠네. 좀 맞고 죽자."

표기성의 검이 움직였다. 서슬이 퍼런 검이 바람을 일으켰다. 사인이 표기성의 검을 피하기 위해 보법을 운용했다. 비틀거리는 그의 모습이 취객의 걸음과 다름없었다.

삼류살수의 허접한 보법이 고수에게는 통하지 않는다고 말하는 듯 사인의 몸에는 하나둘 상처가 늘어갔다. 하지만 그럴수록 사인의 입가에는 미소가 더욱 그려졌다. 그는 고통이 좋았다. 그냥 맞는 것보다 내공이 충만한 공격에 상처 입는 것에서 더욱 큰 쾌락을 느꼈다.

쏴아—

비가 더욱 거세게 떨어졌다. 가랑비처럼 흩날리던 빗방울은 이제는 가을날 낙엽들처럼 우수수 떨어져 내린다.

표기성의 검이 더욱 거세진다. 쏟아지는 소나기처럼 사인의 몸을 핏물로 적신다. 그때 사인의 단검이 길게 늘어난다. 붉은 검기가 죽 늘어나 표기성의 검을 막아선다.

챙!

두 개의 검이 부딪치며 불똥을 만든다. 표기성의 눈에 이채가 떠오르지만 이내 사라진다. 그리고 무겁게 가라앉은 눈동자로 사인을 바라본다. 반면 사인의 입가는 여전히 미소가 가득하다.

표기성의 검이 거칠게 요동친다. 그는 사인의 검을 가볍게 밀어내고 뒤로 물러선다.

"실력을 숨겼나?"

"……."

표기성이 차갑게 식은 얼굴로 물었다.

사인의 단검에서 검기가 촛불처럼 꺼져 버렸다. 그는 품속에 단검을 집어넣었다. 그리고는 표기성을 향해 손가락을 까닥였다.

그의 그런 행동에 표기성의 눈이 더욱 매섭게 타올랐다.

“죽일 놈!”

파라라라락!

표기성의 몸에서 강맹한 기운이 거세게 요동쳤다. 그의 검 위로 씌워진 푸른 검기가 더욱 짙게 타올랐다.

“그래, 그렇게 하란 말이야.”

사인이 몸을 부르르 떨며 중얼거렸다.

“하압!”

표기성이 땅을 박찼다. 허공으로 치솟는 그를 보며 사인은 뒤이을 쾌락에 몸을 떨었다. 표기성이 하늘에서 청풍검식을 시전했다. 하나둘 초식이 검기가 되어 빗살처럼 떨어져 내린다. 검기를 마주할 때마다 사인의 몸은 붉은 핏물을 토해낸다. 뭉텅뭉텅 살이 잘리면서도 사인은 미친 듯이 웃고 있었다.

푸른 검기가 사방으로 퍼져 나간다. 그의 검기가 주위를 휩쓴다. 단단한 나무가 잘리고 바위가 잘게 부서진다. 그러나 사인의 몸은 부서지지 않았다. 그는 우뚝 선 채 표기성의 모든 검식을 몸으로 받아냈다. 동시에 사인의 입에서는 광기 어린 웃음소리가 터져 나왔다.

“크하하하! 이 정도는 돼야지!”

일도양단. 표기성은 떨어지는 힘을 이용해 사인의 몸을 둘로 나누려 했다.

우웅!

메마른 단전을 힘껏 쥐어짜 냈다. 검기가 더욱 뜨겁게 타오르기 시작했다. 푸른 검기가 폭죽처럼 터져 나온다. 천근추의 수법으로 표기성의 몸은 한없이 빠르게 떨어졌다.

"미안하지만 그건 안 돼."

뭉텅뭉텅 잘려 나간 사인의 살점들이 빠르게 사인의 몸을 향해 날아들었다. 잘린 팔이 붙고 살점들이 뭉치자 사인의 팔에서 붉은 기가 맺혔다. 단검에서 피어오른 불꽃 같은 검기가 아닌 뚜렷한 형상을 만들어낸 강기였다.

'마, 말도 안 돼!'

절정고수였다. 일류고수 수십을 상대하는 것이 절정고수다. 이류고수 따위가 백이 몰려와도 절정고수 하나 상대하는 것은 불가했다.

더군다나 삼류살수로 몸을 숨기고 있다고는 하지만 사실 그는 오대악인 중 일인인 불사인(不死人)이라 불렸던 자였다. 그는 죽음을 담보로 하나의 무공을 익혀 완성시킨 괴물이었다.

"나의 기쁨을 나누어줄게."

콰앙!

불사인의 말이 끝나고 핏빛 광기가 거친 돌풍을 만들어냈다.

표기성의 몸이 잘게 부서지며 사방으로 뿌려졌다. 그의 피가 빗물에 녹아 주위를 붉게 물들였다.

"최후의 쾌락이었는가? 아쉽군. 조금만 더 강했으면 좋았을 텐데……."

불사인이 발걸음을 돌렸다. 그의 뒷모습이 쏟아지는 빗물에 천천히 사라졌다.

진산과 암룡대는 장액에 도착했다. 진산은 먼저 불사인이 소속된 자연살문을 찾기 시작했다. 암령대는 흑삼명을 이끌고 먼저 객잔으로 향했다.

진산이 가장 먼저 찾은 것은 장액의 골동품점이었다. 자연살문은 골동품 상인에게서 붉은 원숭이 상을 사게 되면 소속 살수가 상을 산 사람의 뒤를 따라간다. 그 뒤 원숭이 상의 머리를 부숴 집 앞 창틀에 놓으면 살수가 밤에 창틈으로 들어가 그의 의뢰를 받는다.

골동품점에 들어간 진산은 먼저 주위를 둘러보았다.

'숨어 있는 자는 없군.'

항상 살수가 은신한 채 손님을 관찰할 거라 생각했다. 일류살수 문파라면 상대가 어느 정도의 수준인지, 어떤 사람인지 미리 인지해야 할 필요가 있기 때문에 먼저 조사를 하는 것이 일반적이었다. 삼류살수 문파인 자연살문에는 살수 하나가 대기하고 있다가 고객의 의뢰가 시작되면 그제야 조사를 하기 시작한다.

"어서 오십시오. 무엇을 찾으십니까?"

인상이 좋은 주인이 빙그레 미소를 지으며 다가왔다. 진산은 가게 내부를 한 번 더 둘러보고는 주문을 했다.

"붉은 원숭이 상이 있나?"

"……."

주인의 얼굴이 딱딱하게 굳었다. 손님이 밝은 쪽이 아닌 어둠 쪽이라는 사실을 깨달았기 때문이다. 그의 굳은 미소는 좀처럼 펴지지 않았다.

"…있습죠, 있습니다. 하지만 그게 창고에 있어서……. 잠시만 기다려 주십시오. 제가 최대한 빨리 가져오겠습니다."

주인이 가게 뒤쪽에 있는 창고로 재빠르게 발걸음을 옮겼다. 진산은 가늘게 눈을 뜨며 그가 간 창고를 향해 시선을 고정시켰다.

'저 안에 살수가 대기하고 있는 건가?'

인기척이 느껴졌다. 삼류살수다운 허접한 기운이었다.

창고에서 주인이 나오는 것을 보고는 진산은 슬쩍 눈을 감았다. 그는 손에 붉은 원숭이 상이 들려 있었다.

"여기 있습니다."

붉은 원숭이 상의 얼굴은 화상을 입은 듯 일그러져 있었다. 서툰 솜씨로 조각해서인지 그 모습이 너무도 조악했다. 이것을 깎은 자가 무인이라는 사실은 물론, 그가 지닌 검의 경지마저 진산은 꿰뚫어 볼 수 있었다.

'쓰레기군.'

오대세가에서, 소화문에서, 그리고 마교에서 고수들을 보았던 진산이다. 소화문과 해남파를 제외한 다른 문파들은 중원 전체를 좌지우지할 정도로 거대한 문파였다. 그리고 소화문도 뛰어난 고수들이 많았다. 그것이 그에겐 중원이 제법 만만치 않은 곳이라는 사실을 알게 해주기도 했다. 중간에 녹림 산채 몇 개를 보기는 했지만 도적놈들은 인간으로는 생각도 하지 않기에 열외다.

한데 이런 쓰레기를 본 것은 처음이었다. 자연살문의 전체를 본 것은 아니지만, 의뢰자를 알아보는 중요한 일에 저런 허접한 살수를 보내는 것으로 보아 불사인이 몸담고 있는 살문의 수준을 알 것 같았다.

진산은 무뚝뚝한 얼굴로 입을 열었다.

"얼만가?"

"철전 세 갭니다."

사실 이런 원숭이 상 따위는 철전 세 개도 아까웠지만, 목표는 이 원숭이 상도, 자연살문도 아닌 오대악인이었으니 진산은 아무 거리낌 없이 은전을 던져 주고 골동품점을 나왔다.

밖으로 나가는 진산의 뒤를 쫓아 가게 주인이 뛰어나왔다.

"손님, 거스름돈을……."

"가져라."

진산은 짧게 말하고는 휙 돌아 암룡대가 있을 객잔으로 발걸음을 옮겼다. 그리고 그의 뒤를 자연살문의 살수가 따라붙었다.

자연살문에서 보낸 살수는 금사(金蛇)라는 살수였다. 뛰어난 은신 능력이 있는 것은 아니지만 쓸 만한 은신술과 암기술을 가지고 있었다. 신법도 삼류살수치고는 제법 뛰어나 이렇게 의뢰자의 뒤를 쫓는 역을 자주 맡았다.

진산은 그의 기척을 느끼면서 그가 쉽게 따라올 수 있도록 천천히 발걸음을 옮겼다.

'정말 한심하군. 저런 게 살수 문파라고 하는 곳의 살수인가?'

해남도에서는 저런 실력을 가지고 살수 짓을 하지 않는다. 아니, 워낙 서로를 죽이기에 바쁜 살벌한 곳이라 따로 살수 조직이라는 것이 드물었다. 몇 개 있기는 하지만 그들의 실적이 그리 좋지만은 않았다. 상대가 고수든 하수든 툭하면 암습부터 시작하는 해남파에서 고수들의 경계심은 매우 컸다. 어지간한 살수가 살아남을 수 있는 곳이 아니었다.

그런 진산에게 금사의 실력은 한숨밖에 나오지 않는 수준이었다. 마음 같아서는 지금 확 잡아 뒤를 캐고 싶었지만, 그럴 수는 없었다. 의뢰로 불사인을 끌어내지 않는다면 그는 도망갈 것이다.

만목상의 정보에 의하면 오대악인이 무슨 이유에서인지 뿔뿔이 흩어진 채 은거한 상태라 한다. 제아무리 만목상이라고 해도 그들이 무슨 이유 때문에 은거 중인지는 밝힐 수 없었지만, 그 정도는 잡아둔 흑삼명을 조금 조사하면 튀어나올 이야기였다.

어쨌든 불사인에게 경계심을 줄 수 없다. 절정고수가 삼류 문파의 실수까지 할 정도라면 큰 이유가 있을 테니 말이다.

"여긴가?"

암룡대와 만나기로 한 객잔은 처음 감덕에서 묵었던 곳처럼 거대하고 화려했다. 사마 군사가 공작금을 많이 주기는 했지만, 한계까지 단련한 무사가 고를 곳은 아니었다.

'하긴, 싸구려 여관이라면 내가 안 갔겠지만.'

여관 안으로 들어서자 점소이 하나가 쪼르르 달려왔다.

"어서 오십쇼~ 장액 제일객잔에 오신 것을 환영합니다. 잠자리를 찾으시는 건가요? 아니면 식사를 원하시는 건가요?"

숨도 차지 않는지 점소이는 빠르게 말을 뱉었다. 진산이 딱딱한 표정을 풀지 않은 채 입을 열었다.

"동료가 여기 있다."

"아! 삼백일호에서 십호의 손님 말씀이시군요. 안내해 드리겠습니다. 저를 따라오세요."

점소이가 발걸음을 옮기기 시작했다. 진산은 슬쩍 금사가 숨어 있는 곳을 본 뒤 점소이를 따라 계단을 올랐다. 삼층으로 올라가자 암룡대장이 방문에 몸을 기대고 서 있는 것을 볼 수 있었다.

“따라왔군.”

“예.”

강석주도 금사의 기척을 느끼고 밖으로 나온 것이다. 처음에는 그냥 무시하려고 했지만, 진산의 기척이 함께 느껴져 미리 방문 앞에 나와 기다리고 있었던 것이다.

그들이 이야기를 시작하자 점소이가 말없이 고개를 꾸벅 숙여 보이곤 물러났다. 진산은 그의 뒷모습을 바라보다가 강석주에게 전음을 보냈다.

“삼류문파입니다. 그것도 상대할 가치도 없는 쓰레깁니다.”

“뭐, 동네 살수 문파가 다 그렇지 . 동서전쟁으로 대체로 살수 조직은 박살이 났거든. 살아남은 살수 문파는 진짜거나 아니면 이런 자잘한 문파들뿐이지.”

강석주가 피식 웃으며 전음으로 답했다. 조금 풀어진 얼굴로 진산은 방 안으로 들어갔다.

“그럼, 먼저 들어가겠습니다.”

달칵!

방 안으로 들어서자 구석에서 흑삼명이 붉게 충혈된 눈으로 노려보고 있었다. 현재 그는 마혈이 짚여져 있어 한마디 말조차 할 수 없는 상태였다. 암룡대가 아닌 진산이 직접 마혈을 짚었기 때문에 아무리 그가 구룡의 일인이고 오대악인 중 한 사람이라 해도 풀 수 없는 것이었다.

"불사인은 네 형인가?"

"……."

"오늘 그 녀석을 잡아야 하는데……. 뭐, 네 실력을 보면 어려울 것 같지도 않아."

뿌득!

진산의 말에 흑삼명이 이를 갈았다. 비록 그가 술법을 전문적으로 익혔다지만 절정고수다. 무공만으로도 절정이라 불릴 정도로 강했다. 비록 그것이 오대악인 중 가장 약하다 해도…….

진산은 그런 그를 무시했다. 그리고는 손등으로 원숭이 상의 목을 툭 쳤다.

파삭!

붉은 원숭이 상의 머리가 단숨에 재가 되었다. 진산이 잘린 부분을 탁탁 털어냈다. 붉은 가루가 흩날리고 매끈한 목 부위가 드러났다.

'대단하군.'

흑삼명이 진산의 실력을 보고 내심 놀랐다. 싸구려 나무로 만든 허접한 원숭이 상을 자신이 원하는 부분만을 먼지로 만들었다. 흑삼명이라고 못하는 것은 아니지만, 저런 신기를 보이려면 상당한 집중이 필요했다. 진산과 같이 하려면 기의 수발이 자신의 마음대로 된다는 소리다. 절정고수 정도 되면 할 수는 있어도 그것이 쉽지는 않았다.

진산은 그것을 창틀에 올려놓았다.

"좋아, 그럼 기다려 볼까?"

탁!

진산의 손에서 둥근 기탄이 쏘아졌다. 그것은 곧바로 흑삼명의 목을 때렸다. 혈이 짚이고 그대로 잠들었다.

흑삼명이 잠든 것을 확인한 진산은 다가올 살수를 기다리며 의자 등받이에 몸을 깊게 파묻었다.

한편, 금사는 객잔 주위를 어슬렁거렸다. 화려한 영웅건에 청색 무복을 입은 그는 영락없는 무인이었다. 그가 무림인으로 변장한 것은 눈에 조금 띄긴 하지만 그를 건드릴 사람이 없기 때문이었다. 상인이나 파락호로 변장했을 때는 이 지역의 파락호나 무림인들이 시비를 걸기도 하기 때문에 의뢰인을 관찰하기에는 조금 힘이 들었다.

드륵!

의뢰인의 창문이 열렸다. 금사는 안력을 높였다. 의뢰인이 창틀에 머리가 잘린 붉은 원숭이 상을 올려놓는 것을 확인했다.

'손님이군.'

금사는 느긋한 발걸음으로 객잔 안으로 들어갔다. 점소이가 다가오는 것을 보고는 물러가라고 가볍게 손사래를 쳤다. 그리고는 계산대에 앉아 있는 주인을 향해 입을 열었다.

“여기 묵는 사람의 명단을 보고 싶군.”

말하는 동시에 그의 몸에서 살기가 피어올랐다. 그가 비록 삼류살수라고는 하지만 상인 따위가 만만히 볼 정도는 아니었다.

금사의 살기가 피부로 와 닿자 주인은 오들오들 떨었다.

“저, 저기 이것은 가게의 신용 문제라…….”

눈앞의 사내도 무림인이지만, 여기에 묵는 사람 중 무림인도 있다. 안 보여줘도 죽을지 모르겠지만, 만약 보여주었다간 묵고 있는 무림인이 자신을 베어버릴 것이다. 주인도 한 번은 살짝 반대해 봤다.

금사의 몸에서 흘러나오는 살기의 농도가 짙어졌다. 하지만 방금 전까지도 그의 한계까지 올린 살기였던지라 조금 과도한 내공을 썼더니 등으로 삐질 식은땀이 흘렀다.

“보이기 싫으면 안 보여줘도 돼. 네 녀석을 베고 보면 되니까.”

“여, 여기 있습니다!”

금사의 말이 끝나기가 무섭게 객잔 주인은 숙박객 명단을 건넸다.

“삼층의 삼호실 진산이라……. 진산, 진산, 진산…… 어디서 들어본 것도 같은데?”

혈랑대의 습격에 진산과 오호삼화가 도망치고 있을 때 오대세가가 그들을 찾기 위해 나섰다. 그때의 소문이 제법 멀리까지 퍼졌다. 그러나 진산과 오호삼화 중 팽가의 소가주만이 살아남고 모두 죽었다고 알려졌다. 대부분이 오호삼화의 죽음까지는 기억하지만 진산까지는 기억하지 못했다.

금사는 고개를 갸웃거리고는 계단으로 발걸음을 옮겼다. 계단을 오르자 한 사내가 문 앞에서 팔짱을 낀 채 기대고 서 있었다. 눈을 감고 누군가를 기다리는 듯한 그의 모습에서 무언가 이상함을 느꼈지만, 금사는 그것을 무시하고 진산이 묵고 있는 삼백삼호실의 문을 두드렸다.

'저놈이군.'

강석주가 슬며시 눈을 떠 금사를 바라보았다. 그가 금사를 자세히 훑었다. 그리고 바로 눈을 감았다. 금사 정도의 하수를 몇 번이나 훑어볼 필요는 없었다.

"들어오시오.."

문 너머에서 목소리가 들리자 금사는 조심스레 문을 열었다.

방 안에 들어서자 땅바닥에서 한 사내가 엎드려 자고 있고, 의뢰인인 진산은 탁자에 다리를 걸친 채 의자에 앉아 있었다.

달칵!

금사는 문을 닫고 걸어 잠갔다. 그리고는 진산의 앞에 섰다. 그의 몸에서는 객잔 주인을 위협했던 살기가 풀풀 풍기고 있었다.

"의뢰 대상은 누군가?"

금사의 목에서 쇠를 긁는 듯한 소리가 새어 나왔다. 무공을 익히지 않은 자라면 살기까지 섞인 그의 말에 오독오독 소름이 돋았을 것이다. 그러나 진산은 절정고수. 그의 과장된 행동에 진산은 속으로 피식 웃고는 두려운 척 가볍게 몸을 떨어 보였다.

금사는 그의 태도가 흡족한지 씨익 미소를 지으며 말을 이었다.

"무공을 모르는 사람이라면 은자 열 냥. 상인이라면 은자 백 냥. 무공을 익힌 자라면 금 한 냥이다. 의뢰 대상을 말해라."

"옆방의 강석주라는 사람입니다. 제 일행인데, 무림인입니다. 저자가 가진 전표가 금자 오백 냥에 가깝습니다."

진산이 마치 문밖에 있는 강석주가 들을까 걱정하듯 작게 소곤거렸다.

"문 앞에 서 있는 자를 말하는 것인가?"

금사의 물음에 진산이 고개를 끄덕였다.

'실력이 뛰어난 무인은 아니었다. 하지만 나보다는 강한 것을 느꼈다. 한 이류에서 일류 정도는 되는 무사겠지. 고수는 아니야. 우리 살문의 일급 살수들이 나선다면 어렵진 않겠어.'

금사가 판단을 마치자 곧바로 말을 이었다.

"좋다. 의뢰를 받는다. 그럼……."

"잠시만요!"

금사의 말을 진산이 잘랐다. 여기서 끝나면 안 된다. 그의 목표는 삼류살수 문파의 허접한 살수가 아니었다. 오대악인 중 불사인이었다. 그를 끌어내야 한다.

진산이 다시 입을 열었다.

"어떤 살행에도 성공과 실패의 관계 없이 반드시 생존해 나오는 살수가 있다고 알고 있습니다. 그분이 의뢰를 맡아주셨으면 합니다."

'사인을 말하는 건가?'

금사는 사인을 떠올렸다. 상처를 무던히도 많이 입고 살아나오는 살수였다. 그럼에도 임무를 성공하는 것도 아니었고, 대부분이 실패로 끝났다. 최근에는 고수인 표기성을 어쩌다가 죽이기는 했지만, 그의 실적으로 보았을 때 그것은 우연이나 다름없었다. 다른 살수들이나 살문에서도 그렇게 판단했다.

'그런데 이자가 어떻게 사인을 아는 거지? 살문의 살수들은 철저하게 비밀로 가려져 있다. 어지간한 정보 단체로는 사인에 대해 알 리가 없다.'

금사는 덜컥 겁이 났다. 요즘 사파가 제대로 무너졌다. 살수 문파는 당연히 사파다. 정파나 마교가 돈 받고 사람을 죽이는 일을 하지 않는다. 그런 건 사파의 일이다. 그들의 살문은 너무 작아 사련에는 끼지도 못했지만, 근처의 정파의 먹잇

감이 될 만했다.

그는 장액에서 가장 큰 정파를 떠올렸다.

'금격파인가? 아니면 이번에 사인이 의뢰를 성공한 감숙표 국?'

사련이 죽으니 정파가 살아났다. 그들이 같은 은서각의 사람이라고 해도 몇백 년이나 티격태격해 온 정사가 섞일 리 없었다. 언제라도 기회가 되면 엎어버릴 기세였다.

금사는 누군가 자연살문을 노린다고 생각했다.

생각은 바로 행동으로 이어졌다. 그의 허리춤에서 검 하나가 쑥 빠져나온다. 그것은 곧바로 진산의 목을 향해 날아갔다.

슥!

하지만 너무 늦었다. 삼류살수 따위가 아무리 암습에 능하다 해도 절정고수를 상대로는 백 번을 해도 무리다.

진산이 손가락으로 가볍게 검을 쳤다.

툭!

가볍게 쳐낸 것 같은데 금사의 검이 크게 휘었다. 그뿐만 아니라 그 힘에 의해 금사의 팔이 쑥 빠져 버렸다.

"크악!"

금사의 고통에 찬 비명 소리가 방 안을 가득 채웠다.

"뭐야, 실력은 없어도 눈치 정도는 있다는 건가?"

진산이 의자에 더욱 등을 기대며 중얼거렸다.

‘엄청난 고수다. 나 따위는 그의 코딱지나 파는 손가락만으로도 죽을 수 있을 정도의 고수다. 도, 독단을 깨물어서 비밀을……’

금사가 조금 머뭇거리다가 이빨 사이에 끼어 있는 독단을 힘껏 깨물었다. 그러나 이번에도 그의 반응이 조금 느렸는지 진산의 철제 의족이 그의 관자놀이를 가격했다.

꽈앙!

금사의 몸이 문짝을 가볍게 부수고 날아갔다. 강석주 옆의 벽에 몸을 부딪치고서야 그는 툭 떨어졌다. 코와 입에서 피가 한 바가지 토해졌다. 거기에 그가 깨물려던 독단이 데구루루 굴러 나왔다.

“이놈은 보낼 게 아니었나?”

강석주가 피식 웃으며 말했다.

“눈치가 조금 빠른 자였습니다. 가볍게 만져 줘서 녀석의 본거지를 치는 것이 더 빠를 것 같습니다.”

“그래?”

진산의 말에 강석주의 미소가 더욱 짙어졌다.

“뭐, 이번 일의 대장은 너이니까. 일단 네 말을 듣지.”

강석주는 볼 것은 다 봤다는 듯 무심한 태도로 자신의 방으로 들어갔다.

진산은 복도에 쓰러진 금사의 머리카락을 잡고 질질 끌어 자신의 방에 던져 넣었다. 그리고 흑삼명에게 다가가 수혈을 풀어주었다.

"으음."

잠에서 깬 흑삼명이 나직한 신음을 토하며 눈을 떴다. 하지만 여전히 마혈이 그의 몸을 옥죄고 있어 일어설 수는 없었다.

진산이 그의 눈을 가까이 바라보며 입을 열었다.

"지금 네 둘째 형을 찾으려고 하거든? 근데 이놈이 삼류지만 살수랍시고 비밀 지킨다고 독단을 깨물었어. 네 녀석이 최면술 같은 거 좀 한다지? 나 좀 도와주지 않을래?"

진산이 말을 하면서 흑삼명의 아혈을 풀어주었다. 흑삼명은 몸은 여전히 움직일 수 없지만 말은 할 수 있게 되었다. 최면술은 그의 눈과 입만 있으면 된다. 진산은 최면술에 대한 것은 모르지만, 몸까지 움직이면 다시 날뛸까 봐 귀찮아 마혈은 풀어주지 않았다.

흑삼명은 인상을 잔뜩 찌푸렸다. 친형은 아니지만 의형제다. 악인으로서 남에게 피해만 잔뜩 준 흑삼명이었지만, 형제는 제법 아꼈다. 둘째 형을 진산에게 잡히게 할 수는 없었다.

그 마음이 그대로 입을 통해 나왔다.

"내가 미쳤냐? 네놈을 돕게."

"……."

흑삼명의 대답에 진산이 말은 하지 않고 조용히 자리에서 일어났다.

딱!

그의 손에서 다시 지풍이 터졌다. 지풍은 그대로 흑삼명의 아혈을 눌렀다. 조금 강하게 눌러 그의 입에서 신음조차 흘러나오지 않았다.

진산의 주먹에 기가 휘몰아쳤다. 석양처럼 붉게 물든 그의 두 주먹은 극강의 양기를 가지고 있었다. 고문 중에는 불로 지지는 것도 있다. 또 죽기 직전까지 패고 또 패는 고문도 있었다.

그의 주먹에 뭉친 화기는 그것을 동시에 하기에 조금도 무리가 없어 보였다.

"내가 너희들을 생포하라는 명령을 받아서 죽일 수가 없다. 하지만 조금 맞자. 네가 내 말을 들을 때까지만 때리마."

그의 주먹이 흑삼명을 향해 폭풍처럼 퍼부어졌다. 절정고수의 내공이 쌓인 몸인지라 쉽게 다치거나 하진 않았지만, 뜨거운 열기와 동시에 무식할 정도로 강한 내력이 담긴 진산의 주먹은 도저히 견디기 힘든 것이었다.

고통을 즐기는 불사인이라면 좋다고 더 맞을지 몰랐다. 하지만 흑삼명은 술법 전문이다. 무공도 절정의 수준이지만, 그것은 술법을 위해 익힌 것뿐이었다. 교주보다 한 끗발 낮은 진산을 상대로 방어하기에는 무리였다.

한 시진 정도 그렇게 패니 흑사명의 몸의 구멍이란 구멍에서 액체, 고체 할 것 없이 전부 토해내졌다. 그는 눈을 까뒤집은 채 피 묻은 거품을 계속해서 토해냈다. 고통에 반쯤 정신을 잃은 것이다.

"이제 할 맘이 생겨?"

진산이 아혈을 풀어주고 물었다. 흑삼명은 진산의 악독한 폭행에 복수하고 싶었지만 방법이 없었다. 어디서 나타났는지 몰라도 그의 무공은 자신보다 몇 단계 높았다. 반항해 봤자 고통밖에 늘어나는 것이 없었다.

'빌어먹을 자식! 내가 나중에 네게 꼭 복수를 해주마. 일단 형들과 다시 만나서… 만나서?'

흑삼명의 머리가 기민하게 돌아갔다. 그의 주무기는 술법이었다. 그중에서도 최면술은 그가 가장 잘하는 것이었다. 그 것은 일류고수에게도 통할 정도로 대단했다. 막 절정에 든 고수도 조금쯤은 통했다. 고수끼리의 전투에서는 그 정도면 충분했다. 비록 진산에게는 통하지 않았지만, 절정에도 통하는 술법이었다. 흑삼명은 그것을 이용하여 형제들에게 술법을 걸어 힘을 배가시켰다. 형제 중 흑삼명의 술법에 반응해 가장 최고치의 능력을 발휘하는 사람이 바로 둘째 형인 불사인이었다.

불사인은 반쯤 불사신이다. 그가 얻은 무공서의 끝 부분이 찢어져 있어 완벽하게 불사신이 될 수는 없었지만, 불사인이 후에 스스로 무공을 완성시켜 거의 불사신이 되었다. 물론 과거의 무공과는 다르지만 그의 무공은 배 이상 강해졌다.

흑삼명의 술법은 시전을 받는 자의 수명을 조금 줄였다. 하지만 불사인만큼은 수명에 영향도 받지 않았고, 술법이 약화되는 법도 없었다. 최상의 상태로 술법이 시전되었던 것이다.

'그래, 먼저 이놈이 둘째 형을 찾게 한 다음 둘이 힘을 합치면 이 녀석쯤은 가볍게 제압할 수 있을 거야.'

마혈을 당해 무공은 쓰지 못하지만 최면술은 쓸 수 있다. 그거라면 문제가 없다. 강해진 불사인이 먼저 진산을 쓰러뜨리고 자신의 마혈을 푼 다음에 같이 다니는 놈들을 함께 쓸어버리면 되기 때문이다.

"좋아, 하지."

마음을 다잡은 흑삼명이 진산을 향해 말했다. 진산은 재빨리 쓰러져 있는 금사를 깨워 흑삼명과 눈을 마주 보게 하였다.

"크윽! 음."

고통에 신음을 흘리던 금사가 흑삼명의 눈을 보며 점차 입을 다물었다. 그의 눈동자가 탁하게 물들어가기 시작했다. 흑삼명이 계속해서 주문을 외웠다. 불사인과 만나기 위해 진산의 요구 정도는 들어줄 수 있었다.

금사가 몇 번이나 흑삼명의 최면술에서 벗어나려고 했지만, 겨우 금사 따위의 하수가 흑삼명의 최면술을 피할 순 없었다. 몇 번 저항을 하던 금사는 금세 흑삼명의 노예가 되었다.

"네놈이 소속한 문파에 대해 말하고 어디에 위치하는지, 그리고 몇 놈이나 있는지, 그리고 사인에 대해 말해봐라."

"예."

흑삼명의 명령에 금사가 고분고분 대답하기 시작했다.

"저는 이 장액의 최고 살수 조직인 자연살문에 속해 있습니다. 살수들의 수는 문주까지 포함해 스무 명이고, 위치는 골동품점 창고 지하에 위치해 있습니다. 사인이라는 살수는 제가 나오기 전까지만 해도 상처를 치료하고 있었습니다. 상당히 상처가 심한 것으로 보아 며칠 요양을 해야 할 것 같습니다."

"그래? 그 정도면 됐어. 수고했다."

진산이 가볍게 대답하고는 금사의 머리를 향해 손을 올렸다.

"그럼, 이제 자라."

그가 씩 웃으며 가볍게 주먹을 쥐었다.

퍽!

진산의 손에서 금사의 머리가 진흙처럼 뭉개졌다. 핏물이 뇌수와 섞여 흩어졌다. 흑삼명의 눈에도 튀어 그의 눈을 아리게 하였다.

진산이 흑삼명과 금사의 시체를 뒤로하고 방을 나섰다. 강석주를 만나기 위함이었다.

똑똑!

진산이 가볍게 문을 두드리자 강석주가 모습을 드러냈다.

"어떻게 되었나?"

"모든 것을 들었습니다. 저 혼자 쳐들어가도 문제없을 것 같습니다. 하지만 불사인이 도망가는 경우를 대비해 암룡대가 도와주셔야겠습니다."

"알겠다, 들어와라."

"그럼, 실례하겠습니다."

진산이 강석주의 방으로 들어갔다. 그리고 그곳에서 오대악인의 둘째 불사인을 잡기 위한 계획이 시작되었다.

무겁게 내려앉은 하늘 위로 달빛이 별 모래처럼 떨어져 내렸다. 달빛 아래 낡은 창고 지붕에 진산이 납작 엎드린 채 매달려 있었다.

골동품점 뒤편에 있는 창고. 이곳은 자연살문의 비밀 거점이다.

진산의 손가락이 지붕을 푹 찌르자 지붕이 두부처럼 뭉개진다. 진산이 손가락으로 작은 원을 하나 그리자 그의 손길을 따라 먼지가 조금씩 떨어져 내렸다. 구멍 안으로 창고의 내부가 보였다. 흑의 무복을 입은 두 사내가 허리춤에 검을 찬 채 서 있었다.

'네 명인가?'

보초를 선 둘 외에도 나무 상자 뒤에 숨은 녀석과 문 옆에 몸을 숨긴 녀석이 더 있었다. 진산은 보초를 서고 있는 사내들 앞에 있는 문을 보았다. 지하로 향하는 문은 강철로 만들어져 있었다. 조금 녹이 슨 것을 보니 그냥 철로 만든 문으로 보였다. 부수는 것은 딱히 어려워 보이지 않았다.

'좋아, 내려가자.'

진산은 보초들을 다시 한 번 돌아보고는 몸을 날렸다.

우뢰처럼 떨어진 진산은 허리춤에서 뽑은 검으로 보초 사내 둘을 순식간에 베었다. 소리조차 들리지 않는 순속의 검에는 투명한 검기가 아지랑이처럼 일렁였다.

"누구……!"

상자 뒤에 숨은 살수가 목청을 높이기도 전에 목이 베였다. 지하에 있는 동료에게 알릴 속셈이었지만, 그의 목소리는 그저 목 안에서만 맴돌고 나오지는 못했다.

진산의 몸이 용수철처럼 튀어나갔다. 문밖으로 도망가려는 나머지 한 살수를 향해 검을 던졌다. 살수가 몸을 돌리며 진산의 검을 쳐냈다. 동시에 진산의 검이 폭죽처럼 터져 나갔다. 빠른 속도로 수십 개의 검이 그림자를 만들어갔다.

"크악!"

단말마의 비명과 함께 살수의 몸에 무수히 많은 구멍이 뚫리며 푹 쓰러졌다.

진산은 살수의 몸에서 검을 뽑아내고 지하로 통하는 문으로 다가갔다.

‘살수라면 기관을 설치했겠지.’

곽 노인이 만든 기관을 상대하면서 어느 정도 대처 방식이
늘었다. 기관은 그냥 움직일 수 없다. 작동하기 위해서 연결
봉도 필요하고 톱니바퀴도 필요하다. 진산은 검으로 문 주위
의 땅을 푹푹 찔렀다. 하지만 아무런 감각이 느껴지지 않았
다.

진산은 검을 다시 허리춤에 꽂았다.

‘기관은 없어.’

화륵!

그의 손에서 붉은 양강의 기운이 치솟았다. 그는 철문을 향
해 가볍게 손을 댔다. 문은 순식간에 녹아 물처럼 흘러내리기
시작했다.

문이 녹고 그 아래로 통하는 계단이 드러났다. 진산은 복병
을 생각하며 조심스레 계단을 내려갔다.

거의 다 내려갔을 때쯤 타닥타닥 화톳불 타 들어가는 소리
가 귀를 간질였다. 진산이 발걸음을 멈추고 벽에 찰싹 달라붙
은 채 안력을 높였다.

‘셋인가?’

세 사내가 화톳불 앞에서 보초를 서고 있었다. 그들 뒤로는
자연살문이라 쓰인 현판과 지하에서 몰래 만든 것치고는 조
금 큰 대문이 있었다.

‘문은 저것뿐이군.’

계단에서 정문까지 외길이다. 다른 곳으로 나가는 통로가 하나쯤 더 있을지 모르나, 그가 보기에는 이 길 하나뿐이었다.

진산의 신형이 화톳불에 흔들리는 그림자처럼 움직였다. 검이 번개처럼 뽑아졌다. 그의 검 위로 시퍼런 서리가 맺혀갔다.

스윽.

그의 검기가 스쳐 지나가는 순간 화톳불은 빛을 잃어버렸다. 세 사내는 갑작스런 적의 공격으로 당황해했다. 또 갑자기 어둠이 찾아오자 어찌할 바를 모른 채 허우적거렸다. 진산은 그런 그들의 가슴에 칼을 찔러 넣었다.

푹! 푹! 푸욱!

단숨에 세 사내의 가슴을 꿰뚫어 버린 진산은 그들을 밀쳐내고 정문으로 다가갔다.

"후— 최대한 빨리 끝내자."

정문으로 들어가는 순간 적의 공격이 소나기처럼 쏟아질 것이다. 삼류살수 스물, 아니, 일곱이 줄었으니 열셋을 상대하는 것은 어렵지 않았다. 문제는 불사인이 도주하는 경우다. 암룡대에게 부탁해 퇴로를 막긴 했지만, 상당히 골치 아파진다. 하지만 다른 침입로가 없는 상황, 어쩔 수 없이 이곳으로 갈 수밖에 없었다.

진산의 손에 투명한 강기가 맺혔다. 그가 손으로 정문을 밀었다. 순간 손마저 투명해지는 듯하더니만 대문을 베어냈다.

"적이다!"

가까이 있던 살수가 목청을 높였다. 진산은 오른손으로 살수의 가슴을 때렸다. 퍽! 하는 가죽공이 터지는 소리와 함께 살수의 가슴이 푹 들어갔다.

살수의 외침을 들은 다른 살수들이 순식간에 모였다. 그중에는 살문의 문주도 보였다.

'불사인의 얼굴에 무수히 많은 상처와 함께 지네의 문신이 새겨져 있다고 했지?

진산이 살수들 사이로 눈에 불을 켜고 찾기 시작했다. 그중 유일하게 복면을 한 사내가 눈에 들어왔다. 다들 당황한 얼굴로 진산을 바라보는 것에 비해 그의 눈만은 차갑게 식어 있었다.

"공격해라!"

문주의 목소리를 들은 살수들이 진산을 향해 검을 날려왔다. 그들은 살수다운 빠른 움직임으로 단숨에 진산의 목을 베어버릴 것 같았다.

스릉!

진산이 발검하자 투명한 아지랑이가 허공을 주욱 베어냈다. 핏물이 사이사이로 흘러내리고 투둑! 투둑! 가랑비 떨어지는 소리와 함께 살수들의 몸이 잘려 떨어졌다.

진산의 검이 다시 한 번 움직였다. 투명한 검기가 거두어지고 검이 여러 개의 싹을 만들어냈다. 그것은 순식간에 자라나 진산에게 몰래 다가가려던 살수들의 몸을 꿰뚫었다.

"고, 고수다!"

살수 중 하나가 놀라 비명을 질렀다. 진산이 단숨에 달려가 철제 의족으로 목청을 높인 살수의 머리를 걷어찼다.

뻐억!

살수의 머리가 목의 근육과 살을 뜯어내며 떨어져 나갔다. 살점과 근육이 찢겨 흉측하게 드러난 척추와 쇄골이 드러냈다.

수가 순식간에 삼분의 일로 줄어들었다. 자연살문은 이제 문주와 불사인을 포함해 겨우 다섯밖에 남지 않았다.

"젠장! 네놈은 무슨 원한이 있길래 우리 문을 공격하는 거냐?!"

문주가 악에 받친 고함을 질렀다.

그의 말을 들은 진산이 피식 실소하며 입을 열었다.

"원한? 사파 쓰레기들을 족치는 건데 원한이나 명분이 필요해? 그냥 죽으면 되는 거야."

진산이 다시 걸음을 옮겼다. 화기를 받아들인 진산의 검은 한낮의 태양처럼 격렬하게 타오르고 있었다. 좁은 지하실 안에서 연신 제 살을 태우는 그의 검에 문주와 살수들은 숨이 가빠왔다. 그들이 겁에 질린 채 진산을 바라보았다.

그중 불사인으로 보이는 복면인 하나만이 멍청히 서 있다.

그 눈이 진산과 마주쳤다. 진산은 깜짝 놀란 듯 눈이 커진다.

'절정고수의 기세가 느껴지지 않는다. 가짜다!'

진산의 신형이 복면인을 향해 화살처럼 쏘아졌다. 검이 뒤늦게 따라오면서 붉은 비를 뿌렸다. 뜨거운 검기가 쏟아지자 살수들이 당황하며 보법을 펼치지만 무수히 떨어지는 검기에 그들은 몸이 꿰뚫리거나 크게 화상을 입었다.

복면인은 진산이 다가옴에도 여전히 가만히 있었다. 진산의 신형이 빙그르르 돌았다. 지독한 양강의 기운이 그의 뒤를 이어 허공에 긴 불길을 만들어냈다. 진산의 검이 그의 몸을 잘라냈다.

화르륵!

그의 검을 따라온 불은 순식간에 복면인의 몸을 태웠다. 그의 몸이 툭 떨어졌다. 툭 떨어진 머리가 데구루루 굴렀다. 진산이 베어낸 곳은 몸만이었는데 머리도 같이 떨어졌다. 이미 죽은 시체인 것이다.

'빌어먹을!'

불사인은 이미 도망가고 없었던 것이다. 진산이 신형을 날렸다. 이 안에 있을 비밀 통로를 찾기 위함이었다. 문파 내부의 창고 위에 작은 환기구를 발견했다. 그 아래에는 수북이 먼지가 쌓여 있었다. 환기구를 타고 올라가면서 그곳의 먼지를 떨어뜨린 것이 틀림없었다.

진산의 신형이 환기구를 향해 제비처럼 날아올랐다. 조금

좁은 듯했지만, 몸 하나 빼는 것은 어렵지 않았다.

밖으로 나오자 마을 뒤편에 있는 산으로 나왔다. 다행인 것은 암룡대의 절반이 이곳에서 불사인의 도주를 대비해 퇴로를 막고 있었다는 것이다.

진산의 부탁으로 암룡대 스물다섯은 둘로 나뉘어 하나는 산 쪽을, 다른 하나는 강 쪽을 맡았다. 도주로는 크게 그 둘로 나뉘니 두 길을 확실히 막으면 불사인을 막을 수 있다고 생각했기 때문이다.

따당! 땅!

그때 금속음이 숲 속에서 울려 퍼졌다. 진산은 소리를 따라 신법을 펼쳐 갔다.

그의 눈에 열세 명의 암룡대원과 두 오대악인이 힘을 합쳐 싸우고 있는 것이 보였다. 상황을 보아 불사인이 암룡대원과의 전투에서 흑삼명을 구해낸 것으로 보였다. 진산은 살수 하나 심문한답시고 흑삼명의 금제를 가볍게 걸어놓은 것을 후회했다. 이곳 암룡대에는 절정고수인 강석주도 있었지만, 오대악인에게 크게 밀리고 있었다. 진산이 그들 사이로 신형을 날렸다.

휘리릭!

진산의 검에서 거친 바람이 불었다. 검이 허공에서 뿌옇게 녹아들었다. 그들 사이로 뭉개뭉개 안개가 피어올랐다. 순간 암룡대와 오대악인은 갑작스럽게 나타난 안개에서 몸을 피했다.

수십, 수백 개의 검 환영이 오대악인을 향해 날아들었다.

"음!"

불사인이 낮은 신음을 토해내며 몸을 던졌다. 환영에서 느껴지는 기운이 예사롭지 않았던 것이다. 진산의 검이 순간 누렇게 물들고 수많은 환영을 지워내며, 불쑥! 하나의 검에서 파생된 수십 개의 검이 튀어나왔다.

촤악! 촤악!

진산의 검이 불사인을 뭉텅뭉텅 잘라갔다.

"아항! 으홍!"

불사인은 강력한 진산의 공격에 전에 느껴보지 못한 쾌감을 느끼곤 몸을 부르르 떨었다. 절정에서도 극에 달한 진산의 공격이 강력한 고통을 선사함과 동시에 쾌락까지 주었던 것이다. 그것을 보던 흑삼명은 재빨리 술법을 펼쳤다. 진산에게 최면술 따위는 통하지 않는다는 사실을 이미 한 번 경험했기에 화, 수, 목, 금, 토의 순으로 연달아 술법을 시전했다.

처음에 붉은 화룡이 진산을 향해 덮쳐 갔다. 거대한 화룡은 이런 동네 뒷산 같은 산은 가볍게 먹어버릴 것같이 강맹했다.

진산의 검에서 푸르스름한 한기가 차 올랐다. 그가 땅을 박차고 뛰어올랐다. 화룡의 미간에 다가갔을 때 그가 허공에서 회전했다. 빙그르르 그의 몸을 따라 한기가 돌기 시작했다. 푸른 한기가 뜨거운 열기와 만나자 거대한 태풍을 만들어내기 시작했다.

휘우우웅!

화룡은 불로 이루어진 것이다. 제아무리 거대한 몸체를 가지고 있다고 해도 거센 태풍 앞에서는 촛불과 다름없었다.

화룡이 모습을 잃고 태풍 또한 강한 열기가 사라지자 봄날 눈 녹듯이 사라져 버렸다. 진산만이 허공에 남아 있다가 뚝 떨어져 내렸다.

쿵!

진산이 천근추의 묘리로 떨어지자, 그의 다리가 땅속 깊숙이 파고들었다. 그의 위로 서리가 끼기 시작했다. 흑삼명이 펼친 수의 술법이었다.

흑삼명은 자신만만하다는 듯 미소를 지었다. 그는 목의 술법도 동시에 시전했다. 그러자 진산 곁에 있던 수목들이 갑자기 크게 자라나며 진산의 온몸을 조여갔다.

화륵!

진산의 검에서 붉은 기운이 거세게 요동쳤다. 화기를 담은 검은 순식간에 다리를 녹이고 목의 술법을 태워 버렸다.

흑삼명이 당황해 금, 토의 술법을 연달아 펼쳤다. 허공에서 수많은 짙은 흑색의 못들이 그림자처럼 생겨났다. 그리고 진산이 있는 땅이 늪처럼 꺼멓게 죽어버렸다. 진짜 늪으로 변하는지 진산의 발이 점차 가라앉기 시작했다.

진산이 서슬 퍼런 검으로 땅을 찔렀다. 강한 한기가 늪을

얼렸다.

'못이라······.'

만천화우처럼 쏟아지는 우모침을 상대로 싸웠던 진산이니 못 정도야 문제가 되질 않았다.

딱!

술법사인 흑삼명의 손이 가볍게 튕겨지자 못이 진산에게로 우수와 같이 쏟아져 들어가기 시작했다.

진산이 칠단검법 중 목의 장을 펼치자 검에서 무수히 많은 꽃이 피어났다. 검을 닮은 꽃잎들은 허공으로 날아가 흑삼명이 만들어낸 못들을 모두 부숴냈다.

"마, 말도 안 돼!"

"뭐가 안 돼!"

흑삼명의 비명 소리에 진산이 신형을 날렸다. 그의 검은 여섯 번째 검식으로 넘어가고 있었다. 눈의 흑백이 바뀌면서 검에서 꿀럭꿀럭 검은 기운을 연신 토해내지고 있었다. 그의 몸에서 달빛을 받아 거대해진 그림자가 드리워졌다. 마치 악귀의 그것 같은 모습이 을씨년스럽게 느껴졌다.

진산의 검이 비틀거렸다. 흑삼명은 속으로 쾌재를 불렀다. 그가 자신의 술법을 상대하느라 내상을 입었다고 생각한 것이다.

하나 그의 예상과는 달리 진산의 검은 더욱더 강맹한 기운을 뿜어내 그를 덮쳐 갔다. 흑삼명이 깜짝 놀라 내공을 모아 자신의 앞에 강기막을 펼쳤다. 단단한 강기막으로 둘러싼 흑삼명이 잠시 안도하려는 찰나, 진산의 검이 흑삼명의 강기막을 종이장 찢듯 찢어버렸다.

우지직!

"으, 으아아악!"

강기막이 찢어지며 내공이 뒤엉켰다. 혈도를 타고 오는 고통에 흑삼명이 비명을 질렀다. 진산의 검은 너무도 무미건조하게 그의 심장을 노렸다.

푸욱!

"쿨럭! 이것도 기분이 제법 좋은걸?"

어느새 끼어든 불사인이 흑삼명 대신 가슴에 칼이 꽂힌 채 피를 토하며 말했다. 흑삼명의 눈이 공포로 물든 채 진산과 불사인의 뒷모습을 바라보았다.

진산의 입가에 잔인한 미소가 그려졌다.

화르르륵!

진산의 검에서 불꽃이 치솟아올랐다. 그것을 본 불사인의 얼굴이 구겨졌다. 불사신의 무공이라고 하지만 한계라는 것이 분명 존재했다. 머리가 잘리거나 심장이 파괴되거나 하면 죽는다. 가장 큰 한계는 불사인은 완전한 불사신이 아니라는 거였다. 둘째는 화상과 동상은 쉽사리 낫지 않는다는 것이다.

"크윽!"

불사인이 신음을 토하며 뒤로 물러섰다. 하나 진산의 검은 그의 가슴에 꽂힌 채 떨어지질 않았다.

화끈 달아오른 상처가 폐부를 타고 올라왔다. 불사인이 양손에 강기를 모았다. 핏빛 강기가 그의 손에서 둥글게 뭉쳐졌다.

"하앗!"

팟!

불사인의 손이 느린 속도로 진산을 밀었다. 진산이 불사인의 공격에 검을 뽑으며 뒤로 물러섰다.

불사인이 땅을 박찼다. 가슴이 뻥 뚫렸지만 심장이 아니라면 문제가 없다. 조금 숨이 차기는 하지만, 숨 조금 차다고 공격력이 약해질 정도의 하수가 아니었다.

진산의 신형이 빙그르르 돌자 검에서 누런 강기가 가시처럼 돋아나기 시작했다. 수많은 검이 날카롭게 치솟으며 불사인을 향해 날아갔다.

'이게 무슨 검법인가!'

불사인은 양손을 휘두르며 진산에게로 다가갔다. 하지만 무수히 많은 진산의 검을 양손으로 모두 막아내기는 무리가 있었다. 그의 몸에서 붉은 검상이 하나둘 늘어가기 시작했다.

진산은 쉬이 불사인을 제압할 수 없었다. 불사인이 어지간한 공격은 모두 몸으로 막고 돌진해 왔기 때문이다. 불사인, 그 역시 절정고수다. 그만한 고수가 자신의 몸을 등한시한 채 공격해 오는 상황이었다. 진산이 그보다 몇 단계 정도의 실력이 높다고 하지만, 그의 공격에 당황할 수밖에 없었다.

'방법을 바꿔야 한다.'

진산이 빠르게 머리를 굴렸다. 진산은 불사인이 당한 상처를 보았다. 그것으로 보아 화상은 쉽게 회복되지 않는 것 같았다. 하지만 여기에도 문제가 있었다. 화기를 상대로 싸울 때는 불사인의 움직임이 기민해졌다. 목기를 담은 검이나 토기를 담은 검 같은 경우는 피해도 어느 정도 상처를 줄 수 있는 검법이다. 금기를 담은 검의 경우도 쾌검인지라 적이 아무리 피하려 해도 피할 수가 없다.

그러나 화기를 담은 초식들 중에는 쾌검이나 환검 등의 공격 방식은 없다. 내공을 표현한 초식이기 때문에 그렇게 된 것이다.

챙! 챙! 챙!

불사인의 수강과 진산의 검강이 연신 부딪쳤다. 진산의 검에는 불꽃이 강기의 틀에 갇힌 채 화르륵 타오르고 있었다.

서로가 상대의 공격을 경계하며 맞붙기를 몇 각, 철제 의족이 아직 불편했는지 진산의 신형이 잠시 비틀거렸다. 그리고 그때 불사인의 눈이 번뜩였다.

"받아라! 대력불사장(大力不死掌)!"

불사인의 손에서 태양과 같은 열양지기가 후끈 밀려들어왔다. 불사신공 최후의 절초였다. 자신의 몸을 도외시한 채

적을 향해 온몸을 날리는 장법의 위력은 진산조차 식은땀을 흘릴 정도로 강했다.

퍼벙!

불사인의 붉은 두 손이 진산의 가슴을 격타했다. 가죽 터지는 소리와 함께 진산의 몸이 허공으로 날아올랐다.

툭! 떨어지는 소리와 함께 진산의 몸이 축 늘어졌다.

그 상황을 본 암룡대의 대장인 강석주가 당황한 표정으로 어찌할 바를 모른 채 서 있었다. 흑삼명을 보아 오대악인이 조금쯤 약하게 보였는데, 불사인을 보니 그들은 여전히 강해 보였다. 부하들 전부가 덤벼도 지금 이 둘을 상대로 싸우기는 벅찰 것 같았다.

강석주나 불사인이나 같은 절정고수지만 절정고수에도 수준이 있었다. 그중 강석주가 절정 초입 정도로 본다면 불사인은 이미 절정 중턱에 올랐다고 할 수 있다.

"죽은 건가? 조금 아쉽네, 지금껏 느껴보지 못한 쾌락을 주었는데."

그렇다고 안 죽일 수는 없었다. 그는 자신의 약점이 되는 극양과 극한의 기를 동시에 다루는 자였다. 조금이라도 얕보았다가는 자신의 목이 날아가는 상황이었다.

"크크크! 이 새끼가 나한테 까불던 걸 생각하면 속이 다 시원하네."

흑삼명이 낄낄거리며 진산을 향해 발걸음을 옮겼다. 그는 진산에게 가까이 가 그의 머리를 툭툭 발로 찼다. 숨소리도 그의 기조차도 느껴지지 않았다. 죽은 것이 확실했다.

그의 시선이 진산의 얼굴로 향해졌다.

'맘에 안 드는 얼굴이야. 이 기회에 박살을 내주마.'

진산의 외모는 너무 뛰어났다. 그리고 무인이라기보다는 유약한 서생과 같은 인상이었다. 여인들에게서 보호 본능을 자극한 외모였던 것이다. 흑삼명은 얼굴이 흉측하게 생겼다. 오대악인은 맏이인 첫째와 넷째를 빼고는 모두 악인다운 흉악한 외모를 가지고 있었다.

잘생긴 외모를 보자 열이 확 받았다. 흑삼명의 다리에 검은 기류가 스멀스멀 피어오르더니만 천근처럼 무거워졌다.

불사인은 그것을 보며 낄낄거리고 있었다.

흑삼명의 발이 진산의 머리 위로 떨어졌다.

스컹!

순간 흑삼명의 다리 하나가 허공으로 치솟는다. 은빛 검이 은은한 달빛에 한순간 떨어지는 낙뢰와 닮아 있었다.

"끄아아악!"

흑삼명이 고통에 땅을 굴렀다. 절정고수가 다리 하나 잘렸다고 이런 추태를 보일 리 없었다. 진산의 검에 가득 찬 기운이 그의 다리로 침투했기 때문이다.

스으윽!

진산이 천천히, 아주 느리게 몸을 일으켰다. 그의 눈은 흑

백이 선명하게 나뉘어 있다. 투명할 정도로 하얀 눈동자와 한
낮의 그림자 같은 검은 자위까지…….

진산은 멍청히 흑삼명을 바라보았다. 그러다 그의 시선이
불사인을 향해 천천히 돌아갔다.

"불사인…… 이 몸이 악귀라 불린 이유를 가르쳐 주지."

우우우웅!

진산의 몸에서 전과 다른 기운이 폭사했다. 그것은 핏빛 고
운 색깔의 귀기(鬼氣)…… 마치 순수한 광기와도 같은 것이었
다.

*　　　*　　　*

불사인의 쌍장이 진산의 가슴을 강하게 격타한 뒤 그는 한
동안 정신을 차릴 수가 없었다. 그것은 생명의 위협이 될 만
한 것이었다. 심장과 폐를 동시에 가격한 그 힘은 화기나 수
기와 같은 하나의 힘으로 막을 수 있는 것이 아니었다. 생명
이 경각에 달리자 다섯 개의 내공, 그리고 진산의 마지막 내
공까지 하나로 뭉쳤다. 여섯 개의 내공이 뭉치자 육 갑자 이
상의 힘을 발휘해 냈다. 평소에 제대로 내공을 다룰 수 없어
실질적으로 오 갑자 정도였는데, 하나로 뭉치자 내공은 육 갑
자를 뛰어넘었다.

퍼벙!

가죽을 때리는 소리와 함께 진산의 몸이 뒤로 날아갔다. 하지만 그의 몸은 끊임없이 내상을 치료하고 있는 상황이었다. 여섯 개의 내공은 하나로 뭉쳐 불사인의 대력불사장을 진산의 온몸으로 펴뜨렸다. 한곳에 뭉친 힘을 분산시키기 위함이었다.

자연히 진산의 몸은 가사 상태가 되었다. 내기가 빠르게 요동치면 어지간한 인간은 그 고통을 견디기 힘들었다. 그렇기에 그의 몸을 보호하기 위해 몸이 가사 상태에 빠졌다고 볼 수 있었다.

육 갑자를 넘는 내공이 움직이자 대력불사장 따위는 순식간에 치료되었다. 그 때문에 여섯 개의 내공이 천천히 흩어지려 하는 순간이었다. 때맞춰 흑삼명의 발이 진산의 머리를 향했다.

내공은 진산을 먼저 깨웠다. 그리고 재빠르게 진산의 팔을 통해 검으로 향했다. 검은 그의 의식보다 먼저 위험을 제거하기 위해 움직였다.

'기가 하나로 뭉쳤다. 이걸 잊지 말아야 해.'

서걱!

그의 생각이 끝날 때쯤 날카로운 소리와 함께 다리가 잘린 채 땅을 구르는 흑삼명이 눈에 들어왔다. 내공이 온몸을 휘돌아서 그런지 어느 정도 기운을 이끌어낼 수 있다는 자신감이 들었다.

진산이 선 자세에서 몇 번이나 기를 운행했다. 잊지 않기 위함이었다. 절정고수의 깨달음을 얻은 자라면 이 정도는 어렵지 않게 금방 기억할 수 있다. 하지만 진산은 불안한 마음에 몇 번이나 곱씹으며 확인을 했다.

조금 시간이 지났을까? 진산의 시선이 불사인을 향해 돌아갔다.

'이번 기회에 마지막 일곱 번째 검을 써둘 필요가 있어.'

위력이 어느 정도인지는 모른다. 모두 상상에 의해 만든 것들이니 대충 다른 여섯 개의 검초보다 조금 강한 정도라고 생각될 뿐이었다.

그것은 지금이라고 다르지 않았다. 육 갑자가 넘는 내공이 자신의 몸에서 발현되자 조금 현실감이 없어졌다.

우우우웅!

그의 몸에서 회색 기류가 폭사했다. 그것은 사기나 마기와는 사뭇 다른, 마치 순수하게 미쳐 버린 기운을 바라보는 것 같았다. 그의 등 뒤로 귀신의 형상이 떠올랐다. 무시무시한 얼굴로 불사인을 바라보며 미소 짓고 있었다.

불사인은 온몸에서 소름이 돋는 것을 느꼈다. 진산이 풍기는 기운에서 죽음을 느낀 것이다.

'저런 걸 상대해서는 반드시 죽는다!'

자신도 모르게 그런 생각을 했다. 그만큼 진산이 뿜어내는 기운은 위협적이었다.

암룡대 대장인 강석주는 이를 딱딱 부딪치며 무어라 말조차도 할 수 없었다. 절정고수니까 느낄 수 있는 것이었다. 지금 진산의 힘이 얼마나 강한지를…….

진산이 느린 걸음으로 불사인에게 다가갔다. 그의 검이 하늘로 치솟았다.

"살아남을 수 있기를 바란다."

"아, 아니, 잠깐!"

진산의 검이 땅으로 꺼졌다. 그 순간 검에서 잿빛 안개가 구름처럼 토해졌다. 그 사이로 수많은 잿빛 검들이 구름 속에서 터져 나오는 우뢰처럼 튕겨져 나왔다. 거대한 불꽃과도 같은 양기와 차갑게 얼어붙은 눈 같은 검이 차례대로 나타났다.

그리고 불사인과 가까워졌을 때 그의 검은 하나로 모였다.

불사인은 이렇게 죽을 수는 없다고 생각하고 모든 내공을 짜내 양손에 강기를 만들었다. 평소보다도 더욱 크고 강맹한 기운이 그의 두 손에 담겼다.

불사인이 손을 쭉 뻗었다. 진산의 잿빛 검기와 부딪쳤다.

툭!

작은 소음, 그리고…….

콰아아아아앙!

거대한 폭음이 그 뒤를 이었다.

땅거죽이 몇 번이나 뒤집혔다. 불사인의 몸이 거의 형체도 없을 정도로 박살이 났는지 붉은 핏덩이만이 폭풍 속에서 휘몰아친다. 거대한 폭풍은 흑삼명과 암룡대에게도 다가와 그들의 힘을 무력화시켰다.

작은 산 하나가 통째로 사라졌다. 움푹 파인 분화구들의 흔적들만이 남아 있고 그 위에 올라선 것은 아무도 없었다.

다만 한 사람, 진산만이 홀로 선 채 주위의 상황을 둘러볼 뿐이었다.

한참이나 주위를 훑던 진산은 무언가를 찾은 듯 발걸음을 옮겼다. 주위의 지형이 완전히 바뀌어 있었다. 진산이 신법을 펼쳐 분화구들을 뛰어넘었다.

'굉장하군.'

온몸에서 힘이 쭉 빠진 것을 느꼈다. 무공을 익히고 처음으로 느낀 탈력이었다.

진산이 발걸음을 멈췄다. 원하던 것을 발견했던 것이다. 처참하게 찢긴 살덩이가 바로 그것이었다. 그것은 사람의 머리와 흉부만을 도려낸 듯한 모습을 하고 있었다.

푸스스!

진산이 흙먼지를 털어내며 그것을 집어 들었다.

"좋아, 둘째 놈도 포획했다."

코도 없고 귀도 없다. 팔도 없고 가슴과 머리만이 있지만 진산은 상관하지 않았다. 아직도 심장이 팔딱팔딱 뛰고 있었다. 불사신이라고 했으니 시간만 지나면 살아날 것이라고 생각했다.

진산이 다시 무언가 찾기 시작했다. 셋째 흑삼명이었다.

마른 수풀이 부스스한 먼지를 만들어냈다. 진산과 그 일행은 잠시 말을 쉬게 하며 한곳에 모여 있었다.

진산은 숫자 사(四)가 쓰인 서찰을 열었다. 안에는 오대악인 중 넷째인 묵룡쌍괴(墨龍雙怪)에 대해 적혀 있었다. 진산은 그것을 대충 넘겨보며 그가 어디에 숨어 있는지 찾기 시작했다.

감숙 고랑(古浪).

고랑은 장액에서 남동쪽으로 조금 더 가면 나오는 작은 마을이었다.

진산과 암룡대 일행은 고랑을 향해 말을 달렸다. 이번 이동에는 불사인을 태운 수레가 한 대 더 늘었다. 불사인은 거의 죽은 몸이나 다름없는 상태였음에도 그 괴이한 신공 덕에 꾸역꾸역 계속 회복해 가고 있었다.

"고랑 인근에 있다고만 나올 뿐 불사인이나 흑삼명처럼 자세히 나오지는 않았네요."

진산이 조금 실망한 듯 말했다. 강석주는 어쩔 수 없다며 고개를 휘휘 저었다. 그 정도만 알아낸 것도 사실 대단한 것이다. 절정고수의 이목을 속이며 정보를 수집하는 것이 얼마나 힘든지 대충 짐작이 갔다.

강석주는 부하 중 두 명을 불러 불사인과 흑삼명에게 물을

먹이라 시켰다. 그리고 동시에 암룡대원들에게 간단한 먹을
거리를 만들라 지시했다. 말들이 쉬는 김에 그들도 함께 쉬려
는 것이다.

불사인이나 흑삼명을 찾으러 갈 때와 같은 강행군은 더 이
상 하지 않았다. 불사인과 흑삼명이 제법 다친 것도 이유가
되었지만, 암룡대원들 역시 크게 다쳤다. 크게 요양할 정도는
아니었지만 조금 일정을 늦춰야 했다.

"고랑, 고랑이라……."

진산은 고랑이란 말을 곱씹으며 묵룡쌍괴에 대한 정보를
훑기 시작했다. 그는 악독하기로 꼽으면 흑삼명보다 더하고,
잔인하기로는 불사인보다 더하다고 적혀 있었다. 진산의 머
릿속에 대충 그림이 잡히기 시작했다.

서찰을 한 장 넘기자 그에 대한 인상착의가 그려져 있었다.
진산은 자신이 떠올린 생각과 비교하며 그 차이점을 외우기
시작했다.

'이건 거의 귀신의 형상이군.'

눈썹이 거의 없고 쭉 찢어진 눈 사이로 점 하나를 찍은 듯
한 작은 눈동자. 귀까지 걸쳐진 입 사이로 드러난 긴 송곳니.
불처럼 타오르는 듯한 뻗친 머리의 모습이 한 마리의 악귀가
지상으로 올라온 것이 아닌가 싶을 정도로 무서운 외모를 가
지고 있었다.

어느 정도는 사악하게 생겼을 거라 생각한 묵룡쌍괴의 외

모가 상상을 훨씬 뛰어넘고 있었다.

'음… 뭐, 외모는 이 정도로 됐고… 다른 것을 볼까?'

다시 서찰을 앞쪽으로 돌려 묵룡쌍괴에 대한 정보를 보기 시작했다.

묵룡쌍괴라는 이름에 오대악인 중 넷째는 둘이라 생각했다. 하지만 그렇게 되면 구룡이 아니라 십룡이 되었어야 한다. 오대악인도 육대악인이 되어야 했고.

'묵룡쌍괴는 한 사람인데 무공이 쌍검이나 쌍도를 사용하는 건가?'

두 개의 검이나 도를 쓰는 무인은 꽤 있다. 대체로 사파의 경우가 그런 무기를 쓰는 경우가 많았다.

진산은 묵룡쌍괴의 무공에 대한 정보를 찾으려 했지만, 그에 대한 정보는 나오지 않았다. 불사인과 흑삼명 역시 어떤 무공인지에 대한 자세한 설명은 없었다. 다만 어떠한 특징을 가진 무공을 쓰고 있다는 정보 정도는 있었는데 묵룡쌍괴의 경우에는 그런 것조차 없었다.

"무엇을 그렇게 보고 있는가?"

강석주가 진산에게 죽을 내밀며 물었다. 진산은 그가 건넨 죽을 받으며 만목상이 준 정보를 보여주었다.

"묵룡쌍괴로군."

강석주는 진산이 준 서찰을 읽더니만 피식 미소를 지었다. 후루룩 죽을 차처럼 마시던 진산이 무슨 이유 때문이냐고 묻는 듯한 얼굴로 그를 바라보았다.

강석주가 묵룡쌍괴의 정보를 천천히 훑으며 입을 열었다. 그의 눈에는 조금 오래된 기억을 끄집어내려는지 깊게 가라앉아 있었다.

"한 십 년 정도 되었나? 우리 마교에 반궁검(反躬劍)이라 불리는 장로가 있었다. 장로들 중에서 무공 수위가 제법 상위층에 속한다고 할 수 있는 자였지."

반궁검에게는 손녀가 하나 있었다. 아들을 잃은 그는 손녀를 매우 아꼈다고 한다. 자신의 성명절기인 반야월천검(半夜越川劍)라는 절정무공까지 아낌없이 전수해 주었을 정도였다.

그런데 그런 그녀가 간살을 당했다. 우습게도 그 일은 교외가 아닌 마교 내에서 일어난 일이라는 것이었다. 처음에는 마교의 무사가 그녀의 미모에 혹해 덮쳤다가 사고를 쳤다고 생각했다. 수사는 그 중심으로 이루어졌다. 그때 반쯤 미쳐 버린 반궁검에게 죽은 문도수가 수십이었다.

수사가 진행될수록 비밀은 천천히 밝혀져 갔다. 마교에도 외부와 이어지는 유일한 것이 하나 있었는데, 그것은 바로 식재료를 운반하는 짐꾼들이었다. 마교에는 저급 인력이 없다. 그들은 처음부터 모두 무인으로 키워지기에 짐을 운반하는 짐꾼 따위를 하는 자는 없었다. 문제는 오대악인 중 넷째인 묵룡쌍괴가 그때 일꾼으로 침입해 반궁검의 손녀를 유혹했던 것이다.

“대단했지. 그는 그냥 교활한 것뿐만 아니라 화술도 대단했으니까.”

‘그 얼굴로 여자를 꼬셨단 말인가?

진산이 묵룡쌍괴가 그려진 초상화를 떠올리며 생각했다. 그의 외모는 전형적인 악인의 형상이었다. 그것도 인간과는 거리가 좀 먼 귀신의 형상이었다.

“반야월천검을 익혔다곤 하지만 반 장로에 의해 곱게 자란 그녀가 오대악인이라 불리는 묵룡쌍괴를 상대할 수 있을 리 만무했지. 아니, 반궁검 장로도 그를 상대하는 것도 벅찼을 거야.”

강석주가 슬쩍 불사인을 보며 말했다. 흑삼명을 보았을 때는 오대악인이 약해 보였다. 때문에 한 번 자신과 암룡대가 나서볼까 했지만, 불사인과 진산의 전투를 보았을 때 그런 생각은 싹 달아나 버렸다.

현재 불사인은 시체나 다름없는 상태임에도 살아 있었다. 그리고 그의 몸은 빠르게 회복해 가고 있었다. 흉부까지밖에 없었던 그가 며칠도 지나지 않아 지금은 허리까지 재생하고 있었다.

묵룡쌍괴는 그와 같은 괴이한 능력은 지니지 않았을 거다. 하나 오대악인들의 실력은 모두 비슷하다고 한다. 그런 것을 떠올려 보면 묵룡쌍괴의 실력이 어느 정도인지 대충 알 수 있었다.

"그래서 어떻게 되었습니까?"

진산이 죽을 다 먹고 다시 물었다. 그에 강석주가 머리를 긁적이며 대답했다.

"이미 도망간 뒤였지."

"그럼 묵룡쌍괴의 목적은 그녀의 몸이 아니라 반궁월천검이었겠군요."

진산이 말 위에 오르며 말했다. 강석주가 깜짝 놀라며 되물었다.

"어떻게 알았지?"

"묵룡쌍괴가 여자를 탐했으면 음룡쌍괴라 불렸겠지요. 그리고 만목상에서 보낸 정보를 보면 그가 죽인 이들은 대체로 거대 상단의 주인들이고요. 그가 묵룡쌍괴라 불리는 이유는 모르겠지만, 그가 계획하는 일에 돈이 꼭 필요한 것은 알 수 있어요. 그것도 몇십 년 동안 꾸준히 돈이 드는 일. 그러니까 무공을 익히기 위함이랄까?"

진산이 씨익 미소를 지었다. 마공 중에는 동인동남의 피를 필요로 하는 경우도 있다. 그것 외에도 독공을 익히기 위해서는 비싼 독물들을 필요로 한다. 묵룡쌍괴도 그런 것과 비슷한 조건의 무공을 익혔을 것이 틀림없다.

강석주가 말에 오르며 진산에게 말했다.

"묵룡쌍괴는 아주 영악한 놈이라네. 조심해야 할 거야."

"아아, 상관없습니다. 제가 조심해야 할 사람은 중원에 둘
밖에 없거든요."
강석주의 머릿속에 두 사람의 모습이 떠올랐다가 사라졌
다. 그가 피식 웃으며 말고삐를 당겼다.
히히힝!
고랑을 향해 일행이 움직였다.

*   *   *

"그날, 아버지의 눈동자에서 진물 같은 눈물이 뚝뚝 떨어
져 내렸습니다. 잿빛 하늘에선 또다시 진눈깨비를 떨어뜨리
고 있었죠. 허공에서 녹아 빗물처럼 떨어지는 진눈깨비만이
아버지의 눈물을 가려주었습니다."
어둠이 가득한 방 안에 한 사내가 무릎을 꿇고 기도를 하고
있었다. 그의 눈에는 물기가 짙게 배어 있었다.
누군가 사내의 말을 귀 기울여 듣고 있었다. 서슬 퍼런 안
광을 가진 그는 사내의 말을 들으며 알 듯 모를 듯한 미소를
슬며시 입에 담아본다.
"좁고 작은 관 안에서 저는 아버지의 뒷모습을 바라보았습
니다. 꽁꽁 얼어붙은 겨울 강 아래로 무겁게 가라앉는 아버지
의 몸이 너무도 애처로웠습니다. 시간이 흐르고 겨울 강 위로
는 아버지의 그림자만이 길게 남았습니다."

사내의 목소리가 흔들린다. 물기 어린 사내의 목소리가 깊게 퍼졌다.

그림자가 입을 열었다.

"당신의 꿈을 이루어 드리겠습니다."

그림자의 입가에 짙은 미소가 맺혔다.

감숙에는 천재적인 도둑이 하나 있었다. 비록 십 년 전 잡혀 처형을 당하기는 했지만, 그가 훔친 재물들이 워낙 대단한 것들이라 감숙제일의 신투라 하기에 부족함이 없었다.

그러나 그에게서 하나의 의문이 생겨 버렸다. 그렇게 훔쳐 놓은 재물들이 전혀 알려지지 않은 것이다. 돈이라면 눈이 뒤집힐 무림문파도, 감숙신투를 처형한 관에서도, 그 누구도 그것을 찾으러 나가지 않았다는 것이다.

오 년 전 잠시 감숙신투의 장보도에 대한 소문이 난 적이 있었다. 누군가가 가졌다는 소문이 퍼졌지만, 그것은 금방 누군가들에 의해 삽시간에 사라져 버렸다.

진산은 해가 저물 무렵이 돼서야 고랑으로 들어섰다. 고랑은 강과 야트막한 산을 낀 작은 마을이었다.

"벌써 세 명째야, 세 명째!"

천천히 말을 끌며 가던 차에 누군가의 목소리가 크게 들려왔다. 진산이 슬쩍 발걸음을 옮겨 목소리의 주인이 있는 곳으로 향했다.

소리의 근원지는 객잔 앞에서 열심히 토론을 벌이고 있는 두 사내의 것이었다.

"항상 우리 마을을 찾아주시던 금사위 표두님도, 장군 의원님도, 가증엽 군사님도 모두 돌아가셨어. 감숙신투의 유령이 나타난 거야! 자신을 잡은 사람들에 대한 복수를 하려고 하는 거라고!"

머리에 영웅건을 두른 사내가 흥분하며 말했다.

"에이, 양씨, 그게 말이 돼?"

머리가 희끗한 사내가 피식 실소하며 대답했다. 그는 양씨의 말을 믿을 수 없었다. 하늘을 날아다니는 무림인이 날뛰는 세상에서 귀신이란 것은 믿을 수 없었다. 더군다나 겨우 그깟 도둑놈의 유령이라면 있다고 해도 이러석은 녀석이 죽어서 다시 나타난 것뿐이다. 중을 불러다 중얼중얼 주문만 몇 번 외면 사라질 것이다.

그리고 귀신이 사람을 죽일 때는 저주로 죽이지 칼로 찔러 죽이지는 않는다.

"내 생각엔 말이야, 어떤 미친 개자식이 일을 벌인 게 틀림없어."

"잠시……."

진산이 두 사내의 사이에 끼어들며 양해를 구했다. 흥미로운 이야기일 것 같아 들으려 했는데 별 이야기가 아닌 듯싶었다. 사람 한둘 죽는 거야 그들에게는 별문제가 되질 않았기 때문이다.

객잔에 들어가 점소이에게 말을 맡기고 방을 구했다. 작은 마을인지라 객잔의 상태는 그들이 그동안 거쳐 왔던 곳에 비해 많이 낡았지만, 딱히 그런 것을 신경 쓰는 사람은 없었다.

사인실에 진산과 강석주, 그리고 불사인과 흑삼명이 함께 들었다. 다른 대원들은 각자 사오인실에 인원을 나누어 들어갔다.

진산이 탁자에 다리를 꼬며 앉았다. 그의 시선이 상처 입은 채 쓰러진 불사인과 흑삼명을 향해 갔다. 그들은 아직 진산에게 받은 공격으로 일어서지도 못하고 있었다.

'잿빛 마검이라……'

강석주의 시선도 그들을 향하고 있었다. 진산의 내공에 당한 이 둘은 내상이 극심해 어지간한 치료로도 제정신을 차리지 못하고 있었다. 마치 지독한 마공에라도 당한 듯한 모습이었다.

진산이 오대악인에게서 시선을 떼고 입을 열었다.

"묵룡쌍괴에 대한 정보가 많이 부족합니다."

"그렇지. 그는 오대악인 중 가장 비밀이 많은 자이니까. 사실 그 정도만 해도 제법 많은 정보를 얻었다고 할 수 있네."

진산의 말에 강석주가 씁쓸한 표정으로 대답했다. 묵룡쌍괴는 오대악인 중 가장 음흉했다. 흑삼명과 비견될 정도로 욕심이 많고 사람들을 속였다. 하나 차이점을 하나 들자면, 흑 삼명은 다른 사람들을 속여 싸움을 시키는 것을 즐기는 반면 묵룡쌍괴는 사람을 교묘하게 속여 육체적으로나 정신적으로 타락시키는 것을 즐겼다. 둘 다 사람을 속이는 것을 같지만 질은 묵룡쌍괴 쪽이 훨씬 더 나빴다.

똑똑!

그때 누군가가 문을 두드렸다. 진산이 슬쩍 강석주를 바라보았다. 강석주도 그를 바라보고 있었다. 진산은 어쩔 수 없다는 듯이 자리에서 일어나 문을 열었다.

"누구십니까?"

진산의 눈앞에는 중년의 사내가 마을 사람들을 잔뜩 대동한 채 서 있었다. 진산의 아미가 살짝 찌푸려졌다.

"무, 무사십니까?"

중년 사내가 진산이 두려운 듯 떨면서 물었다. 진산은 잠시 머뭇거렸다. 자신이 무사라고 할 수 있을까? 자신의 검에는 정의도 없고 사람도 없었다. 자리 잡은 것은 오로지 한 마리의 미친 귀신뿐. 하지만 결국 그는 가볍게 고개를 끄덕였다.

쿵!

중년 사내가 대뜸 무릎을 꿇었다. 그리고는 진산의 바짓가랑일 강하게 잡아당겼다.

"무사님! 제, 제발 저희를 도와주십시오!"

"무엇을 말입니까?"

진산이 귀찮다는 표정을 드러내며 말했다. 중년 사내는 머리를 땅에 처박은 채 고개를 들려 하지 않아 그의 그런 표정을 볼 수 없었다.

중년 사내가 다시 말을 이었다.

"요즘 들어 우리 마을에 이상한 살인 사건이 계속 일어납니다."

"그런 일은 포쾌들에게나 맡기시죠."

진산의 말에 두 사내가 앞으로 나타났다. 그 둘은 고랑의 포쾌였다. 고랑은 큰 마을이 아니었기에 열 명이 조금 안 되는 수의 포쾌들이 있었다. 또 그중에서도 여덟은 다른 현으로 나가 다른 일을 돕고 있었다. 현재 고랑의 포쾌는 이 둘뿐이었다.

그들은 진산에게 고개를 숙이며 외쳤다.

"무사님, 저희 일에 협조를 부탁드립니다!"

"하아~ 좋아요. 일단 들어는 볼게요."

진산이 결국은 긴 한숨을 토해냈다. 일이 무언가 제대로 어긋나는 느낌을 지울 수가 없었다.

중년 사내는 자신이 촌장이라고 소개했다. 그는 포쾌와 함께 진산을 이끌고 밖으로 나섰다. 그들 뒤를 마을 사람들과 강석주가 암룡대원 두 명을 데리고 따랐다.

진산과 일행이 간 곳은 촌장의 집이었다. 촌장은 진산에게 세 구의 시체를 보여주었다.

"이분들은 한 달에 한 번씩 저희 마을에 들르시는 분들입니다. 한데 요 며칠 전 갑자기 이렇게 봉변을 당하셨습니다."

"흐음."

진산은 세 구의 시체를 자세히 살펴보기 시작했다.

가장 먼저 죽은 자는 표두였다. 어느 표국인지는 모르겠지만 표두 차림을 한 사내는 내장이 싹 비워져 있었다. 상흔이 그의 배를 가른 것 하나밖에 없는 것으로 보아 먼저 배를 찌른 뒤 죽은 후에 내장을 빼낸 것 같았다.

다음으로 죽은 자는 의원이었다. 그는 두 팔이 잘려져 있었다. 얼굴이 창백하고 몸의 무게가 보기보다 가벼운 것으로 보아 출혈과다로 사망한 듯했다.

마지막 세 번째 시신은 서생으로 보이는 자였다. 그는 눈썹 윗부분부터 머리가 없었다. 그리고 두개골 안으로 숟가락으로 긁었는지 있어야 할 것이 싹 비워져 있었다.

"음… 끔찍하군."

강석주가 나직한 신음을 내뱉었다. 자신도 많은 사람을 죽였지만, 이런 식으로 죽여본 적은 없다. 워낙 정신력이 강해서 크나큰 충격을 받지는 않았지만, 그도 기분이 나쁜 것은 어찌할 수 없었다.

진산이 촌장을 향해 시선을 돌렸다.

"이 사람들이 뭐 하는 사람들인지 알 수 있습니까?"

그의 얼굴이 진지해졌다. 더 이상 귀찮다는 표정이 떠올라

있지 않았다.

진산의 물음에 촌장이 입을 열었다.

"십 년 전 감숙신투를 잡은 육 인이십니다. 아시는지는 모르나, 오 년 전 한 분이 돌아가신 뒤 남은 다섯 분께서 이곳에 매달 찾아오십니다."

"다섯?"

시체는 세 구였다. 그렇다면 두 명 더 이곳에 있다는 소리였다. 진산이 턱을 괴며 생각하기 시작했다.

묵룡쌍괴가 이번 사건에 관련되었을 가능성이 매우 높았다. 아니라면 명망있는 사람들이 매달 모이는 이곳에 숨어 있을 이유가 없었다. 게다가 살인 사건까지 일어난 이곳을 말이다.

이 사건에 관련이 있다면 문제를 하나둘 풀다 보면 그 끝이 묵룡쌍괴에게 도달할 거란 생각이 들었다.

'그리고 감숙신투라… 흑삼명이나 그놈이나 어차피 악인들은 돈에 아주 환장하는 놈들이지.'

흑삼명도 돈 좀 쥐어보고자 중황문 같은 이류문파의 군사까지 했었다. 돈을 위해서라면 자신보다 약한 놈한테도 머리를 숙일 수 있는 놈들인데, 조금 이름 좀 있는 사람들을 죽이는 데 거리낄 것이 무에 있겠는가.

그러나 그 흔적이라는 것은 쉽게 보이지 않았다. 그들의 몸에 남은 상흔은 무공을 일절 사용하지 않은 자의 것과 비슷했다.

'뭐 때문에 이런 복잡한 방법으로 사람을 죽인 거지?'

진산은 시체를 뒤적이며 의문을 풀 방법을 찾기 시작했다. 그러나 몇 번이나 시체를 뒤져도 그가 원하는 답이 나오진 않았다.

결국 진산은 손을 털고 자리에서 일어났다. 그리곤 촌장을 향해 입을 열었다.

"아까 다섯 분이라고 하셨는데… 다른 두 사람도 지금 여기 있습니까?"

"예, 지금 잠시 산책을 나가셨지만 곧 돌아오실 겁니다. 여기 오실 때면 항상 늦은 시간까지 산책을 즐기시거든요."

"그래요? 그럼 그때까지 기다려도 되겠습니까?"

"아니, 그럼 이 살인 사건을 도와주시는 겁니까?"

"예, 도둑놈 잡은 훌륭하신 분들을 해하는 놈은 저는 못 보거든요."

진산이 태연하게 거짓말을 했다. 그는 이번 일이 묵룡쌍괴가 관계되었음을 느꼈다. 만목상의 정보에서도 그렇고 감숙신투가 얽힌 것도 신경이 쓰였다. 감숙신투를 잡은 이들, 그리고 그들이 매달 한 번씩 묵어가는 작은 마을.

묵룡쌍괴가 노릴 것이 뻔히 보였다.

"왜 갑자기 이번 일에 끼어들려는 건가?"

강석주가 조심스레 전음을 보냈다. 진산은 슬쩍 주위를 둘러보고는 강석주에게 전음으로 답했다.

"묵룡쌍괴가 여기에 있습니다. 그가 노리는 것이 무얼까요? 감숙신투가 가졌던 것, 그리고 죽은 이들에게 넘어갔던 것……."

"감숙신투의 보물이 있는 곳을 가리키는 지도가 목표인가?"

"……."

진산은 강석주의 물음에 침묵으로 대답했다. 하지만 강석주는 확신했다. 오대악인들은 구룡이라 불릴 정도로 엄청난 고수이면서도 현재 몸을 사리고 있었다. 흑삼명의 경우는 사치로, 묵룡쌍괴의 경우는 이유를 알 수 없지만 그들에게 자금이 필요하다는 사실은 분명했다. 그것이 결국 그들의 발목을 잡게 되었지만, 진산이 아닌 자였다면 결코 그들이 잡힐 일은 없었을 것이다.

강석주는 진산을 노릴 마음이 점차 사라져 가고 있었다. 불사인과의 전투에서 그가 자신은 감히 손도 댈 수 없는 고수라는 것을 느꼈다. 더불어 그가 내상이라도 입으면, 거친 오대악인들을 그들로서는 막을 수가 없을 듯했다.

"안영님과 예운성님이 오셨습니다."

마을 사람 중 하나가 헐레벌떡 뛰어와 말했다. 촌장은 그들을 맞이하러 재빠르게 발걸음을 옮겼다. 진산과 강석주가 촌장의 뒤를 따라 느긋한 발걸음을 옮겼다. 그럼에도 그들의 걸음은 촌장보다 느리지 않았다.

안영이라 불린 사내는 건장한 체격에 부리부리한 눈을 가지고 있었다. 그는 마치 산적같이 생겼는데, 마을 사람이 슬쩍 십여 년째 포쾌를 하며 현재는 옆 현에서 일하고 있다고 했다.

예운성라 불린 사내는 큼지막한 눈으로 연신 주위를 둘러보고 있었다. 그는 구부정하게 휜 허리에 지팡이로 몸을 지탱하며 걷고 있었다. 그의 몸에서 흘러나오는 짙은 묵 냄새가 코끝을 간질였다. 방금 전 말을 한 마을 사람이 예운성를 가리키며 유명한 화가라고 했다.

'포쾌에 화가… 그리고 죽은 사람들은 서생과 표두, 의원.'

다섯 사람들의 직업과 신분을 떠올리니 오 년 전 죽은 여섯 번째 사내의 직업이 어렵지 않게 떠올랐다.

"죽은 자는 진법가겠군."

아니, 기관가일 수도 있다. 그들 여섯은 감숙신투를 잡기 위해 뭉친 것이 아니라 그의 보물을 위해 뭉쳤을 것이다. 아니면 매달 나와 이런 늦은 시간까지 산책 따위를 할 리 없다. 그들이 찾은 장보도로 감숙신투의 보물을 찾으려 했던 것이 틀림없다. 다만, 그들이 오 년이라는 긴 시간 동안 보물을 찾지 못했던 것은 한 사람의 죽음 때문일 것이다.

진산이 진법가나 기관가를 떠올린 이유는 오 년 전 여섯 번째 사내가 죽은 뒤 보물찾기의 진척이 거의 없다는 사실 때문이었다. 감숙제일이라는 도둑이 평범한 방법으로 숨겼을 리는 없었다. 화가나 서생이 고랑이라는 장소까지는 찾을 수 있었어도 보물이 어디 있는지는 알 수 없었을 것이다. 보통 도둑이 무언가를 숨길 때는 진법이나 기관을 이용해 꽁꽁 숨겨두기 때문이다.

'포쾌와 표두는 신투를 잡는 그물의 역할을 하고, 의원은 고문으로 보물을 캐려 했겠군. 그리고 다른 셋이 지도를 조사했고. 아는 자들은 그들뿐이겠지. 그렇다면 묵룡쌍괴는 어떻게 이들이 장보도를 가지고 있다는 사실을 알 수 있었던 것일까?

숨어버린 묵룡쌍괴를 누군가 찾았을 리는 없었다. 우연이라고 하기에는 이번 일은 너무 치밀하게 돌아가고 있었다. 오대악인만 한 고수라면 이들 다섯 정도는 가볍게 죽이고 장보도를 빼앗았을 것이다. 그러고도 충분히 남을 사람이니 말이다.

그것 외에도 문제는 많았다. 하지만 진산은 더 이상 생각하는 것을 멈추었다. 아직 그가 아는 바는 많지 않았다. 대충 주워 들은 것이 거의 대부분이었다. 무언가를 더 알아내기 위해서는 마을 사람에 대한 탐문 조사가 필요했다.

"그럼, 함께 저녁을 드시는 것이 어떻습니까?"

촌장이 저녁 식사에 초대했다. 손님들을 제외한 마을 사람들은 이미 대부분 자신들의 집으로 돌아갔고, 여기서 일을 도

와주는 하인들 몇 명과 촌장을 돌봐주는 의원이라는 자만이
남았다.

강석주는 진산을 향해 가볍게 고개를 끄덕였다. 그에 진산
도 촌장의 초대에 응했고, 그들은 식사를 함께했다.

까만 그림자가 방 안을 덮고 있었다. 예운성은 곤한 얼굴로
잠을 청하고 있었다. 오늘 하루 신투의 보물을 찾으려 애썼기
때문일까? 그는 누가 엎어가도 모를 정도로 깊은 잠에 빠져
있었다.

달빛이 바닷가의 모래처럼 떨어져 내린다.

"크억!"

예운성의 눈이 순간 커졌다. 그가 고통스런 얼굴로 침상을
긁었다. 손톱이 길게 자국을 남겼다. 예운성이 입에서 연신
피거품을 토해내기 시작했다.

몇 번의 발작이 끝나고 끝내 예운성은 단말마의 비명을 그
의 영혼과 함께 토해낸다.

"끄어억!"

달빛은 여전히 어둠을 잘라내며 죽은 예운성의 몸을 비추
고 있다. 그 사이로 그림자 하나가 밤바람과 같이 흘러들어
왔다.

툭!

가볍게 땅을 박찬 그림자는 손에서 끝이 휜 꼬챙이를 꺼내

들었다. 그는 그것을 그대로 예운성의 눈에다 쿡 찔러 넣었다. 깊숙하게 파고든 꼬챙이를 따라 흰 액체가 눈물처럼 흘러내린다. 휘적휘적! 그림자는 몇 번이나 꼬챙이를 돌렸다. 그리고 삶은 계란을 부수듯 부순 눈동자를 숟가락으로 파내고 다시 창을 뛰어넘었다. 예운성의 시체만을 남기고……
그의 텅 빈 동공 안에는 달빛만이 가득 차 올랐다.

예운성의 죽음을 진산이 알았을 때는 아침 식사가 막 시작되려던 때였다. 촌장의 몇 안 되는 하인이 예운성을 부르기 위해 방으로 들어갔다가 그의 시신을 보고 비명을 지른 것이다.
"빌어먹을!"
진산이 욕지거리를 내뱉으며 달려갔다. 그의 뒤를 강석주와 뒤늦게 촌장이 따라갔다.
진산은 예운성의 방에 들어서자마자 그의 시체를 살펴보기 시작했다. 몸이 딱딱하게 굳어 있었다. 굳은 정도로 보아 제법 시간이 지난 듯했다. 적어도 한밤중에 이루어진 것이라는 것을 알 수 있었다.
'눈을 팠다. 화가이기 때문인 거냐?'
스윽!
진산의 손이 예운성의 몸을 거침없이 베었다. 사인을 확인하기 위함이었다. 외상이 없으니 내상이나 독이 원인이 되었을 것이다.

그의 예상대로 예운성의 장은 새까맣게 죽어 있었다. 뿐만 아니라 워낙 강한 독 때문인지 위에 구멍이 뻥뻥 뚫려 있었다.

'독이라…….'

가장 먼저 떠오른 것은 전날의 저녁 식사였다. 하지만 자리를 스스로 골라 앉았기 때문에 예운성이 아니라 누가 죽었을지 모른다. 눈까지 깨끗이 파낸 것을 보면 예운성이 반드시 독에 중독되었을 거란 확신을 가지고 일을 진행한 듯했다.

탁탁탁탁!

발소리가 끝나고 촌장이 모습을 드러냈다. 그는 숨을 헐떡이며 물었다.

"헉헉! 어떻게 된 일입니까?"

"예운성이라는 화가가 명을 달리했습니다."

"예?"

촌장이 깜짝 놀라며 되물었다. 진산은 친절하게 다시 말해주었다.

"예운성이라는 화가가 죽었습니다."

진산의 말에 촌장의 얼굴이 하얗게 질려갔다. 그의 집에서만 벌써 네 명이나 죽었다. 금사위, 장군, 가중엽, 예운성까지… 그들 모두 감숙신투를 잡은 뒤 명예를 쌓아가던 자들이었다. 또 그들은 감숙에서 알아주는 유지들이기도 했다. 그런 자들이 작은 마을의 촌장집에서 연달아 살해당했다.

한데 그런 그의 태도가 진산은 오히려 눈에 거슬렸다. 아니, 그의 행동 때문이 아니라 이 상황 자체가 거슬렸다고 할 수 있었다.

'일반적으로 한 집에서 묵는 자가 네 명이나 죽으면 이곳의 사람이 범인이 되겠지. 외부인이라고는 보기 힘들어. 만약 누가 담을 넘었더라도 나의 시선을 벗어나긴 힘들 테니까.'

그때 강석주가 무언가를 발견했는지 소리를 질렀다.

"앗!"

그의 시선에 든 것은 하나의 쪽지였다. 강석주는 예운성의 짐을 꼼꼼히 뒤지고 있었다. 무언가 단서가 나오지 않을까 하는 기대감 때문이었다.

놀랍게도 예운성의 가방에서 삼분의 일로 찢겨진 지도 하나가 나타났다. 장보도임이 틀림없었다.

'이것으로 더욱 내부인의 소행이라는 사실이 굳혀지는군. 이건 암살이 아닌 독살이야.'

또한 장보도가 목적인 자가 예운성의 옷도 뒤지지 않고 가방조차 열지 않은 채 죽이고만 갔다는 것은 후에 원하는 것을 회수할 수 있다는 뜻이 되기도 했다.

진산은 확신을 하며 자리에서 일어났다.

"일단 식당으로 다시 돌아갑시다. 그 다음에 제 생각을 말씀드리겠습니다."

그는 마치 범인을 알고 있다는 듯이 말했다. 안영과 더불어 촌장이 그의 말대로 식당으로 발걸음을 옮겼다. 촌장의 뒤를 따르던 의원의 뒤를 진산이 막았다.

의원은 잠시 발걸음을 멈추었다.

"무슨 일이십니까?"

의원의 얼굴은 가는 눈과 흰 피부로 인해 전체적으로 곱상한 인상이었다. 진산은 그를 보며 누군가를 떠올리려다 말았다. 지금은 그것보다 먼저 물어야 할 것이 있었다.

"장군 의원이 죽고 부검은 자네가 다 했겠지?"

"예."

의원이 순순히 대답했다.

"그럼, 다른 자들도 독살당했다는 사실을 알고 있었나?"

"그렇습니다. 하지만 그들이 먹은 식기에서는 독이 검출되지 않았습니다."

"그래?"

"예."

진산이 야릇한 미소를 짓더니만 고개를 끄덕였다.

"좋아, 자네도 따라오게."

"예."

잠시 후 식당에는 촌장집에서 묵는 사람들 모두가 모였다. 그들은 침중한 얼굴로 앉아 있었지만, 그 누구도 음식에 손을

가져가진 않았다. 차갑게 식은 요리가 얼어붙은 분위기 때문
인지 더욱 차갑게 느껴졌다.

그때 진산이 입을 열었다.

"어디서부터 말할까……. 먼저 이들이 이곳에 온 이유를
말해야겠군요. 제 짐작일 뿐이지만, 이분들이 오신 이유는 고
랑에 숨겨진 신투의 보물 때문이라고 생각됩니다. 매달 이곳
에 찾아와 저녁때까지 산책이라는 명목으로 돌아다닌 것을
생각하면 틀림없죠. 동료들이 모두 죽었는데 안영 포쾌께서
계속 남아 있던 것은 신투가 모은 보물의 유혹을 떨쳐 버리기
힘들었기 때문입니다. 아니면 무공에 그만큼 자신이 있었던
가."

어느 정도 무공 수준이 되면 어지간한 독은 내공의 힘으로
누를 수 있었다. 진산이 보기에 포쾌는 고수는 되지 못해도
그 경계쯤은 되었다.

진산은 계속해서 말을 이었다.

"당신들은 이미 깨달았을지도 모릅니다. 이번 범인은 촌장
집 내에 있는 사람이라고. 그래서 저는 당신들을 모두 모았습
니다. 그리고 저는 누군가를 지목하겠습니다. 제가 지목한 분
들은 제 뒤쪽으로 물러나 주세요. 그에 대한 결과는 다른 분
들이 결정해 주십시오."

순간 장내가 술렁거렸다.

진산의 입이 다시 열리고 한 명씩 호출되기 시작했다. 처음

에는 촌장의 하인들이었다. 처음 하인 중 하나가 호출당했을 때 안영 포쾌의 살기 어린 시선이 그의 몸을 파고들었다. 하나 다른 하인들까지 불리자 그는 무언가 이상하단 것을 느꼈다. 촌장과 의원은 얼굴에 미소까지 띠며 진산의 일에 적극 협조했다. 진산을 믿어서일까? 그들은 이유 모를 자신감을 보이고 있었다.

촌장과 의원을 제외한 촌장집 사람들은 모두 불렀다. 마지막으로 안영까지 불렀을 때 그는 호명한 이유를 알 수 있었다.

"끝입니다. 남은 분은 촌장과 의원뿐입니다. 다른 분들은 나가 계세요. 아, 안영 포쾌께서는 남아 계셔도 좋습니다."

우르르 하인들이 방 밖으로 나갔다. 이제부터 자신들이 끼어들 수 없다는 사실을 느낀 것이다. 그리고 내심 억울하게 범인으로 지목되지 않아 안도했다.

안영이 촌장과 의원을 노려보고 있었다. 그는 이 둘 중에 누가 범인일지 열심히 머리를 굴렸다. 그는 이번 범행이 단 한 사람에 의해 이루어졌다고 거의 확신하고 있었다.

그런데 의외의 말이 진산의 입에서 열렸다.

"범인은 둘입니다. 그렇죠, 촌장? 당신들에게는 '무공을 모르는 범인이 독을 사용해 무림인을 죽인다' 라는 설정이 필요했습니다. 범인이 둘이라는 사실을 모르는 이상 이 문제를 풀 순 없으니까요."

진산의 말에 촌장이 식은땀만 흘릴 뿐 아무런 대답도 할 수 없었다.

"그것이 무슨 말이오?"

안영이 조심스럽게 물었다.

"하독을 한 건 식사 시간 때가 아닙니다. 그렇다고 독을 잔뜩 경계하던 사람들이 식사 때 외에 음식을 받아 먹을 리도 없습니다.

"허! 우리가 독을 염려하고 있다는 사실을 어떻게 알았소?"

"오늘 당신의 태도를 보면 알겠더군요. 입에 닿는 것은 물론, 직접적인 하독을 염려해 다른 사람들과도 거리를 두었습니다. 당신이 그랬다면 다른 사람들도 마찬가지였겠지요."

진산이 싱긋 웃으며 대답했다. 이들은 이미 알고 있었던 것이다. 하나 촌장집 안에는 이미 범인이 있을 것을 생각한다면 독을 경계하는 모습을 보일 수는 없었다.

그들이 독을 경계해 촌장이 차린 음식에 손도 대지 않는다면 범인은 분명 다른 방법으로서라도 암살을 시도할 것이다. 그렇게 되면 지금 당장 위험거리를 치워 모르는 위험에 맞서는 것보다 차라리 대비할 수 있는 위험이 나았다.

"하지만 예운성은 분명 독에 죽었소. 그것을 어떻게 설명할 것이오?"

"이제부터 말씀드리겠습니다. 그러니까 범인은 어떻게

독을 하독했을까? 거기까지 생각하자 답은 쉽게 나왔습니다. 애초에 이번 일은 어려운 일이 아니에요. 그저 당신들과 이 일의 증인이 되었을 외부인 한 명만 있으면 되었으니까요."

"나는 아직도 무슨 말인지 모르겠소."

안영 포쾌는 머리를 긁적이며 말했다. 포쾌는 범인을 잡기 위한 추리 능력은 기본적으로 탑재가 필요하다. 그러나 포쾌들도 모두 머리가 좋은 것은 아니었다. 누구는 추리를 잘하고 누구는 몸을 움직이는 것을 잘한다. 안영 포쾌는 그 후자에 해당했다.

진산은 슬쩍 미소를 보이며 설명하기 시작했다.

"둘은 공범입니다. 의원이 하독을 하고 촌장은 그들의 몸에 상흔을 만들죠. 처음 금사위 표두의 내장을 빼낸 것은 장군 의원께서 독의 정체를 정확하게 알지 못하게 하려는 의도였습니다. 그렇지 않다면 이 일에 대한 사실을 알게 될 테니까요."

진산 역시 독에 대해 잘 아는 것은 아니었다. 하지만 장에 구멍이 뚫릴 정도의 독이 오랜 시간에 걸쳐 나타날 리 없다는 사실은 알고 있었다. 그렇게 독한 독은 대체로 즉효성 독이 틀림없었다.

그는 촌장을 향해 물었다.

"무슨 이유 때문인지는 모릅니다. 알고 싶은 마음도 없구요. 하지만 이 의원이 누군지 당신은 아십니까?"

촌장이 입술을 강하게 깨물었다. 그리고 천천히 굳게 다물었던 입을 열기 시작했다.

"의원이오. 내가 아는 것은 무공이 뛰어난 의원이라는 것밖에 모르오."

진산은 촌장의 말에 빙그레 미소를 지었다.

"당신이 모르면 제가 가르쳐 드리죠."

그 말에 사람들의 시선이 진산을 향했다.

"처음 뵙겠습니다, 묵룡쌍괴."

장내는 한 번 더 술렁였다.

"묵룡쌍괴? 내가?"

의원이 말도 안 된다는 듯이 말했다. 그의 말에 진산의 입가에는 전과 다른 미소가 그려졌다. 그것은 불사인이나 흑삼명을 상대할 때와 같은 미소였다.

"아아, 조금 찾기 힘들었어. 하지만 네 몸에서 풍기는 냄새가 지독해서 곧 알아차릴 수 있었지."

진산의 수준이 묵룡쌍괴보다 높으니 그를 알아보는 것은 그리 어렵지 않았다. 그가 무공을 숨기려 노력해도 무인으로서의 모습은 숨기기 힘들었던 것이다.

진산은 그에게 천천히 다가갔다. 의원은… 아니, 묵룡쌍괴는 어쩔 수 없다는 듯이 기를 천천히 끌어올렸다. 그의 몸에서 붉은 기가 치솟는 것 같더니만, 그것은 이내 짙은 잿빛으로 물들었다.

"그건?"

진산의 눈에서 이채가 떠올랐다. 묵룡쌍괴가 보인 기운은 자신의 뿜어내는 기운과 비슷했다. 곧 묵룡쌍괴의 얼굴이 그가 받은 초상화처럼 변하기 시작했다. 머리가 하늘을 향해 숏아오르고 가는 눈이 떠지며 극도로 작은 검은 자위가 드러났다. 입이 죽 찢어지며 그 사이에서 송곳니가 모습을 드러냈다.

묵룡쌍괴라 불린 이유 중 하나는 그의 얼굴에서도 있다고 진산은 생각했다.

"천하제일의 심법이라 자부할 수 있는 무공이지. 하지만 이걸 익히기에는 돈이 많이 들어. 그리고 익히기도 힘들지. 그렇지만 제대로 익히기만 한다면 누구에게도 지지 않아."

묵룡쌍괴가 자신있게 말했다. 그의 이름 중 묵룡은 그의 회색 빛깔의 기 때문이라는 사실을 알 수 있었다.

그것을 본 진산은 오히려 여유가 생겼다. 분명 자신이 처음 회색의 검강을 뽑아냈을 때 그것을 초식으로 전개하자 위력은 정말 너무도 강했다. 중간에 힘을 약화시키지 않았으면 불사인의 몸은 흔적도 남지 않았을 것이다. 그리고 주위에 있던 흑삼명이나 암룡대까지 위험했다.

진산으로선 그것이 최강의 심법인지는 알 도리가 없었다. 교주가 보인 내공만 해도 매우 강했다. 하지만 그 잿빛 기운은 사람에겐 아주 치명적인 것이었다. 아직까지도 정신을 차리지 못하고 있는 불사인과 흑삼명을 보면 말이다.

"돈이 많이 든다고?"

"그래, 화수목금토의 기운을 담은 영약이 필요하거든. 그것을 모두 한꺼번에 흡수해야지만 심법이 완성된다. 하나도 구하기 힘든 영약을 다섯 개나 구하려면 애 좀 써야지."

진산은 다섯 명의 사부에게서 내공을 받았다. 그것은 영약 따위와는 비교도 되지 않는 힘들이었다.

스릉!

진산이 검을 뽑았다. 이번 전투에서 칠단검법의 일곱 번째 초식을 조금 더 능숙하게 쓸 수 있도록 다듬을 생각이었다.

그가 말 대신 검을 뽑자 묵룡쌍괴도 싸울 준비를 했다. 그의 무기는 단검보다도 조금 더 작은 검이었다. 수술할 때 쓰는 칼 같기도 했고, 돼지나 소의 내장을 발라낼 때 쓰는 칼 같기도 했다.

"흡!"

묵룡쌍괴가 잿빛 검기를 토해내며 진산을 노려왔다. 검은 굉장한 파공음을 내며 진산을 당장이라도 토막 낼 것 같은 기세를 내뿜었다. 그것은 검기임에도 검강과 비교해도 조금도 부족함이 없는 기운을 뿜어내고 있었다. 진산의 검에서도 회색빛이 토해졌다. 그러나 그의 것은 묵룡쌍괴의 것보다 훨씬 더 정순하고 안정되어 있었다.

진산의 검에서 잿빛 검기가 뿜어져 나오자 묵룡쌍괴는 놀란 듯한 눈빛을 보였지만 이내 깊게 가라앉았다. 대신 그의 입가에는 즐거운 듯한 미소가 한줄기 그려졌다.

콰앙!

검기와 검기가 부딪치는데 벽력탄이라도 터진 듯한 음이 토해졌다. 그들의 검을 중심으로 거대한 파동이 장내를 거칠게 때렸다.

강석주의 얼굴이 조금 찌푸려졌다. 그 힘이 상당했기 때문이다. 무공이 약한 포쾌의 경우는 내상을 입었는지 고개를 숙인 채 들지 못하고 있었다. 무공을 전혀 익히지 않은 촌장의 경우는 심한 내상을 입고 얼굴이 검게 죽어 있었다.

진산은 칠단검법의 마지막 초식을 펼쳤다. 그것은 지극히 간단했다. 위에서 아래로 내리긋는 것뿐이었다. 하나 그냥 휘두르는 것과는 사뭇 달라 보였다. 잿빛 검기 때문일까? 아니, 묵룡쌍괴의 작은 검에서는 그런 것이 느껴지지 않는 것으로 보아 그것은 아닌 듯싶었다.

진산은 한 초식만으로 묵룡쌍괴의 모든 공격을 막고 공격까지 해갔다. 위에서 아래로 긋는 검법은 횡으로 가르는 공격도, 종으로 가르는 공격도 모두 부수었다.

쾅쾅!

그들 사이에서 폭음이 거듭된다. 그 회색의 기운이 얼마나 강한지 거듭된 공격에 강석주를 제외한 모든 이가 죽을상을 했다. 그중 촌장은 말 그대로 죽기 일보 직전까지 갔다.

'이 정도면 되겠지.'

진산은 초식이 어느 정도 손에 익었다고 생각했다. 단순한 초식이었지만 그 안에는 진산의 모든 묘리가 담겨 있었다. 위로 치솟은 검이 땅으로 내려지는 순간 적이 어떻게 피하든 모두 잘라내는 것이 이 마지막 초식이 가지는 힘이었다. 진산이 생각하기에는 아직은 많이 부족했지만.

묵룡쌍괴가 거리를 벌렸다. 숨이 목구멍까지 차 올랐다. 이 심법은 그의 생각대로 최강이라 할 수 있었다. 하지만 내공 소모가 워낙 컸다. 일 갑자는 되어야 검기를 뽑을 수 있는데, 그 내공도 일각을 버티기가 힘들다.

"헉헉! 너는 어떻게 그렇게 오래 버틸 수 있는 거지?"

자신만이 이 심법을 익혔다고 생각하지 않는다. 우연히 얻은 산물이기에 그 우연이 자신에게만 있다고는 생각하지 않았기 때문이다.

그의 말에 진산은 씨익 미소를 지었다. 이제는 끝날 때가 되었다.

"그건 너와 내가 속한 세계가 다르기 때문이지."

진산의 검기가 여러 번 요동치더니만 검 속으로 쑥 들어갔다.

묵룡쌍괴는 그가 검기를 거두었다고 생각했다. 그런데 그 순간 진한 묵빛의 검강이 천천히 그 모습을 다시 드러냈다.

고오오오!

땅이 울렸다. 몸이 떨려왔다. 묵룡쌍괴는 땅이 흔들리는 것인지, 아니면 자신의 몸이 떨리는 것인지 알 수 없었다. 검강으로 발현된 그 잿빛 마기는 그가 아는 상식을 가볍게 뛰어넘고 있었다. 하지만 묵룡쌍괴는 오히려 미소를 지었다. 자신이 지향하는 것이 눈앞에 있었다.

"더 해볼 텐가?"

"아니, 무리라고 생각한 이상 더 이상 싸우는 것은 무리다."

묵룡쌍괴가 즐거운 듯 미소를 띤 채 좀처럼 그 미소를 지우질 않았다.

"그럼 나를 따라와라."

진산이 휙 몸을 돌렸다. 내상을 입은 안영 포쾌와 이제는 꺼멓게 죽어버린 촌장의 시체를 두고 진산은 발걸음을 옮겼다. 그 뒤를 묵룡쌍괴와 강석주가 따랐다.

"흐아~ 이거 상당히 심각한데요?"

묵룡쌍괴가 어느새 존대를 하며 말했다. 그의 앞에는 불사인과 흑삼멍이 누워 있었다. 둘 다 아직도 깨어나지 못하고 있었다.

응급 치료는 했지만 내상은 어떻게 할 수가 없었다. 진산도 아직 그 잿빛 기운에 당한 내상을 어떻게 처리할 방법을 몰랐다.

"꼭 살려야 하는데, 이러다가 죽는 거 아닌가?"

강석주가 한숨을 내쉬며 말했다.

"걱정할 필요는 없습니다. 물론 제가 없으면 내상이 점차 깊어져 죽었겠지만… 제가 치료할 수 있는 한도입니다."

묵룡쌍괴는 본래 의원이었다. 운 나쁘게 하나의 심법을 깨닫게 되어 악인이 되었지만, 본 직업은 의원이다. 자신이 익힌 심법에 대해서는 시행착오가 상당히 많았기 때문에 그들의 내상을 치료하는 것도 어렵지 않을 것 같았다.

그들에 대한 걱정을 한시름 덜자 진산은 서찰을 하나 꺼내 들었다. 거기에는 일(一)이라는 글자가 깊게 새겨 있었다.

"그럼, 다음 목표를 향해 가볼까?"

일행 모두가 미소를 지었다. 다만 묵룡쌍괴만이 어색한 미소를 흘렸다.

*　　　*　　　*

오대악인의 맏이인 혈두선인(血頭仙人)은 사천의 구채구(九寨溝)에 있었다. 진산과 그 일행이 있던 고랑과는 거의 열흘 정도 되는 거리에 있었다. 진산은 더 이상 묵룡쌍괴가 자신에게 싸울 의지를 보이지 않을 뿐 아니라 협조하려는 모습을 보이자 불사인과 흑삼명을 치료할 수 있는 시간을 주었다.

때문에 열흘 동안의 거리가 보름으로 늘어나 버렸다. 대신 불사인과 흑삼명은 의식을 찾았고, 그중 흑삼명은 이제 거의 다 나은 듯한 모습을 보였다. 절뚝거리기는 했지만, 응급처치가 확실해서인지 묵룡쌍괴가 다리를 제대로 봉합했다.

"구채구에는 구정산(丘亭山)이라는 곳이 있습니다. 혈두선인은 그곳에서 은거하고 있다고 하는군요."

진산이 서찰을 훑어보며 말했다. 서찰에는 혈두선인에 대한 정보가 상세하게 나와 있었다. 그러나 그가 무슨 무공을 익혔는지는 묵룡쌍괴 때처럼 나와 있진 않았다. 하지만 그는 묵룡쌍괴에게서 혈두선인이 대충 도가 계열의 무공을 익혔다는 사실을 들을 수 있었다.

진산은 불사인과 흑삼명, 그리고 묵룡쌍괴에게서 오대악인에 대해 많은 정보를 얻을 수 있었다.

오대악인은 의형제를 맺은 악인들이라고 했다. 그들의 실력은 모두 절정고수 이상이며, 의형제를 맺은 뒤 언제나 함께 했다고 한다. 그들이 함께할 때 두려운 것이 없을 정도로 그들은 강했고, 호흡도 잘 맞았다.

한데 어느 날 갑자기 맏이인 혈두선인이 무림을 떠나자고 했다. 혈두선인은 오대악인 중 나이가 가장 많을 뿐 아나라 무림에 대한 경험도 깊었다. 또 그의 무공 실력은 다른 오대악인들 중에서 가장 강했다. 그들은 혈두선인의 말에 반대하는 일이 없었다. 그는 악인이라고 생각할 수 없을 정도로 협

과 정의를 아는 사람이었다. 또 누구에게나 스스럼없는 자라
서 오대악인은 그를 신뢰하고 가장 큰형으로서 대했다.

처음으로 그들이 반대를 한 것은 바로 그때였을 것이다. 혈
두선인의 말은 언제나 옳았다. 본래 옳은 말을 싫어하던 악인
들도 그의 말을 인정할 수밖에 없었다. 몇 번이나 그런 상황
을 겪기도 했다. 그렇지만 형제들과 찢어져야 한다는 사실을
그들은 아무리 맏이인 혈두선인의 말이라 해도 싫었다.

하지만 그들은 결국 혈두선인의 말을 들었다. 혈두선인이
좋아서 모인 자들이 오대악인이었다. 그들 악인들은 본래 자
신밖에 챙기지 않았다. 혈두선인을 만나지 않았다면 그들은
서로를 죽이고 이용하려고만 들었을 것이다. 때문에 마지막
에는 혈두선인의 말을 들을 수밖에 없었다.

진산에게 크게 깨지기는 했지만 이렇게 형제가 다시 모이
는 것이 좋았다. 때문에 불사인이나 흑삼명은 더 이상 진산의
뒤를 노리려 하지 않았다.

"다 왔군."

강석주가 운무가 가득한 산을 바라보며 말했다. 사천에서
도 비가 많이 내려서인지 구정산도 축축하게 젖어 있었다.

진산은 오대악인에게 다가갔다.

"따라갈 것이냐? 아니면 기다릴 것이냐?"

"함께 가겠습니다."

묵룡쌍괴가 주저하지 않고 대답했다. 대답을 한 것은 그였

지만 다른 오대악인도 그의 결정과 다르지 않았다. 묵룡쌍괴가 불사인을 업었다. 강석주는 암룡대에게 여기서 대기할 것을 명령했다.

진산과 그 일행은 구정산을 오르기 시작했다.

구정산은 태산이나 천산처럼 영험한 기운이 있는 곳이 아니었다. 하지만 사람이 많이 찾지 않아서인지 주위는 매우 조용했다.

그들은 사람의 흔적을 찾으며 천천히 정상을 향해 올라갔다.

"발자국이 있다."

강석주가 나뭇잎을 보며 말했다. 그가 있는 곳으로 일행이 모였다. 나뭇잎 위에는 초상비의 흔적이 남아 있었다. 살짝 구겨진 나뭇잎 위로 작은 발자국이 희미하게 새겨져 있었다. 절정고수의 솜씨였다.

그 흔적을 중심으로 일행은 하나둘 발자국을 찾기 시작했다. 그리곤 그 흔적을 따라 천천히 이동해 갔다.

쏴아아—

그들의 발이 멈춘 곳에는 폭포가 무겁게 떨어져 내리고 있었다. 시원하게 떨어지는 폭포는 흰색 포말을 만들어내고 있었다. 절벽 가운데 작은 오두막 하나가 위태롭게 서 있었다. 진산은 그곳이 혈두선인이 은거하는 곳이라고 확신했다.

툿!

가볍게 땅을 찼다. 진산의 몸이 쭉 늘어났다. 절벽의 중간 중간을 툭툭 차가며 그는 오두막이 있는 곳으로 올라갔다. 그 뒤를 강석주와 불사인을 업은 묵룡쌍괴가 따랐다. 흑삼명이 투덜거리며 절벽을 푹푹 찌르며 올랐다. 다리를 다친 그가 그런 신법을 발휘하기에는 아직 무리였다.

진산이 가장 먼저 오두막 안으로 들어섰다. 오두막 안에서는 인기척이 느껴지지 않았기에 그는 무작정 문을 열고 들어섰다. 애초에 절벽 가운데 서 있던 오두막이라서인지 잠금 장치 같은 것은 없었다.

방 하나로 구성된 단출한 곳이었다. 한쪽에는 책이 가득 꽂힌 서가가 있었고, 반대편에는 바깥이 보이는 창문 하나와 간단히 요깃거리를 만들 수 있는 주방이 이어져 있었다. 침상 하나가 문의 맞은편에 있었다. 가운데에는 직접 만든 것으로 보이는 투박한 둥근 원형 탁자와 의자들이 몇 개 있었다.

진산이 의자에 털썩 앉은 채 책을 몇 권 꺼냈다. 도가 사상에 대한 책들이 빼곡하게 꽂혀 있었다. 그가 책장을 넘길 때쯤 다른 일행이 모두 들어왔다. 그들은 주위를 휙 둘러보더니만 의자에 앉았다. 묵룡쌍괴는 침상에 불사인을 눕히고는 의자를 찾았지만, 의자가 세 개뿐인지라 자리가 없었다. 묵룡쌍괴는 어쩔 수 없이 침상에 걸터앉았다.

진산이 책을 들고 침묵을 지키자 일행 중 누구도 말을 꺼내지 않게 되었다. 그들은 주위를 둘러보거나 멍청히 허공만을 바라보고 있었다.

한참을 멍하니 있었을까? 그때 누군가의 목소리가 들려왔다.

"그대들은 누구십니까?"

약초인 듯한 것을 잔뜩 짊어진 중년 사내가 모습을 드러냈다. 그는 선한 인상에 몸은 무인답지 않은 고운 선을 가지고 있었다.

진산과 강석주는 그가 혈두선인임을 단번에 알 수 있었다. 그의 몸에서는 악인들 특유의 사기나 마기가 느껴지지 않았는데, 그 대신 은은하게 도기(道氣)가 흘러나왔다. 사람의 마음을 푸근하게 해주는 기운이었다.

먼저 묵룡쌍괴가 혈두선인에게 달려갔다.

"형님! 오랜만에 뵙습니다."

그의 그런 태도에 가장 놀란 것은 다름 아닌 강석주였다. 오대악인이라면 중원을 대표하는 악인들이었다. 그들의 명성이 유명한 것은 무공에도 있었지만, 그보다 더한 악행들 때문이었다. 형제라고는 하지만 자진해서 남에게 고개를 숙이는 묵룡쌍괴의 모습에 적잖은 충격을 받았다.

강석주는 혈두선인을 보며 그를 탐색했다. 다른 형제들이 악명을 떨치고 있을 때 혈두선인에 대한 악명은 들어본 적이 없었다. 그저 큰 악인은 자잘한 악행 따위는 하지 않고 더 큰 악행을 위해 준비를 하고 있는 것이 아닌가 했는데, 그의 모습을 보자 생각이 싹 바뀌었다.

'왜 악인이라 불리는지 모르겠구나. 차라리 무당파의 도사라 해도 믿겠어.'

요즘같이 사리사욕에 빠진 무당파의 도사들보다 혈두선인이 더욱 도사 같아 보였다. 이렇게 모든 것을 훌훌 털고 은거에 든 것만 봐도 그랬다.

진산은 혈두선인이 나타나자 지그시 눈을 감고 책을 덮었다.

혈두선인은 갑작스런 아우들의 등장에 환한 미소를 지었다. 그리고 뒤이어 그들과 같이 온 사람을 살펴보았다. 그가 강석주를 보았을 때 마교의 사람을 것을 느꼈다. 하나 진산을 보았을 때는 그가 누군지 느낄 수 없었다. 진산의 무공이 오대악인을 상대하면서 더욱 강해졌기 때문이다. 그의 무공이 혈두선인의 무공을 상회하니 혈두선인이 알 수 있을 리 없었다.

"쌍괴야, 손님들에 대한 소개가 없구나."

혈두선인 빙그레 미소를 지으며 말했다.

"아, 죄송합니다. 그럼 이쪽은 마교의 암룡대를 맡고 계시는 강석주 대장님이시고, 그리고 이분은……."

진산을 설명하려 하자 묵룡쌍괴는 말문이 막혔다. 진산의 이름 정도는 알고 있었다. 또 그의 무공에 대해서도 조금은 알고 있었다. 그런데 그의 신분은 전혀 알 수 없었다. 강석주에게 존대를 하는 것을 보아 그와 동등한 지위이거나 아랫사람이라고 생각이 되었는데, 무공은 진산 쪽이 월등히 높았다. 마교가 무공으로 순위를 정하는 곳이니 진산이 아랫사람이라고 보기에는 힘들었다.

묵룡쌍괴가 머뭇거리고 있을 때 진산이 자리에서 일어났다.

"저는 진산이라 합니다."

진산이 자신의 이름만을 말했다. 문주가 준 무림명인 번참까지 소개하려다가 그냥 삼켰다. 굳이 그것을 밝힐 필요는 없었다.

그러나 그것만으로도 충분히 소개가 되었는지 혈두선인의 눈이 파르르 떨리고 있었다.

"아, 악귀?"

해남도에서 불렸던 별호가 중원의 오대악인에게서 튀어나왔다. 진산이 살짝 인상을 찌푸렸다.

"저를 압니까?"

형을 찾으러 나오기 전까지 별로 중원과는 인연이 없었다. 중원에 나온 뒤에는 이미 오대악인은 뿔뿔이 흩어졌던지라 그들을 만날 일도 알 일도 없었다. 또 해남도에서 잠시 만났다 해도 기억해 내기는 쉽지 않았다. 몇 년 전만 해도 전쟁 때문에 힘들었고, 그 후에는 내부를 다지느라 고생했다. 그 시절에 그가 죽인 자가 만이 넘고, 손속을 나눈 고수도 제법 될 것이다. 바쁜 시절에 만난 사람을 일일이 기억할 수는 없었다.

혈두선인은 말없이 고개를 끄덕였다.

"귀신… 중원에서는 귀왕이라 불리는 존재가 바로 당신입니다."

그의 말이 무겁게 떨어졌다. 그들 사이로 침묵이 깊은 호수처럼 빠져들었다.

혈두선인은 과거의 이야기를 시작했다. 몇 년 전 그는 해남도에 악귀가 있음을 알게 되었다. 도저히 상종 못할 악인이라면 제거하고, 아니면 구제를 하려 했다. 하지만 다른 형제들과 함께 가기는 뭐해서 잠시 그들에게서 떠나 해남도를 찾았다.

해남도는 한창 전쟁이 일어났던 때였다. 마치 춘추전국시대를 잘라 붙여놓은 것처럼 해남도는 치열했다.

혈두선인은 거기서 진산을 찾으러 다녔다. 찾는 것은 그리 어렵지 않았다. 해남도의 문파 칠 할 정도를 해남파가 흡수한 상황이었다. 그리고 그렇게 거대해진 해남파 속에는 악귀 한 마리가 담겨 있었다.

지옥 같은 해남도의 모습에 혈두선인은 놀라지 않을 수가 없었다. 아이든 노인이든 할 것 없이 죽이고 강탈하는 모습이, 이곳이 정말 사람이 사는 곳인가 하는 의문까지 들 정도였다.

해남파는 거대했다. 정문은 활짝 열려 있었다. 그것은 누구라도 침입해 보라는 듯이 자신있게 느껴졌다. 혈두선인은 떨리는 마음으로 해남파 안쪽으로 발걸음을 옮겼다.

그곳에서 숨죽이고 있는 무사들은 과도할 정도로 단련된 정예병들이었다. 피에 굶주린 듯 그들은 활짝 열어둔 문으로 들어오는 혈두선인을 노려보았다.

해남파의 무사들이 쭉 갈라졌다. 그 사이로 한 사내가 모습을 드러냈다. 자색 비단옷을 입은 사내였다. 그의 비단옷에는 특이하게도 독충들이 가득했다.

"와아~ 손님이네. 그것도 이 섬에서는 보지도 못한 고수."

그는 얼굴에 천진난만한 웃음을 떠올렸다. 하지만 혈두선인은 그의 미소가 결코 선의의 것이 아니라는 것을 알 수 있었다. 사내의 몸에서 지독한 살기가 느껴져 왔다. 중원에서도 쉽게 보지 못할 대단한 고수였다. 저 밑바닥 지옥에서부터 올라온 듯한 살기는 오대악인이라 불리는 그에게도 잠시나마 두려움이라는 것을 느끼게 했다.

혈두선인이 천천히 입을 뗐다.

"악귀라는 자를 만나고 싶소."

"그럴 실력은 돼? 안 되면 그냥 죽을 거야."

사내가 대뜸 말했다. 그만한 고수가 비맞은 강아지마냥 몸을 바르르 떨며 말했다. 혈두선인은 긴장감에 침을 꿀꺽 삼켰다.

그리고 입을 열었다.

"부탁이오. 그를 만나고 싶소."

사실 이런 것이 허락될 리는 없었다. 초대장도 없이 갑자기 찾아와 한 문파의 절대자를 만나게 해달라니? 중원에서는 생각조차 할 수 없는 일이었지만 혈두선인은 안 되면 무력이라도 쓸 생각으로 움직였다.

혈두선인의 손에 슬쩍 기가 모이기 시작했다. 비겁하기는 하지만 거부당하는 순간 단숨에 사내를 공격하고 악귀를 찾으려 한 것이다.

"좋아. 뭐, 요즘은 싸움도 없고 심심하니까 당신 같은 사람 하나 데려가도 뭐라 하지 않을 거야."

"고맙소."

혈두선인이 손을 탁탁 털며 기를 거두었다.

사내가 고개를 휙 돌리며 입을 열었다.

"아! 나는 황금충이야. 기억해 둬. 조금 더 강해지면 당신과 싸워보고 싶거든."

황금충은 혈두선인의 실력을 파악한 듯 싱긋 미소를 지으며 말했다. 혈두선인이 식은땀을 흘리며 대답했다.

"기대하겠소."

"고마워."

황금충은 혈두선인을 데리고 공터로 발걸음을 옮겼다. 문주가 묵는 건물 뒤로 두 개의 전각이 더 있는데 그곳을 지나자 하나의 공터가 나타났다. 그곳에는 다섯 명의 남녀가 서 있었다.

여섯 개의 무기를 가진 여인과 불이 타는 듯 새빨간 머리의 사내, 노인과 같은 흰머리를 지닌 사내와 검은 복면을 깊게 눌러쓴 사내였다.

그리고 검은 갑옷을 입은 사내가 뒤돌아 앉아 있었다. 혈두선인은 이 갑옷을 입은 사내가 악귀라는 것을 단번에 알 수 있었다. 얼마인지 셀 수 없는 사람들의 목숨이 담긴 짙은 혈향이 그에게서 느껴졌기 때문이다.

"대장님, 대장님께 도전한다는 사람이 왔는데요. 대단한 고수예요. 못해도 위지선 누님과 동수는 이룰 것 같은데요?"

'위지선? 악귀가 아닌 자들 중에 나와 동수를 이루는 사람이 있다고?'

혈두선인은 자신 위로 마왕과 검왕 외에는 생각도 하지 않았다. 그 둘은 이미 인간이라고 할 수 없는 무위를 가지고 있었기 때문이다. 그런데 황금충이라는 사내는 악귀가 아닌 다른 자와 동수를 이룬다고 말했다. 그것은 간접적으로 악귀가 자신보다 강하다고 하는 것과 같았다.

그중 붉은 머리의 사내가 다가왔다.

"위지선 누님과 이자가?"

그가 가까이 다가와 혈두선인의 눈을 뚫어지게 바라보았다. 혈두선인은 찔끔한 표정으로 슬쩍 고개를 뒤로 젖혔지만, 자신을 시험한다는 사실을 깨닫고는 한 걸음 더 앞으로 나아갔다.

그것을 본 붉은 머리가 고개를 저으며 물러났다.

"정말이네. 적어도 나는 상대가 안 되겠어. 그건 네놈도 마찬가지고 얼음덩이.”

백발의 사내가 혈두선인을 한 번 흘겨보았다. 그리고는 붉은 머리의 사내를 향해 창을 들었다.

“닥쳐. 더 이상 주둥이를 나불거리지 마라.”

“헹! 어이구, 한번 해보겠다는 거야? 원한다면 한바탕해 줄게. 하지만 내 손이 뜨겁다고 울지나 말라고. 크큭!”

그의 허리춤에서 도가 뽑아져 나왔다. 후끈한 열기가 조금 떨어져 있는 혈두선인에게까지 느껴질 정도였다. 굉장한 열양지기다. 반대로 백발사내의 창에서는 무시무시한 한기가 피어올랐다. 혈두선인은 열기와 한기 사이에 낀 채 그들을 바라보았다.

그때 악귀가 자리에서 일어났다. 꼼꼼하게 갑옷을 입었음에도 그가 일어날 때 그 어떤 소리조차 나질 않았다.

“염일도, 빙월창, 그만 해라.”

두 사람의 기운이 순식간에 사라졌다. 염일도라 불린 붉은 머리 사내는 ‘쳇!’ 하곤 도를 거두고 빙월창이라 불린 백발의 사내도 말없이 창을 거두었다.

그리고 악귀가 혈두선인에게 다가왔다.

“손님인가? 아니면 적인가?”

그는 대뜸 물어왔다. 얼음장 같은 차가운 시선이 혈두선인을 꿰뚫었다. 혈두선인은 오대악인이었다. 누구나가 한 수 정도는 접어주는 구룡의 일인이기도 했다. 그는 악귀의 기운에 조금도 뒤지지 않는 기백으로 대항했다.

악귀가 다시금 입을 열었다.

"무엇을 원하는 건가?"

악귀의 물음에 혈두선인은 크게 한숨을 토해내고는 입을 열었다.

"당신의 악행을 막기 위해서요. 더 이상 무의미한 살생은 그만두는 것이 어떻소."

혈두선인은 자신의 말이 통할 거라 생각하지 않았다. 그의 동생들도 이 충고만은 거역했다. 그들은 천성이 그런 사람들이었다. 눈 앞의 악귀도 그런 사람이라고 생각했다.

악귀는 입가에 슬쩍 미소를 띠었다. 하나 이내 곧 지워 버렸다. 다시 인형같이 딱딱한 얼굴로 돌아왔다.

"내가 하는 살인은 무의미하지 않으니 멈출 수 없다."

"그럼 힘으로라도 막는 수밖에……."

파라락!

혈두선인의 소매가 거칠게 요동쳤다. 악귀의 시선이 점차 뜨겁게 달아오르기 시작했다. 공터에 남은 사람들은 바싹 긴장하기 시작했다. 하나 그것은 혈두선인의 기운에 의해서가 아닌 악귀가 두려워서였다.

악귀가 위진선을 향해 손을 뻗었다.

"검."

위지선이 검 한 자루를 던졌다. 낡아빠진 검이었다. 검갑만을 보았지만, 그것은 보검이라고 부를 수도 없는 것이었다. 고수라면 그의 명성에 맞는 명검을 차게 마련인데 그의 검은 싸구려였다.

악귀가 검병을 잡았다. 그전까지와는 기백이 전혀 달라졌다. 따끔따끔 그의 몸에서 퍼지는 기운이 혈두선인의 피부로 느껴져 왔다.

"살고 싶으면 알아서 도망가길 바라오. 내 검에는 인정이라는 것 대신 귀신이 살고 있으니까."

그렇게 말을 마친 악귀가 검을 뽑았다. 순간 지독한 피 냄새가 맡아졌다. 조금 떨어진 거리에서 코를 막고 싶을 정도로 피 냄새는 지독했다. 그의 검은 사람들의 피로 물들어 검붉게 변해 있었다. 그 검에서 그가 지독하게도 많은 사람들을 죽였다는 사실을 혈두선인은 깨달았다.

악귀가 움직였다.

그의 검이 혈두선인을 노렸다.

혈두선인이 회상을 마쳤다. 그의 눈앞에는 진산이 다리를 꼰 채 앉아 있었다. 그는 전과 다른 모습을 하고 있었다. 검은 갑옷을 입지도 않았으며, 혈향도 느껴지지 않았다. 검을 차고는 있었지만, 전에 본 싸구려 검이 아니었다. 제법 좋은 재질로 만들어진 검갑을 보아 그 내용도 상당한 명검이라는 것을 알 수 있었다.

"어인 일로 오셨습니까?"

혈두선인이 힘겹게 물었다. 그는 그때 악귀에게 처참할 정도로 깨졌다. 근처에 있는 대락조의 도움으로 간신히 도망갈 수 있었지만, 감히 그를 상대할 수는 없었다. 거대한 내공에 시시각각 변하는 그의 검술은 혈두선인이 상대하기에는 힘겨웠다.

진산은 싱긋 미소를 지으며 그의 물음에 답했다.

"오대악인이 필요합니다. 일단 셋은 모았거든요."

"저는 이미 은거했습니다. 다시 무림에 나서는 것을 원하지 않습니다."

혈두선인은 완곡하게 진산의 요구를 거절했다. 진산의 검미가 꿈틀거렸다.

"얘들은 모두 맞고 왔습니다. 당신까지 동생들 보는 데서 맞아보시겠습니까?"

진산의 몸에서 살기가 피어올랐다.

혈두선인은 침을 꿀꺽 삼키며 그것에 대항하려 했다. 하나 그가 아는 진산은 지금의 진산과 많이 달랐다. 전에는 언제나 살기를 뿌려댔던 진산이었다. 사람도 많이 죽였고 죽을 뻔한 위험도 많았다. 때문에 그의 살기는 어지간한 고수 정도는 감히 싸울 의지조차 나지 않게 만들 수 있었다.

지금의 진산은 그때와 달랐다. 입가에는 여유로운 미소를 띠고 상대를 존대할 줄 알았다. 혈두선인은 과거 악귀가 이런 모습이 되기를 원했다.

그런데 그의 살기만큼은 전과 다를 것이 없었다. 아니, 더욱 강해졌다고 할까? 그 심연에서부터 올라오는 살기는 혈두선인을 다시금 긴장케 했다.

'무공이 한층 더 발전했다. 이제는 내가 상대할 수도 없을 정도로.'

전에는 벅차기는 했지만 상대는 되었다. 물론 혈두선인이 패하기는 했지만, 그와 다시 싸운다면 이기지는 못해도 또 도망 정도는 칠 수 있다고 생각했다.

그런데 지금은 아니었다. 혈두선인이 도망가려고 마음먹는 순간 일수에 베일 것이다.

"하아~ 그만 살기를 거두십시오. 동생들까지 이렇게 찾아왔는데 제가 계속 은거를 할 수는 없지 않겠습니까. 애초에 은거를 한 이유도 그대가 중원에 올라왔을 때 동생들과 마주칠까 봐서였는데."

혈두선인은 동생들을 걱정했던 것이다. 중원의 악과 해남의 악. 두 악이 만나게 되면 둘 중 하나는 쓰러지기 전까지 싸울 것이다. 그리고 그들 동생은 큰 상처를 입거나 죽게 되는 것은 자명했다.

그것을 방지하기 위한 은거였다. 그런데 이렇게 진산이 찾아왔고, 또 동생들까지 힘껏 쥐어팼으니 그로서는 선택의 여지가 없었다.

"좋아, 그럼 오대악인의 막내를 찾으러 가자고."

진산이 살기를 거두며 말하곤 오두막 밖으로 발걸음을 옮겼다.

살기가 사라지자 모든 일행이 크게 안도하며 그의 뒤를 따랐다.

*　　　*　　　*

대락조가 하나의 침상 앞에서 침묵을 지키고 있다. 여섯 개의 병장기를 짊어진 위지선과 붉은 사자 머리의 염일도, 백발의 빙월참, 검은 복면을 쓴 암영자, 독충이 가득한 자색 비단을 걸친 황금충까지, 그들은 어두운 표정으로 딱딱한 침상 앞에 서 있다.

그런 그들의 뒤로 수많은 해남파의 문도들이 서 있었다. 그곳에는 야율령도 있었고, 어느새 돌아온 부단장과 그 일행도 함께 있었다. 시체를 건네주는 김에 사마 군사의 명령으로 그들과 함께하게 되었다.

"문주께서…… 돌아가셨다."

위지선이 힘겹게 말을 내뱉었다. 문주는 진천을 제외하고 진산이 유일하게 존경하는 사내였다. 그의 무공은 뛰어나지 않았지만, 어떤 상황에서도 당황하지 않고 냉정하게 일을 처리했다. 머리도 그렇게 좋은 편은 아니었지만, 그의 혀만큼은 그 어떤 절정고수도 상대할 수 없을 정도로 강했다.

그런 그가 죽었다.

자식이 없는 문주는 해남파를 진산에게 넘기려 했다. 그런데 진산 또한 이곳에 없었다. 문주의 자리는 잠시 동안 위지선에게 돌아갔다.

"문주님의 부음(訃音)을 대장님께 알린다. 그전까지는……그 어떤 전투에도 참가하지 않으며, 그 누구와도 싸우지 않는다."

위지선의 말은 조용히 퍼져 갔다. 문도들은 아무런 말도 하지 않았다. 어둠만이 무겁게 깔린 그곳에서 그 누구도 흐느끼지 않았다. 그들은 어떤 상황에서도 자신의 감정을 죽이는 법을 아는 진정한 무사였다.

위지선이 손짓을 하자 남은 대락조원들이 문주의 시신을 조심스럽게 관에 담았다. 관이 하나 더 늘어버렸다. 진산의 형인 진천의 시신을 담은 관과 문주를 담은 관.

문도들 사이로 그 두 개의 관을 들고 대락조는 발걸음을 옮겼다. 그들의 발걸음 끝에는 거대한 선박이 하나 서 있었다. 그곳에서도 묵념을 하는 문도들이 있었다. 두 시신을 그들의 고향인 해남도로 보내야 했다. 그리고 무언가를 해도 그 뒤에 해야 했다.

"대장님께서는 어디에 있다고 했지?"

시신을 보내고 위지선이 야율령에게 물었다. 야율령이 잔뜩 긴장한 얼굴로 답했다.

"지금쯤이면 마교에 계실 겁니다."

"그래? 그럼 그곳으로 가자."

위지선이 마치 산책을 가자고 하는 듯한 말투로 말했다. 그녀의 말을 들은 야율령과 천소지는 깜짝 놀랐다. 야율령이 놀란 표정을 감추지 않은 채 물었다.

"마교까지 가는 길에는 은서각 전체가 동의맹과 싸우기 위해 심기일전을 하고 있습니다. 그 상황에서 해남파 전체가 갈 수는……."

"그들은 우리를 막지 못해."

위지선이 단언하듯 말했다.

"……."

그런 그녀의 말에 야율령은 아무런 대답도 할 수 없었다.

해남파 전체가 진산을 만나기 위해 마교로 향했다.

『해남번참』 5권에서…

다세포 소녀
원작 만화 출간!!

전국 서점가 최고의 화제작!

OCN 슈퍼액션 드라마 시리즈 방영!

왜? 사람들은 다세포 소녀에 주목하는가!
상식을 뒤엎는 기발하고 엉뚱한 상상력!

『다세포 소녀』의 숨겨진 힘!!

다세포 소녀 원작만화 (전 5권 예정)
B급 달궁 글·그림 | 값 9,000원 / 부록 예이츠 시집

몇 페이지만 읽어도 좌중을 휘어잡을 이야깃거리가 넘쳐난다!
둔감해진 머리에 영감을 주는 아이디어가 마구마구 솟구친다!
원작을 더욱더 빛내주는 기발한 댓글 퍼레이드!
300만 다세포 폐인을 열광시킨 상식을 뒤엎는 엉뚱한 상상력!

또 하나의 이야기! 또 하나의 재미!
소설 『다세포 소녀』

초우 장편소설 | 값 9,000원 / 원작자 B급 달궁

"그건 모르겠고, 나는 외눈의 사랑이야. 사랑을 줄 수는
있어도 마주 할 수 없는 사랑이지. 두 눈을 가진 사람은 주
고받을 수 있지만, 나는 주는 것만 할 수 있어. 나는 주는
사랑으로 족해. 외사랑이지."
－외눈박이

입소문을 통해 아는 분은 다 알고 계십니다!
올 한해 공인중개사 최고의 화제작!

1~2권 합본 | 이용훈 지음
3~4권 합본 | 이용훈 지음
5~6권 합본 | 이용훈 지음
용 어 해 설 | 이용훈 지음
1~2차 문제풀이집 | 이용훈 지음

수험생 기본 필독서

만화 공인중개사

제목 : 만화공인중개사 쓰신 분에게 감사드립니다.

학원을 두달 다녔어요. 근데 과연 그 숫자 외우기 그렇게 몇 문제나 나올까 생각을 했어요.
아니라는 생각이 드네요. 학원강의를 뒤로 하고 서점을 갔어요. 내 머리에 가장 이해될 수 있는
책이 없나 하구요. 거기서 만화를 발견했어요. 무조건 세번 봤어요. 3개월 걸렸어요. 문제 집을
보라고 했는데 그건 시행을 못했어요. 근데 합격을 했네요.

어떻게 감사의 말을 해야 될지…

도서관에서 만화책 들고 다니니까 사람들이 비웃더라구요. 만화책으로 공인중개사를 공부한
다고 미친사람처럼 보더라구요. 근데 그거 다 감수하고 했던 내가 자랑스럽습니다.

어떻게 감사의 말을 해야 할지 정말 감사합니다.

부디 행복하세요. 제 나이 41살에 좋은 스승을 만난 거 같습니다.

엎드려 감사드립니다.

-본사 홈페이지에 독자분이 올린 메일 中 에서 발췌-